Ingrid Weißmann

Ein Mord voraus

Originalausgabe – Erstdruck

Allen Ratgebern und Mutmachern danke ich herzlich
für die freundliche Unterstützung.

Ingrid Weißmann

Ein Mord voraus

Norderstedt-Krimi

Schardt Verlag Oldenburg

Bibliographische Information der *Deutschen Bibliothek*:

Die Deutsche Bibliothek verzeichnet diese Publikation in *Der Deutschen Nationalbibliografie*; detaillierte bibliographische Daten sind im Internet über *www.d-nb.de* abrufbar.

Die Schauplätze des Romans sind authentisch,
die Handlung ist frei erfunden.

Wir danken der
Landesgartenschau Norderstedt 2011 gGmbH
für die freundliche Unterstützung.

Titelbild: „Ford Anglia im Wald" / www.schrottplatz.net

1. Auflage 2011

Schardt Verlag
Uhlhornsweg 99 A
26129 Oldenburg
Tel.: 0441-21 77 92 87
Fax: 0441-21 77 92 86
E-Mail: kontakt@schardtverlag.de
www.schardtverlag.de
Herstellung: FVA, Fulda
ISBN 978-3-89841-577-4

Prolog

„Gefällt dir Norderstedt nicht?“

„Do-ooch“, versicherte Sabrina schnell, weil die Frage von Jan sich so kämpferisch angehört hatte, „nur ihr Name wurde bei der Gründung 1970 nicht passend gewählt. Er klingt so nichtssagend: Norderstedt. So, als sei die Stadt ein nördlicher Teil von Hamburg.“

„Ist sie ja auch, die Städte gehen ineinander über. Norderstedt ist auch faktisch ein Teil der monozentrischen Agglomeration Hamburg.“

„Teil der was?“

„Agglomeration. Das heißt, sie gehört zur Metropolregion Hamburg.“

„Wo hast du das denn her?“

„Wikipedia.“

„Ich möchte einen anderen Namen für sie, nur für mich allein“, forderte Sabrina.

„Und welchen?“

„Auf keinen Fall Süderstedt, was ja auch im Gespräch war. Damit hätte man allerdings die Zugehörigkeit zu ihrem Bundesland schon deutlicher bekundet. Schließlich ist sie die südlichste Stadt und mit gut 75.000 Einwohnern die fünftgrößte Stadt von Schleswig-Holstein, sozusagen das Tor zum Norden.“

„Und die Namen der Ursprungsgemeinden, die zu Stadtteilen wurden: Friedrichsgabe, Harksheide, Glashütte und Garstedt? Ließe sich daraus etwas ableiten?“

„Vierstadt.“

„Glasheide oder Friedrichslust.“

„Oder Embachertal nach ihrem ersten Bürgermeister.“

„Jetzt könnte man sie auch umbenennen in Groteburg nach dem derzeitigen Bürgermeister.“

„Oberbürgermeister.“

„Warum diese Ehre?“

„Sie bekam vor einigen Jahren den Status einer *großen kreisangehörigen Stadt.*“

„Fretersruh hört sich auch gut an, nach dem abgewählten Kulturdezernenten.“

„Oder Ehlingsflucht nach dem Dezernenten, der nach seiner Wahl gar nicht erst angetreten ist, weil sein Bauch Nein gesagt hat.“

„Findet alles keine Mehrheit.“

„Uwe Seeler, Tom Shaka und die Goombay Dance Band sind in Norderstedt zu Hause.“

„Alle Namen sind zu viel, und bevorzugen kannst du keinen.“

„Eine Journalistin hat sie mal Boomtown genannt.“

„Geworben wird mit dem Slogan *Stadt im Grünen*.“

„Wie wäre es denn mit Grünstadt? Passt doch gut zur Landesgartenschau 2011.“

„Grünstadt gefällt mir, gibt es aber schon.“

„Neustadt gibt sogar neun Mal.“

„Na denn – wie lautet noch das Motto der Stadt?“

„*Eine Idee voraus,* ausgewählt vom Verein *Norderstedt Marketing* nach einer Ausschreibung.“

„Also, Norderstedt war gestern, ab heute gilt Grünstadt, für mich jedenfalls. Wen von den Kommunalpolitikern könnte ich denn noch dafür begeistern?“

„Na, die Grünen.“

Sie begossen die Taufe mit einer Flasche Veltliner. Grüner ging's nicht.

13. August 2009: Noch 616 Tage oder 88 Wochen oder 14.784 Stunden bis zur Eröffnung der Landesgartenschau.

1

Warmes Sonnenlicht
über Norderstedts Stadtpark
nichts scheint doch schöner

Den meisten Passanten war am frühen Morgen die Veränderung in der Ulzburger Straße in Norderstedt gar nicht aufgefallen. Sie hatten noch mit sich und dem vergangenen, viel zu kurzen Wochenende zu tun, kamen nur langsam Schritt für Schritt, Tritt für Tritt oder Ampel für Ampel der Arbeitsstelle, der Firma, dem missgelaunten Chef näher.

Erst ein Kind, an der Hand der Mutter in Richtung Kinderhort gezerrt, reckte die freie Hand nach oben. „Mami, der Mann mit dem aufgemalten Bart ist weg."

„Komm jetzt, Leonie, wir sind zu spät dran."

„Und die Frau auch, die mit den langen Haaren."

Die Mutter hörte nicht zu.

„Und einer sah aus wie Opi, mit Glatze, der ist auch weg."

„Wieso soll Opi weg sein?"

Das Kind fing an zu weinen. Erst da sah die Mutter genauer hin.

Es waren Wahlplakate, auf die Leonie zeigte. Die Gesichter waren unter weißem Papier verschwunden, das jeweils von drei schwarzen Zeilen geziert wurde.

Sie gingen von Plakat zu Plakat, die Mutter las und hatte plötzlich Zeit. Das war unterhaltsam, aufschlussreicher als die jetzt verdeckten Gesichter, von denen man nicht wusste, warum ihre Besitzer lächelten: Merkel, Steinmeier, Thönnes, Storjohann für den Bundestag in Berlin, Carstensen, Stegner, Rathje-Hoffmann für den Landtag in Schleswig-Holstein. Hatte der Fotograf ihnen empfohlen, *cheese* zu säuseln? Amüsierten sich die Abgelichteten über die Betrachter, oder wollten sie Freude vorgaukeln über den schon sicheren Wahlsieg? Aber selbst, wenn die Rentnerpartei stärkste Partei werden würde, müsste die Mutter morgens zur Arbeit und Leonie in den Kinderhort.

„Es wurde wirklich kein Plakat an der langen Ulzburger Straße übersehen", stellte der Wahlleiter fest. Er saß mit dem Oberbürgermeister und einer Mitarbeiterin in einer Dreierkonferenz. Eines der Exemplare lag vor ihnen.

Weißes Papier, so groß wie die Plakate, drei schwarze Zeilen darauf, schwarz eingerahmt.

„Sehen aus wie Traueranzeigen“, stellte der OB fest.

Die Mitarbeiterin erhob Einspruch. „Das sind keine Traueranzeigen, das sind Haiku, japanische Dreizeiler, es gibt auch noch Renga, Tanka und Senryū, sieht doch hübsch aus.“

„Das ist Sachbeschädigung gemäß § 303 Strafgesetzbuch, bis zu drei Jahren Gefängnis drohen dem Täter“, machte der Wahlleiter deutlich.

„Das sind Gedichte zu Ehren der Stadt, zu ihrem vierzigjährigen Bestehen, und stimmen, so gekonnt formuliert, auf die Landesgartenschau ein“, stellte die Frau klar.

„Immerhin richtet sich der Anschlag nicht gegen eine einzige Partei. Es sind alle gleichermaßen zugekleistert, von der SPD bis zu den Linken, die Landtags- und die Bundestagskandidaten.“ Das schien den OB zu beruhigen.

„Wir sind gehalten, den Verursacher zu finden“, forderte der Wahlleiter.

„Unter Beachtung der Urheberrechte.“ Die Mitarbeiterin war wirklich penetrant. Oder war sie daran beteiligt gewesen? Schrieb sie nicht in einem Kurs der Volkshochschule Gedichte?

„Ich war gestern bis Mitternacht auf einer Grillparty von Freunden“, hörten die beiden Männer sie gerade erklären. Konnte sie Gedanken lesen?

„Jedenfalls sieht die Ulzburger Straße aus, als ob sie Trauer trägt. Wir müssen das Landeskriminalamt einschalten, die Staatsschutzabteilung.“ So der Vorschlag des Wahlleiters.

„Das ist zu viel Wirbel.“ Der OB war dagegen. „Lassen wir die Suche nach dem Täter. Er will doch nur Aufmerksamkeit erregen und sich selbst zur Schau stellen. Dazu geben wir ihm keine Gelegenheit.“

„Wir müssen handeln, um Anzeigen vorzubeugen.“ Der Wahlleiter ließ nicht locker.

„Die Plakate sollten binnen kürzester Zeit von den jeweiligen Parteien neu überklebt werden“, bestimmte der OB. „Passiert das nicht, werden sie abgeräumt. So wie sie jetzt aussehen, fallen sie doch jedem Kind auf.“

2

Es krachte und dröhnte, ein Schrei gellte durch die Dunkelheit, dann schlugen Flammen empor. Die Szene war in Rot getaucht, alles war rot: der Schnee, das Feld, die Büsche, der Himmel.

Seit dem Unfall schreckte sie fast jede Nacht aus dem Schlaf auf, starr am ganzen Körper, schweißbedeckt. Lange saß sie dann im Dunkeln auf der Bettkante, bis das Herz wieder im gleichmäßigen Rhythmus schlug.

Es war immer derselbe Traum, mit deutlichen Bildern und schrecklichem Getöse, das noch lange das Zimmer zu füllen schien: Ein Mercedes rutscht ungebremst über den Asphalt, dreht sich um die eigene Achse, kommt von der Straße ab, durchfährt einen Graben, überschlägt sich und bleibt auf dem Dach liegen. Ein Körper löst sich im Flug vom Fahrzeug und stürzt auf den hartgefrorenen Acker.

Was dann folgte, war eine Vision, die sich ihr immer wieder aufdrängte: Ein dunkler Schatten kriecht an der Fahrerseite heraus und verschwindet ohne sich umzusehen eilig von der Unfallstelle. Der junge Mann auf dem Acker versucht sich aufzurichten, sieht den Schatten entschwinden, ungläubig, verzweifelt, dann verliert er das Bewusstsein.

Sie nahm den Zeitungsabschnitt aus der Nachttischschublade, er hatte schiefe Ränder und war mit einem schwarzen Stift umrahmt. Immer wieder las sie die kurze Meldung, in der Hoffnung, sie möge ihr das erklären, was sie wissen musste. An einigen Stellen war das Papier fleckig und gewellt. Tränen hatten darauf ihre Spuren hinterlassen, dennoch war die Schrift gut lesbar:

In der Nacht zum Sonntag kam ein 23-jähriger Mann mit seinem Mercedes auf der Bundesstraße 432 von der Fahrbahn ab. Das Fahrzeug streifte einen Baumstamm, flog über einen Graben hinweg und blieb schließlich umgedreht auf einem Acker liegen. Erst gegen Morgen fiel das Auto einem Fahrgast aus einem vorbeifahrenden Bus heraus auf. Der Unfallfahrer war einige Meter weit aus dem Fahrzeug hinausgeschleudert worden. Für ihn kam jede Hilfe zu spät.

Für Fremdverschulden gebe es keine Anhaltspunkte, so ein Sprecher der Polizei. Der junge Mann starb nicht an seinen Verletzungen, sondern erfror nach etwa zwei Stunden auf dem vereisten Feld. Die Polizei weist die Autofahrer nochmals darauf hin, ihre Fahrweise den winterlichen Straßenverhältnissen anzupassen.

Das Lesen half ihr nicht weiter, das herauszufinden, was sie für die Wahrheit hielt. So wenig wie ihre Nachfragen bei der Polizei. Nutzlos auch die kleinen Pillen, die der mitfühlende Hausarzt ihr verschrieben hatte. Eines Tages würde sie alles erfahren, darauf hoffte sie. Doch das konnte sie nicht mehr allein, sie brauchte Hilfe.

3

Sabrina Sax murrte an diesem Morgen missmutig, brachte den lärmenden Wecker zum Schweigen und hätte sich am liebsten wie Kater Felix, der Glückliche, wieder eingerollt und weitergeträumt. Es war spät geworden am Sonntagabend. Sie hatte den *Hamburger Jedermann* von Michael Batz am Brooksfleet in der Speicherstadt gesehen, mit Robin Brosch. Open Air und allein. Jan war überraschend zu Ermittlungen nach Sofia geflogen.

Sabrina zählte bis drei, stand auf und tapste schläfrig ins Bad. Stellte nach der warmen Dusche den Hebel mutig auf kalt und zählte jetzt bibbernd bis zehn. Danach war sie wach. Sie föhnte die dunkle Mähne, zurzeit mahagonifarbend gesträhnt, zog eine Leinenhose und ein gelbes T-Shirt an. Die Wetterstation im Regal war wolkenlos und zeigte ein Männchen in Badehose mit Liegestuhl. Beneidenswert. Kater Felix wuselte um Sabrinas Beine herum, sie nahm ihn hoch und ging auf den Balkon ihrer kleinen Wohnung in Hamburg-Eppendorf, beide schauten nach unten. Rundum kleine Läden, rechts ein Spielplatz und dahinter die Bushaltestelle, gegenüber helle Fassaden, mit Balkonen im üppigen Sommerblumenschmuck. Wehmütig hielt Sabrina das Gesicht der wärmenden Sonne entgegen. Wer weiß, ob Petrus die Hamburger nicht schon bald wieder im Regen stehen ließ. Sie ging zurück, setzte Felix ab, füllte seine Näpfe und schlich sich aus der Wohnung. Was unnötig war, denn er war schon wieder eingedöst, auf einem Sonnenplatz am Fenster.

Kurz darauf startete Sabrina die Ente, ihren Citroën 2CV, den sie Lord Lemon getauft hatte. Auch nach neun Jahren war er noch nicht ergraut, sondern weiterhin zitronengelb.

Die Fahrzeuge quälten sich über die mehrspurige Tarpenbekstraße, die Luft war keineswegs abgasarm. Dann bog sie in die zweite Straße links ein. Hier war es ruhiger. Auf der rechten Straßenseite befand sich das Domizil der Detektei Charly Drescher, mit einem Team, das aus Charly und ihr bestand. Zum Glück gehörten dazu noch die beiden Pensionäre, die ehemaligen Polizisten Herr Blum und Herr Voss, die abwechselnd ungeliebte Aufgaben wie Homesitting und Observationen übernahmen. Herr Voss gehörte außerdem dem Rentner-Suchnetz an.

„Haben die Rentner bis ins hohe Alter verstanden, ihre Alimente nicht zu bezahlen?“ hatte Sabrina gefragt.

Er hatte gelacht. „Die Rentner werden ja nicht gesucht, sondern sie suchen, nach gestohlenen Autos zum Beispiel. Und das mit Erfolg.“

Charly wohnte noch näher, praktisch nebenan. Meistens war er im Ausland unterwegs, um zum Beispiel gestohlene Fahrzeuge im Auftrag von Versicherungen aufzuspüren. Sabrina fand, dass er sich aus der Fremde öfter melden könnte. Nie wusste sie, ob er nicht inzwischen verunglückt, verhaftet, verhungert oder gar gegen seinen Willen vermählt worden war. Vor zwei Tagen war er aus dem Osten zurückgekommen und nun wohl schon auf dem Weg in den Süden, in den hoffentlich erholsamen Urlaub; sein Mercedes stand nicht mehr vor dem Haus. Charly war ein quirliger Kompagnon, manchmal sogar rasiert, der immer auch für eine Überraschung gut war. Und so auch heute.

„Brini", klang es ihr schon entgegen, als sie noch nicht mal halb im Flur stand, „schön, dass du kommst, hilf mir."

Sie schaute erstaunt in Richtung Schreibtisch. „Ich denke, du bist längst am Kamener Kreuz."

„Wie denn? Nicht ohne meinen Mercedes."

„Keiner hat verlangt, dass du zu Fuß gehen sollst."

„Er ist weg, einfach weg."

„Reden wir von deinem Auto?" Sabrina setzte sich ihm gegenüber.

„Du hast es nicht zufällig woanders abgestellt?" fragte sie. „Auf dem Parkplatz von McDonald's? Oder in einer Seitenstraße auf Sankt Pauli?"

Er schüttelte den Kopf.

„Manche fahren zum Bäcker, gehen mit den Brötchen zu Fuß nach Hause und wundern sich am nächsten Morgen über die leere Garage."

„Ich hab doch gar keine Garage."

„Wenn es irgendwo im Halteverbot stand, befindet es sich jetzt wenigstens sicher gegen Diebstahl im Autoknast in Rothenburgsort", erklärte Sabrina. „Macht ungefähr das halbe Urlaubsgeld fürs Auslösen: 242 Euro fürs Abschleppen, dann fünfzig Euro täglich, Preise wie im Hotel, ohne Frühstück."

„Ich hab wirklich hier vor der Tür geparkt."

„Hattest du ihn vielleicht offen gelassen, den Schlüssel im Zündschloss?"

„Das solltest du jetzt aber nicht von mir denken." Charly hob den Autoschlüssel hoch wie eine Trophäe. „Da nützen Wegfahrsperre und Chips und all die Technik auch nichts. Autobauer sind schlau, Autoklauer sind schlauer."

Und dann lachte Sabrina. Lachte und konnte nicht mehr aufhören. Holte japsend Luft und stellte fest: „Da begibst du dich ins Baltikum, in die Ukraine, nach Polen, sogar bis in den Vorderen Orient, um gestohlene Fahrzeuge aufzuspüren, parkst dein bestes Stück seit Jahren kaum gesichert in fremden Städten, und dann verschwindet es einfach hier vor der Tür."

„Es könnte dir wenigstens ein bisschen leidtun“, maulte Charly und zauberte aus der Schublade eine braune Flasche hervor. Er griff zur leeren Kaffeetasse und wollte sich eingießen. „Du auch?“

Sabrina schüttelte sich, nahm die Whiskyflasche und stellte sie außer Reichweite. „Du musst noch zur Polizei gehen, die Anzeige machen.“

„Gehen ist korrekt. Die Beamten wollten ja nicht kommen. Es gäbe nichts zu sichern, wo nichts mehr ist. Statistisch gesehen würden in Hamburg täglich fünfeinhalb Fahrzeuge auf Nimmerwiedersehen verschwinden, ich solle mir keine Hoffnung machen. Kann ja nicht stimmen, wer klaut schon ein halbes Auto?“

„Wie lautet noch dein Werbespruch im *Hamburger Abendblatt* und im Internet? *Auto gestohlen? Ich finde es – wo Sie nie suchen würden.* Dann such mal.“

„Ich bekomm doch ein neues. Die Versicherung entschädigt mich ja.“

„Nach vier Wochen, wenn das Auto inzwischen nicht gefunden wurde, zerkratzt, verbeult oder ausgebrannt. Jetzt hast du für ein neues keine müde Mark.“

Charly runzelte die Stirn.

„Okay, keinen wachen Euro“, verbesserte Sabrina sich.

„Wir fahren jetzt um die Ecke zur Automeile am Nedderfeld. Wenigstens gucken“, schlug Charly vor.

„Womit?“

„In deiner Ente.“

„Was schwebt dem großen Detektiv so vor? Jaguar, Rolls Royce, Cadillac, Porsche? Und wir fahren da mit der betagten Ente bei den vollverglasten, marmorisierten Autohäusern vor? Geh lieber die Anzeige machen. War dein Gepäck schon im Auto?“

„Nein, auch keine Papiere, nur den Eiskratzer und eine Dose Motoröl könnte ich geltend machen.“ Charly grinste.

„Wenigstens musst du nicht wie Ulla Schmidt mit Rücktrittsforderungen von allen Ämtern rechnen“, beruhigte ihn Sabrina und gab ihm Papiere und Schlüssel ihrer Ente. „Ergib dich in dein Schicksal. Ist besser als zu Fuß zu gehen.“

Charly verschwand.

Sabrina schaute inzwischen ins Internet und telefonierte einige Male. Als Charly zurückkam, verkündete sie: „Ich hab ihn gefunden."

„Meinen Mercedes?"

„Nein, einen Last-Minute-Urlaub. Costa de la Luz, Herr Drescher, Sie haben es sich verdient. Bis dahin könnte sich der Herr Detektiv körperlich betätigen und die Regale ausräumen."

„Wozu denn das?"

„Damit ich sie nicht mit Farbe bekleckere. Hier muss dringend renoviert werden, ich will neue Regale kaufen und mein Büro im Nebenraum einrichten."

„Du willst mich also verlassen." Charly zog die Mundwinkel nach unten.

„So weit weg ziehe ich doch nicht, und ich lass die Tür ja offen."

Die Mundwinkel blieben unten. Charly würde die inzwischen sperrmüllartige Möblierung noch in zehn Jahren für neuwertig halten.

„Wollten wir nicht ohnehin unser Büro nach Norderstedt verlegen, wenn du dahin umziehst? Wozu renovieren?" Charly war noch nicht überzeugt.

„Nun drängle und quengle nicht wie Jan. Ich bin der Liebe wegen schon einmal nach Norderstedt gezogen, und das war falsch. Man wird ja wohl noch überlegen dürfen. Oder möchtest du die Wände selbst streichen, und ich fliege nach Spanien?"

Da hatte Charly schon drei Akten auf dem Arm gestapelt.

4

Kunst ist, wenn man's nicht kann, denn wenn man's kann, ist's keine Kunst. Diese Weisheit von Johann Nepomuk Nestroy zierte in schwungvoller Schrift die weiße Flurwand des Gebäudes, in dem der Kulturverein *panta rhei* im Süden von Norderstedt residierte. Sie mochte schon so manchen Anfänger in den Kursen getröstet haben. Denn abgewandelt könnte ein Schelm auch meinen: Künstler ist, wer's nicht kann, denn wenn er's kann, ist er kein Künstler. War es so verstanden nicht eine stete Herausforderung, Neues zu ergründen, Verrücktes auszuprobieren?

Davon hielten die Damen der Malgruppe, die sich immer mittwochs im *Blauen Salon* des Vereins trafen, im Moment aber nichts. Sie hatten ihre Farbtöpfe und -tuben bereits geschlossen, die Pinsel gereinigt und beiseitegelegt.

Lisa hatte das Thema für heute vorgeschlagen: *Blumen des Sommers*. Dazu hatte sie ein selbstverfasstes Gedicht vorgelesen. Sie liebte es, Lyrik zu schreiben, besonders Haiku. Wo Lisa war, waren auch Haiku. Ihr Gedichtbändchen hatte sie an Interessierte im Verein verschenkt. Vermutlich auch an Orlando, einige der Dreizeiler auf den Wahlplakaten wären ihr bestimmt, wenn auch ein wenig umgestellt, bekannt vorgekommen. Wenn jemand Lisa als Hobby-Lyrikerin betitelte, konnte sie ungehalten reagieren: „Wer fotografiert, ist Fotograf; wer malt, ist Maler; wer schreibt, ist Autor.“ Wie oft musste sie das noch sagen?

So lagen nun die frischen Gemälde ringsum auf den Tischen. Bauernrosen, Lupinen und Rittersporn, üppig blühende Kirschzweige neben der unvermeidlichen Karaffe. Schwertlilien und Sonnenblumen, möglicherweise ein Monet, ein van Gogh oder ein Nolde, nur noch nicht trocken.

Inga König war das erste Mal dabei. Sie strich sich die langen blonden Haare hinter die Ohren und betrachtete ihr Werk. Für Kornblumen hatte sie sich entschieden und quer über ihr Bild *Centaurea cyanus* geschrieben.

Schnell war nun der Raum angefüllt mit Tassengeklapper und Geschnatter. Zeit, um gemeinsam über neue Themen zu diskutieren.

„Wer hat denn eine Idee?“

„Bäume im Herbst.“

„Nee, mal nichts mit Jahreszeiten und Natur. Ich hab schon genug Grünzeug gemalt.“

„Blaue Stunde.“

„Kreise.“

„Die malt schon der Oberbürgermeister, ehrlich, sein Bild hängt im Gebäude der Freiwilligen Feuerwehr Harksheide.“

„Fundsachen."

„Das wäre was für den Grafen."

„Ein richtiger Graf?" wollte Inga wissen.

„Nein, Orlando Graf, der Schrottkünstler."

Den kannte Inga natürlich, denn sein kleines Haus mit Atelier lag neben der Kfz-Werkstatt von Alex, ihrem Mann. Manchmal brachte sie für Alex und Timo, den Auszubildenden, Kuchen in die Werkstatt, und Orlando wurde dazu eingeladen.

„Wie wäre es denn mit *panta rhei*", schlug Lisa noch vor, „das Motto ist doch gleichzeitig gute Werbung für den Verein."

„Prima, nehmen wir."

„Noch mehr Mitglieder? All die Neuen kenn ich nicht mal mit Namen. Geschweige denn weiß ich, weshalb sie im Verein sind."

„Um ihre Schöpfungen aus dem Dunkel an die Öffentlichkeit zu bringen. Wozu gibt es sonst all die Ausstellungen?"

„Da kann Orlando Graf dann ja auch eine verbeulte Stoßstange und die edel geformten Kotflügel präsentieren."

„Meinst du das jetzt erotisch?" Alle lachten.

„Nee, für Erotik ist Natalie zuständig."

„Ob seine oder deine Schöpfungen besser gefallen, kannst du dann nach der Vernissage auf der Kulturseite der Regionalblätter nachlesen."

„Wenn seine Kreationen durch die Kontrolle des künstlerischen Beirats gehen."

„Ein Graf lässt sich nicht kontrollieren."

„Verkaufen wird er keine einzige Skulptur."

„Doch, an Vera Engel."

„Die Chefin vom *Autohaus am Flughafen*?"

„Ja, genau. Für die Feier zum zehnjährigen Jubiläum des Autohauses. Kunst für Karossen, sozusagen."

„Die liebt eher ihn, weniger seine Kreationen."

„Orlandos Favoritin ist doch Natalie Newton."

„Die ist aber die Frau von Makler Ron-Carlos-Immobilien oder so."

„Natalie liebt eher viele, Orlando, den liebt sie nicht. Sie teilt mit ihm das Atelier, nicht das Bett. Eine rein künstlerische Liaison."

„Platonische Liebe, wie einst Goethe und Charlotte von Stein?"

„Mit Frauen hat Orlando Graf nichts am Hut, der liebt Schrott."

Inga hörte nur noch zu. War ja sehr informativ, so eine Malgruppe im Kulturverein. Und nützlich. Arbeitete sie doch als Journalistin beim *KuNoLeseblatt.*

„Und was ist jetzt mit Ideen zu unserem Thema?"

„*Panta rhei* kommt aus dem Griechischen und bedeutet: *alles fließt*", dozierte Lisa, „der Begriff ist schon um 500 vor Christi Geburt entstanden und wird Heraklit zugeschrieben. Nach seiner Meinung befindet sich alles ständig in Bewegung. Nichts bleibt, wie es ist. Man kann zum Beispiel nicht zweimal in denselben Fluss steigen, dann hat sich das Wasser verändert und auch der Mensch. *Wer in dieselben Flüsse hinabsteigt, dem strömt stets anderes Wasser zu.*"

„Jetzt überlegt doch mal. Was fließt denn alles?"

„Tränen."

„Wein."

„Blut."

„So eng müsst ihr das gar nicht sehen. Es kann Rauch gemeint sein, der nach oben zieht, ein Stein, der nach unten fällt."

„Wolken und Strom."

„Kaffee. Ist da noch welcher in der Kanne?"

„Verkehr." Irgendwer in der munteren Runde kicherte.

„Passt *panta rhei* nicht auch für eine begleitende Ausstellung zur Landesgartenschau? Oder was ist da geplant?"

„Skulpturen an den Wegen zum Gelände, hab ich gehört, nur wer die aufstellen darf, ist der Streitpunkt."

„Sache des Vorsitzenden, zur Beratung einzuladen und Vorschläge dann an die LGS-Leitung weiterzugeben. Es gibt ja neben der Malerei im Verein auch noch die Sparten Musik und Literatur."

„Unser Vorsitzender hat doch nur das im Blick, womit er sich selbst darstellen kann. Den eigenen Antrag hat er sich schon längst selbst genehmigt."

„Wir sollten uns mal Natalie als Dozentin holen. Sie bringt neue Impulse in unsere Runde."

„Erotische."

„Auch gut. Ohne Antrag an den Verein, das entscheiden wir selbst."

Alle nickten.

„13 Uhr, Herrschaften, abwaschen und den Fußboden wischen."

„Kunst ist schön, macht aber viel Arbeit."

„Gut erkannt, Lisa."

„Oh, ist nicht von mir, hat Karl Valentin gesagt."

„Wir gründen einfach einen neuen Verein, dann sind wir sie los."

„Doch nicht Orlando und Natalie?"

„Nee, Putzlappen und Eimer."

„Ach, wie schade."

5

Orlando Graf verschwendete an diesem Morgen tatsächlich keinen Gedanken an Frauen. Er kramte auf dem Gelände der Firma Kiesow im Norden von Norderstedt zwischen Altautos herum. Zum Wochenende wurde immer viel Brauchbares angeliefert und beflügelte ihn zu neuen Kreationen. Sein liebstes Projekt war im Entstehen: ein eigener Themengarten zur Landesgartenschau 2011 in Norderstedt. Silberne Skulpturen zwischen *Lavandula angustifolia* und *Papaver orientale,* immerblühend und pflegeleicht aus Blech. Kein Verein würde ihn daran hindern, den Garten nach seinen Vorstellungen zu gestalten. Auch kein Amt für städtische Kultur. Einen Kulturdezernenten gab es ja auch nicht mehr. Einer war abgewählt worden, ein frisch Gewählter war gar nicht erst angetreten. Danach wurde festgestellt, dass Kultur auch ohne einen Dezernenten funktionierte. Wen sollte er also fragen?

Für die Ausstellung zum Jubiläum im *Autohaus am Flughafen* hatte er drei größere Skulpturen in Arbeit. Abgestimmt auf die neuen Modelle von Mercedes-Benz. Oder hieß Mercedes-Benz jetzt Daimler? Es war ihm gleichgültig. Er war Künstler, keiner von diesen geschniegelten Autoaufschwatzern.

Nirgendwo konnten sich seine Ideen besser entfalten als auf dem Gelände von Kiesow, dieser bundesweit bekannten Firma. 70.000 Quadratmeter Fläche, angefüllt mit Autowracks, seinem Wunschmaterial. Ein kompletter Kotflügel war schon gesichert. In der nächsten Autoreihe fand er zwei durch einen Unfall hübsch gefaltete Autodächer, in der Fiat-Reihe eine bleichrote Motorhaube. Seine schlanken Finger glitten über brüchiges Metall, scharfe Kanten und ölige Leitungen. Erwartungsvoll ging er immer weiter durch die Reihen der doppelt gestapelten Autoskelette, Renault zur Linken, Fiat zur Rechten, dahinter die Reihe mit Citroën-Gerippen. Da fand er immer Passendes. Von allem hatte er schon eine ganze Sammlung, von verschiedenen Modellen, immer wieder anders geformt, mit interessanter Korrosion. In Azurgrün, Ochsenblutrot, Dünenbeige, Polarsilber. Die Autohersteller waren Meister der Farben.

Ein Vielschrauber im Blaumann zog mit einem Ventilator vorbei. Orlando wich einer Schubkarre aus, die mit diversen Kleinteilen beladen war. Da war schon Herrmann, der mit dem Gabelstapler herumkurvte.

„Kannst du mir den Audi da noch lassen? Ein wunderschönes Monacoblau.“

Herrmann sah auf den hageren Mann in der verblichenen Jeans, den Pferdeschwarz im Nacken mit einem Haarband zusammengehalten, das Hemd durchgeschwitzt vom Suchen und Schleppen.

„Aber klar doch, Mister Chamberlain.“ Orlando hatte ihm mal von diesem Künstler erzählt, seitdem nannte Herrmann ihn so.

Ach ja, John Chamberlain, dachte Orlando wehmütig. Dessen Atelier in Florida hätte er gern mal besichtigt. Immerhin hatte es vor einigen Jahren eine Ausstellung in Wolfsburg gegeben, die er besucht, die ihn begeistert und motiviert hatte. Geknautschtes, zusammengedrücktes Blech im Kontrast zu den neuen Karossen, von denen in der Automobilstadt täglich bis zu dreitausend Glanzexemplare das Fließband verließen.

Jeder Mensch stellte jeden Tag Skulpturen her, er musste sie nur erkennen: zerknülltes Papier, ein gebrauchtes Geschirrtuch, das Kopfkissen am Morgen. Natalie, seine Kunstfreundin, entwickelte andere

Ideen, erotische und total verrückte. Sie war zielstrebig und ehrgeizig. Es tat ihm gut, mit ihr über seine Art Kunst zu diskutieren.

John Chamberlain hatte als Plastiker und Maler ohne Geld angefangen. Inzwischen war er mit Preisen überhäuft worden, hatte sogar Guggenheim-Stipendien erhalten, wurde 1990 zum Mitglied einer bekannten Akademie in den USA gewählt. Den langen Namen hatte er vergessen. Eine Skulptur dieser Ausstellung, ein Gebilde aus gekräuseltem Blech, nur schwarz und weiß, fast mannshoch, hatte ihn am meisten beeindruckt: *Oh, Absolutely*.

Orlando ging in Gedanken versunken nach vorn. Würde er je nur halb so berühmt werden? Schrott in Geld zu verwandeln, das verstanden die Recycling-Unternehmen, wenn auch auf einfachere Weise als er. Nach Eisenerz war Schrott der zweitwichtigste Rohstoff für die Stahlerzeugung, und ein Auto bestand zu 69 Prozent aus Eisen und Stahl. Die Preise zogen an. Hatte er mal gelesen. Klar, auch er musste für all das Blech bezahlen, und so fuhr er mit der beladenen Schubkarre zur Kasse.

Der junge Chef grinste ihm entgegen und winkte ab. „Wir fördern doch selbstverständlich die Kultur und unsere begabten heimischen Künstler, lad das ein und mach was draus."

„Darauf komme ich gern noch öfter zurück."

Timo, Sohn der Engels vom *Autohaus am Flughafen*, der seit einem Jahr Auszubildender in der Werkstatt von Alex König nebenan war, kam auf Orlando zu. Er strich sich mit der freien Hand durch die blonde Stoppelfrisur. In der anderen Hand hielt er ein Segeberger Nummernschild: SE-XY, die Zahl war durch einen Auffahrunfall in Falten gelegt worden.

„Na, ist das nicht super?"

„Danke, das ist doch die Krönung für eine Assemblage. Ekstase könnte ich sie nennen."

„Assem... – was?" Nur unter Ekstase konnte sich Timo halbwegs etwas vorstellen. Er liebte alte Autos, aber die mussten makellos glänzen und komplett sein. Er begutachtete den Haufen Blech in der Karre.

„Soll das zusammengesetzt irgendwann mal fahren?" feixte er.

„Du fährst dein Auto eben nur. Weißt du, was man mit Autos noch alles machen kann?"

„Mit einem steilen Zahn drin wüsste ich das schon."

„Ich hab da übrigens eine Bitte."

Timo machte ein Gesicht, als ob er seinen geliebten Alfa Romeo zerlegt zum Wohle der Kunst hergeben sollte. Hörte dann aber doch zu. Wieder so eine von Orlandos Visionen.

„Sonntagmorgen, wenn alles klappt. Du bekommst einen halben Hunderter fürs Fahren und ein Frühstück."

Auf das Frühstück konnte Timo verzichten.

„Ich komm mal rüber in die Werkstatt und frag deinen Chef, vielleicht gibt er auch einen Youngtimer dafür ab."

In der Halle mit den Gebrauchtwagen stand ein schlaksiger junger Mann. Nicht älter als Timo, längere dunkle Haare, in weißem T-Shirt und Jeans.

„Hallo Marius. Suchst du Ersatz für deinen Opel Corsa?" fragte Orlando ihn, als er näher kam.

„Wenn du die Kohle dafür rausrückst, nehme ich den da." Marius zeigte auf einen schwarzen Mazda und grinste seinen Vater an.

„Du kannst mir beim Ein- und Abladen helfen, das bessert schon mal dein Taschengeld auf. Hast du vielleicht auch am Sonntag Zeit?"

Marius nickte. Was sollte er schon vorhaben? Er half seinem Vater ja öfter. Sie verstauten gemeinsam alles Blecherne im Transporter, stiegen ein, und Orlando fuhr durch das neue kleine Einkaufszentrum, bog dann links ab und hinter dem Bahnübergang wieder rechts. Der Transporter, selbst schon ein Kunstwerk, kurvte, ständig vom Umsturz bedroht, scheppernd durch die verengte Bahnhofstraße und den Distelweg in Richtung Atelier, knapp zwei Kilometer entfernt.

Schrott sei Dank, dass es Kiesow gibt.

6

Landesgartenschau 2011 ade?

Der Redaktionsleiter des *KuNo, erstes kulturelles Leseblatt für Norderstedt,* schob Inga König eine Seite vom Konkurrenzblatt hin.

„Ungeheuerlich, diese Stimmungsmache gegen die LGS. Das Fragezeichen sehen die Leser doch gar nicht."

Inga nickte schnell zustimmend, die beste Art, den Redeschwall des Chefs zu stoppen.

„Ziehen Sie los, Miss Ink, schreiben Sie einen schönen Artikel. Sozusagen als Gegendarstellung."

Inga hatte nochmals genickt und war gegangen. An launigen Tagen nannte der Chef sie Miss Ink, wegen ihres Kürzels: *ink.* Heute war so ein Tag. Irgendwann würde sie ihm das abgewöhnen oder ihn Mister Scribbler nennen.

Zu Hause überlegte sie. Ob sie den Oberbürgermeister dazu interviewen sollte? Oder einen der drei Geschäftsführer der Stadtpark GmbH? Vielleicht später. Erst mal die Fakten.

„Im Landeshaus Kiel, damals noch unter der Regie von Ministerpräsidentin Heide Simonis, hatte man sich vor knapp fünf Jahren, im November 2004, für Norderstedt als Ausrichter der Landesgartenschau entschieden. Nach einer Ausschreibung setzten sich im September 2006 die Landschaftsarchitekten Professor Gabriele Kiefer aus Berlin und Professor Carsten Roth aus Hamburg mit ihrem gemeinsamen Entwurf gegen 25 Mitbewerber durch. Das Architekten-Duo hatte sich von Peter Joseph Lenné, Landschaftsarchitekt des deutschen Klassizismus, inspirieren lassen, der 1866 so formulierte: ‚Wir begehren, dass sich alles Sichtbare zu angenehmen Szenen zusammenfüge.'"

Puh, ein langer Satz. Konnte der so bleiben? Weiter. „72 Hektar groß ist das Gelände, davon nimmt der See mit dem Naturbad 25 Hektar ein. Geplant sind Blumenschauen auf fünftausend Quadratmetern, Streichelzoo, Themengärten, Waldinseln, neben dem Arboretum heimische Obstbäume, Ideen zur Grabgestaltung, eine Kirche mit durchsichtiger Kuppel. Aha-Erlebnisse nach Ikea-Vorbild. *Ideen in Natur.*

Ein Fest der Sinne.“ Sie beließ es zunächst bei diesen Beispielen. Erwähnte noch das Logo, das es als Aufkleber gab, von Reinhard Kuchel entworfen: „Geschwungen in Grün-Blau-Gelb, dreigeteilt. Denn dreigeteilt sollte es Feldpark, Waldpark und Seepark geben.“

Das war doch sehr theoretisch. Inga nahm ihre Fototasche, steckte Stift und Block ein und machte sich auf den Weg ins Gelände. Sie fuhr die Falkenbergstraße hoch, bog ab und parkte am Moorweg, westlich des Geländes.

Hier sollte der Feldpark entstehen. Die Heide war gepflanzt, und die Bereiche waren zum Schutz eingezäunt worden. Hunde und Begleiter, die ihr entgegenkamen, machten Gesichter, als sehnten sie sich nach der ursprünglichen Idylle zurück, die mit den verschlungenen Wegen und dem ursprünglichen Bewuchs, dem Gebüsch und den Bäumen, ihren Charme gehabt hatte. So formulierte es ein von ihr befragtes Herrchen.

Sie machte Fotos von einer fast zugewachsenen Holztreppe, die malerisch wirkte, von aufgehäuften Ästen, von der Rutsche. Verdrängte den kindlichen Wunsch, den langen Weg nach unten zu gleiten, mitten hinein in den Waldpark. Sauber wäre sie dann allerdings geworden, die Rutsche – und trocken.

Weiter ging es über den Berg, den Blick durch Büsche auf die Kleingärten. Wie würden die Architekten sie in ihre Planung einbeziehen?

Der See war umsäumt von Sandbergen, auf denen leuchtend gelbe Sonnenblumen im Wind schaukelten. Zu erkennen war schon der breite Pfad aus Beton, der um den See führen sollte. Ohne Frage war dies der Bereich des Seeparks. Geplant war eine Freilichtbühne und Gastronomie mit zweihundert Plätzen. Inga konnte sich das alles kaum vorstellen.

Hinter ihr brummte es, und sie verließ den Weg, weil die Planierraupe nicht den Eindruck machte, dass sie ihretwegen anhalten würde.

12,5 Millionen Euro waren eingeplant für die dauerhafte Verbesserung des Stadtparks, so hieß es offiziell. 600.000 Besucher wurden erwartet, an 172 Tagen.

Naturschützer protestierten gegen Naturbad und Wasserskianlage: „*Die LGS dient als Vehikel, um durch die Hintertür einen Remmi-Demmi-Park zu schaffen.*" Erdkröte, Grasfrosch, Teichmolch und andere Tiere seien gefährdet, auch Breitflügelfledermaus, Großer Abendsegler und Zwergfledermaus. 850 Einwendungen wurden im Rathaus eingereicht, vor allem gegen die Wasserskianlage. Die Anwohner befürchteten Dauerlärm. Viel Zündstoff also.

Warum kam sie gerade jetzt auf Zündstoff? Es hörte sich wirklich an, als ob hinter ihr etwas explodierte. Das *Schall&Rausch-Festival*, wahrscheinlich das letzte Mal auf dem Gelände geduldet, war doch vorbei, die Teilnehmer hatten Buden und Zelte abgebaut und mit all ihren Utensilien weggeschafft. Waren das Schießübungen? Oder zog nur ein Gewitter auf? Sie ging zurück.

Auf der Anhöhe, wo später die Waldbühne entstehen sollte, hantierte eine Frau. Es folgte eine Detonation, ein altes Moped flog durch die Luft, und die Frau fotografierte. Das wiederholte sich mit einem Stuhl und einer Mülltonne. Unbemerkt zoomte Inga sich die Gegenstände heran und fotografierte ebenfalls, die Sprengmeisterlady rutschte mit ins Bild. Das war doch Natalie Newton, Malerin und Fotografin, die da experimentierte. Wo blieb die Aufsicht bei dem Krach? Oder hatte die Künstlerin dafür eine Genehmigung?

Inga ging weiter. Was hatte sie gerade notiert? Zündstoff. Wie würden die Stadtvertreter über Naturbad und Wasserskianlage entscheiden? Nach der letzten Kommunalwahl war die absolute Mehrheit der Christdemokraten auf 38 Prozent geschrumpft. Die Opposition, bestehend aus Sozialdemokraten, Grünen und Linken, konnte die Beschlüsse kippen.

Die Architekten entwarfen schöne Ansichten per Computer. Die Umsetzung war weitaus schwieriger. Noch etwa zwanzig Monate Zeit bis zur Eröffnung, rechnete Inga aus, als sie den Park wieder verließ. War das zu schaffen?

Allzu kritische Anmerkungen würde der Chef ihr nicht abnehmen. Pro LGS – so die Devise.

7

Sabrina schleppte die letzten Fachbücher in den Flur und stapelte sie hoch. Sie ignorierte das schmutzige Geschirr in der Küche, setzte die Kaffeemaschine in Gang, fand ein verbogenes Stück Brot und eine Restscheibe Mettwurst für ein verspätetes Gourmet-Frühstück. So gestärkt, baute sie die Regale in beiden Räumen ab und zertrat sie zu transportfähigem Kleinholz, legte die Teile neben die Aktenberge. Nur noch die Räume mit Plastikfolie auslegen, den Schreibtisch samt Computer abdecken, und es konnte losgehen. Sie holte Farbeimer und Streichutensilien aus dem Auto, die sie darin schon zwei Wochen spazieren gefahren hatte. Umrühren war also nicht mehr nötig. Sie stellte die Leiter auf, zog das mitgebrachte Mickymaus-Shirt Größe XXL und die alte Jogginghose an, wickelte ein löcheriges Geschirrtuch um den Kopf, tauchte den Pinsel ein und begann mit dem Streichen der Ecken.

Sie hatte Ruhe, denn Charly war unterwegs. Er vermutete in Spanien vierzig Grad im Schatten und wollte noch ein paar Sommersachen im Herold-Center kaufen, dort gab es einen Mix aus großen und kleinen Geschäften. Sie vermutete aber, dass er sich eher in Autohäusern an der Niendorfer Straße umsah, und zwar nicht nach T-Shirts und Badehosen.

Das Telefon fiepte ungewohnt laut durch die leeren Räume. Wo stand es überhaupt? Sie ließ sich nicht stören. Eine Frauenstimme ertönte unter der Folie und bat um Rückruf, es sei wichtig. Nichts konnte wichtiger sein als Bürowände zu streichen. Sie stellte Telefon und Handy auf stumm.

Gerade hatte sie eine halbe Bahn der Decke gerollt, als jemand an die Tür klopfte. Sollte er doch. Das zweite Mal hämmerte er so nachdrücklich dagegen, dass sie erschrak und fast von der Leiter gefallen wäre. Mit einem Seufzer stieg sie abwärts, sah kurz im Flurspiegel im Vorübergehen eine Malerin, die mehr Farbe abbekommen hatte als die Zimmerdecke. Sie öffnete, die Farbrolle in der Hand.

Vor ihr stand eine etwa vierzigjährige Frau in einem gutgeschnittenen dunklen Kostüm, das sie schlank erscheinen ließ. Dazu passende

Pumps von Gucci, vermutlich, viel zu schade für das Pflaster dieser Gegend. Die Haare waren so exakt frisiert, als käme sie geradewegs aus dem Salon von Peter Polzer, war ja nicht weit. Die dunkelblonden Wellen nahmen ihrem Gesicht die Strenge. Trotz der Pumps wirkte sie klein.

„Sie sind doch Frau Sax?“ fragte sie schnell.

Sabrina bestätigte das, die Frage war ja berechtigt.

„Mein Name ist Vera Engel. Ich brauche Ihre Hilfe.“

„Hier ist es gerade nicht so aufgeräumt, ich könnte eher Aufträge für Malerarbeiten übernehmen.“

„Das stört mich nicht“, sagte die Dame und hatte sich schon an Sabrina vorbeigedrängt, umkreiste geschickt die Regalbretter und Aktenberge und ging geradewegs auf das Büro zu.

Sabrina holte einen Hocker aus der Küche, stellte eine Tasse Kaffee auf die Leiter und setzte sich auf die Kante des Schreibtisches.

Ihre Besucherin ignorierte den Kaffee und überlegte anscheinend, wo sie mit ihrer Erklärung beginnen sollte. Sie schien den Tränen nahe.

„Michael, mein ... unser Sohn, ist verunglückt.“ Sie hielt der Detektivin einen ausgeschnittenen Zeitungsartikel hin, weil sie nicht weiterreden konnte. Sabrina las. Tödlich verunglückt, sie musste nicht nachfragen.

„Er könnte noch leben, wenn jemand gleich die Polizei oder den Rettungsdienst gerufen hätte, das hat der Notarzt bestätigt.“

Sabrina wartete ab.

„Damit muss ich mich abfinden, aber ich bin sicher, dass Michael nicht gefahren ist. Es gab einen Fahrer, der es besser fand, sofort zu verschwinden.“

„Wie konnte der denn unverletzt bleiben?“

„Weiß ich nicht, aber das gibt es ja.“ Sie zog die Schultern hoch und schien das Drumherum gar nicht zu bemerken, sah nur bittend die Detektivin an. „Keiner glaubt mir. Michael hatte getrunken, und dann fährt er ... fuhr er grundsätzlich nicht.“

„Wann war das?“

„Schon im Februar, aber ich komme allein nicht weiter, ich werde noch verrückt. Finden Sie den, der gefahren ist."

„Wo genau war der Unfall?"

Frau Engel beschrieb die Unfallstelle an der B 432 vor der Abzweigung nach Oering und Kaltenkirchen.

„Michael hatte eine Ausstellung in der Remise in Bad Segeberg, er ... war ein begabter Fotograf. Hatte auch angefangen zu malen. Danach war ein Essen in der Nähe, eine kleine Feier, weil er einen Preis bekommen hatte."

„Wer war dabei?"

„Mein Mann Gabriel und ich mit Timo, unserem jüngsten Sohn. Dann noch Marjana, die Mitarbeiterin in unserem Autohaus. Sie war mit ihrem geschiedenen Mann gekommen, dem Künstler Orlando Graf."

„Also mit Ihrem Sohn Michael sechs Personen?"

„Acht. Ron ... Herr Carlos, der Immobilienmakler aus Hamburg, war dabei. Er ist ein Freund meines Mannes und berät uns seit Jahren in Steuersachen. Und seine Frau Natalie Newton war noch dazugekommen, sie ist mit Orlando befreundet und interessierte sich für Michaels künstlerische Arbeiten."

„Timo ist noch Schüler?"

„Nein, er ist seit ein paar Monaten Auszubildender in der Kfz-Werkstatt von Alex König in Norderstedt", erklärte Frau Engel, „er hat sich die Lehrstelle selbst gesucht und in der Nähe eine kleine Wohnung gemietet." Sie schien auch Timo schmerzlich zu vermissen.

Sabrina kannte Alex und seine Frau Inga seit der Schulzeit, hatte sie aber, wie sie fand, schon eine Ewigkeit nicht gesehen. Das letzte Mal bei einem Klassentreffen vor einigen Jahren im Lessing-Gymnasium.

„Einzige Bedingung wäre: Die Beteiligten dürfen nicht merken, dass ich Sie beauftragt habe", gab Vera Engel gerade zu verstehen.

„Wie sollte das gelingen?"

„Ihnen gelingt es, da bin ich sicher."

„Wie sind Sie auf unsere Detektei gekommen?"

„Herr Drescher ist unser Kunde, das ist Ihnen sicher bekannt. Er hat Sie sehr gelobt. Meine Probleme bespreche ich auch lieber mit einer Frau."

Sabrina verwies noch einmal auf Kollegen, auf die Polizei und die Freunde, die mehr wissen müssten. Warum sollte gerade sie den Auftrag übernehmen?

Die Frau zog einen dicken Umschlag aus der Handtasche und legte ihn neben die Tasse.

„Wenn der Betrag nicht reicht, rufen Sie mich an." Sie legte ihre Karte dazu, drehte sich weg und ging.

Sabrina stieg wieder auf die Leiter und setzte ihre Arbeit fort. Sie würde das Geld zurückbringen. Es gab nichts herauszufinden, alles war untersucht und geklärt, die Frau beharrte auf einem Unfallhergang, der ihren Sohn entlasten und ihr Trost bringen sollte. Sabrina stieg wieder von der Leiter, säuberte provisorisch ihre Hände mit einem alten Frotteehandtuch und öffnete den Umschlag. Zweitausend Euro, als Anzahlung. Sie betrachtete die Karte: *Vera Engel, Autohaus am Flughafen, Norderstedt.*

Ein Foto von Michael lag dabei. Ein hübscher junger Mann mit blonder Kurzhaarfrisur. Sie steckte alles in den Umschlag zurück.

8

Vom Haus seines Vaters aus ging Marius die Ulzburger Straße entlang. Vor dem Eiscafé saßen kichernde Mädchen, schlürften Schoko-Shakes und hielten die langen Beine in die Sonne. Er träumte davon, in einem chromblitzenden Cabrio an ihnen vorbeizufahren, den Arm lässig auf die Fahrertür gelehnt. Das würde den Perlhühnern imponieren. Später würde er vor ihren Augen lässig einparken, eine von ihnen zu einer Spritztour einladen: in die City, an die Ostsee, in die Disco, wohin sie wollte.

Ein Traum. Denn dazu brauchte er Bares, das er nicht hatte. Fürs Leben lernen solle er, für einen Beruf, hatte seine Mutter gesagt. Er bezweifelte schon in der Schule, dass Chemieformeln und französische Vokabeln dabei nützlich waren. Fürs Leben lernte er bei den

Kumpels in der Werkstatt, die er durch seinen Vater kennengelernt hatte. Der war mit ihm dort gewesen, um Autoblech abzuholen, für eine seiner Figuren. Woher sein Vater die Männer kannte, wusste Marius nicht. Man traf sich eben, bei Kiesow, in Zubehörläden, auf dem Automarkt.

Fürs Überführen von Fahrzeugen nach Travemünde bekam Marius zum Beispiel schlappe hundert Euro. Musste er über Grenzen, war es nicht viel mehr, nur gab es zusätzlich ein Ticket für den Rückflug. Damit wollte er sich nicht zufriedengeben. Klar, die Autos waren geklaut, und trug er nicht das größte Risiko? Fahrzeugteile hingegen waren easy über Grenzen zu bringen, aber für den Lkw, der sie transportierte, fehlte ihm die Fahrerlaubnis. Wer richtig Kohle mit dem Verschieben der neuen Karossen machte, wusste er nicht. Die Anweisungen für ihn steckten stets in einem Umschlag im Briefkasten, zusammen mit dem Autoschlüssel. Ohne Adresse, Absender und Briefmarken. Er hatte die Männer in der Werkstatt nach dem Auftraggeber gefragt und keine Antwort erhalten. Den kannte nur der Glatzkopf, der dessen Namen für sich behielt. Immerhin hatte dieser die Nummer des Oberbosses auf seinem Handy gespeichert. Marius erkannte die Speichernummer daran, wie er sie wählte. Er hatte sie selbst in einem unbewachten Augenblick, als das Handy auf dem Tisch lag, angewählt und notiert, hatte sich erschrocken, weil er sich sicher war, die Stimme erkannt zu haben. Er beschloss, sich nachts am Fenster auf die Lauer zu legen und auf den Boten zu warten. Das Auto würde er bestimmt erkennen. Konnte man so einen unter Druck setzen mit seinem Wissen? Das konnte die Finanzen erheblich aufbessern. Klar, sein Vater würde es Erpressung nennen, aber der wusste ja von nichts.

Marius dachte an seinen ersten Erfolg. Am letzten Wochenende war ihm eher zufällig ein Coup gelungen. Da stand eine Limousine von BMW an der Straße, mit laufendem Motor. Umsehen, einsteigen und wegfahren, so einfach war das.

Er hatte das Fahrzeug versteckt geparkt. Zum Wochenende würde er damit zum Wettrennen fahren, in die Gewerbestraße. Mit all den Kumpels, dazu gab es Bier und Joints und viel Krach.

Danach konnte er es an einen von ihnen verkaufen. Ein Auto war vielfältig einsetzbar: zum Angeben, Knutschen, Transportieren, egal, ob mit oder ohne Führerschein. Man konnte damit sogar Schaufensterscheiben einfahren, jemanden bedrohen, flüchten. Oder ganz normal von A nach B fahren. Es interessierte ihn nicht, was der Käufer damit machen würde, nur, was dabei heraussprang. Und sein Ansehen würde wachsen. Die Nachfrage war groß, und er könnte sich damit selbständig machen, selbst derjenige sein, der anonyme Umschläge in Briefkästen steckte und den eigentlichen Gewinn machte. Er musste nur schlau vorgehen und durfte keinen Fehler machen.

Autofahrer waren ja so unachtsam. Sie ließen ihre Schlüssel und Papiere in Manteltaschen und hinter offenen Haustüren auf dem Regal. Steckten sie in die Briefkästen der Werkstätten, in Beutel an Einkaufswagen, drückten sie ihren Kindern zum Spielen in die Hand. Komplette Schlüsselbunde blieben am Strand unter Handtüchern liegen, auf Tischen in Restaurants, auf Bänken im Park oder eben im Zündschloss, man musste nur die Augen offen halten.

Bald würde er herausbekommen, wie man mit all dem technischen Kram Karossen knackte, mit einem Laptop. Er wollte die Männer der Werkstatt begleiten und ihnen auf die Finger sehen.

So ein naives Muttchen wäre am einfachsten zu überrumpeln, so eine schüchterne, verängstigte Tussi. Raus mit ihr aus dem Auto und dann ab damit auf die Autobahn nach Travemünde auf die Fähre. Das brachte endlich richtig Kohle.

Am Nedderfeld könnte er es versuchen. In der Automeile. Nirgendwo sonst in Hamburg gab es mehr Fahrzeuge der Luxusklasse. In vielen Staaten im Osten gab es dankbare Abnehmer, hatte einer der Männer in Föhrsdorf gesagt. Was er brauchte, war ein zuverlässiger Helfer als Fahrer, um die Kurve zu kratzen, wenn was schiefging. Den zu finden unter seinen Kumpels war kein Problem. Eben einen der Jungen, die Autos liebten. Was er dafür berappte, konnte jeder von ihnen gut gebrauchen.

Dann war Marius zu Hause angelangt. Wenn seine Mutter ihn wieder tadelte, dass er herumbummelte, so hatte er heute eine gute Antwort parat. Er hatte seinem Vater geholfen und konnte einen Zwanzigeuroschein vorweisen. Ehrlich verdient.

9

Ein Flugzeug hebt ab
mit Koffern voller Träume
das Handy auf stumm

Charly jammerte etwas von Flugangst, aber Sabrina versicherte, dass ihre Ente auf dem Boden bleiben würde. Sie brachte ihren Kompagnon mitsamt seinem schweinsledernen Koffer zum Flughafen.

„Dann sei inzwischen nicht so fleißig, Brini."

„Ich hab einen Großauftrag bekommen, zweitausend Euro zunächst als Anzahlung."

„So viel kann ich fürs Renovieren aber nicht ausgeben, auch nicht, wenn du es bist."

„Den hab ich im Ernst bekommen, fürs Aufklären eines Unfalls."

„Das ist ja wie Bestechung, der kann nichts taugen."

„Die Auftraggeberin ist Vera Engel."

„Die Chefin vom *Autohaus am Flughafen*? Lass mich raten. Es geht um ihren tödlich verunglückten Sohn. Da wirst du ihr auch nicht helfen können."

Genau das dachte sich Sabrina auch.

Dann hielt Charly Ausschau nach seinem Mercedes.

„Guck doch mal den Fahrer da an, viel zu jung für den CSL 500, ist geklaut."

„Oder ausgeliehen, von Papa."

Später setzte sich seine Freude am Fahnden gegen die Vorfreude auf die Costa de la Luz durch.

Per Airport-Express wäre Sabrina die Fahrt lieber gewesen, Lord Lemon mochte das Flughafengelände nicht. Zu viele Taxen, zu viel Hektik. Wo parken? Vielleicht wäre es einfacher gewesen, die neue

S-Bahn-Linie zu benutzen. Aber Charly mied Busse und Bahnen, gleichgültig, ob S oder U, HVV oder ICE.

Ein Einheitssender dudelte Musik von Sonne und Sehnsucht, auch *Ein Bett in Kornfeld* fehlte nicht. Dann folgten Einheitsnachrichten. Irgendwo eine Demo gegen irgendwas.

„Komm, wir demonstrieren auch."

„Für was?"

„Für Hamburger Sommer ohne Regen."

„Für mein Konto ohne Soll."

„Für Kissen ohne Bezüge."

„Wieso Kissen? Manager."

Da waren sie schon angekommen. Sabrina begleitete Charly, weil sie das Treiben in den Terminals liebte, die rollenden Koffer, die Schlangen von Urlaubern in spe vor den Schaltern nach Faro, Rom, Athen, die in Vorfreude hopsenden Kinder. Kam sich vor wie eine sorgende Mama, als sie Charly durch die Kontrolle entschwinden sah. Dass er nun sicherer an den Urlaubsort kam als mit dem Auto, hoffte sie sehr.

Mitten im Gedränge schmetterte Paul Potts das *Nessun Dorma* aus *Turandot*. Sabrinas Klingelton auf dem Handy. Sie sehnte sich nicht gerade nach einem dicken Auftrag. War doch Saure-Gurken-Zeit mitten im Sommerloch. Sie meldete sich widerwillig. Das konnte nicht sein. Charly!

„Brini, ich sollte doch meine Fahrzeugpapiere noch in der Wache vorlegen, das hab ich jetzt ganz vergessen. Liegen im Safe."

„Okay, bring ich hin."

„Wache Troplowitzstraße."

„Charly, jetzt schalt endlich ab."

„Das Handy?"

„Das auch."

Sekunden später meldete sich Paul Potts erneut.

„Was denn nun noch?"

„Vera Engel hier, vom *Autohaus am Flughafen*."

„Oh ..."

„Hört sich an, als ob Sie am Flughafen sind."

„Inmitten von Urlaubern, nur leider keiner von ihnen."
„Könnten Sie gleich mal ins Autohaus kommen? Wäre gut."
Sabrina war schon froh, dass dieses Schluchzen aufgehört hatte, diese Frau war wirklich hartnäckig.
„Ich bin in etwa zwanzig Minuten bei Ihnen."

10

Sabrina nahm zum Autohaus den Weg über Zeppelinstraße und Niendorfer Straße. Vorbei am Industriegebiet Nettelkrögen, auf der linken Seite die Nordport Towers, rund und bunt geplant, fünfundzwanzig Meter hoch. Etwas weiter das ungetüme Gebäude der Casio Europe GmbH. Der Flughafen zog Firmen an, die im Süden von Norderstedt aus Wiesen ein Gewerbegebiet machten. Norderstedt? Boomtown wäre wirklich passend.

Die Stimme der Autohauschefin hatte kühl gewirkt, wie die einer Geschäftsfrau. Das konnte täuschen. Sabrina sah bei Gesprächen lieber in Gesichter, beobachtete die Gesten, so konnte sie Menschen besser einschätzen, abschätzen, was sie bewegte. Telefongespräche halfen ihr wenig.

Was war Frau Engel noch Mitteilenswertes eingefallen? Oder wollte sie den Auftrag zurückziehen?

Das *Autohaus am Flughafen* sah aus wie eben Autohäuser aussehen. Ein Flachbau mit großer Glasfront, daneben die Werkstatt. Drinnen und draußen Neufahrzeuge von Mercedes, auf einem Platz daneben Gebrauchtwagen verschiedener Marken. Das Autohaus lag nicht direkt am Flughafen, aber die Maschinen flogen tief darüber hinweg.

Ein Tieflader beanspruchte den gesamten Platz vor dem Gebäude. Neufahrzeuge wurden abgeladen. Sabrina parkte auf dem Hof dahinter.

Drinnen war die Stimmung so schwarz wie die Farbe der Karossen. Frau Engel verhandelte gerade mit einem Kunden. Sabrina beobachtete unterdessen den Betrieb an der Rezeption, oder besser den Nichtbetrieb. Die Mitarbeiterin, laut Schild Marjana Graf, grüßte nur kurz, drehte an einer blonden Locke, schob sich vom Drehstuhl, zupfte am Minirock und stöckelte auf Highheels nach draußen.

Dann ging der Kunde, ein gewichtiger Herr, dunkelhaarig mit grauen Strähnen, in dunkelblauem Maßanzug. Die Autohauschefin verabschiedete ihn mit einem ungewöhnlich vertrauten „Tschüs, Ron." Er stieg in seinen Mercedes und fuhr davon.

„E-Klasse, ein T-Modell", erklärte sie, und Sabrina musste erst umschalten von Mann auf Auto.

Sie reichte Sabrina die Hand und versuchte, wie eine versierte Geschäftsfrau zu wirken. Cool, würde Felix, Hausmeisters Sohn, sagen. Es misslang. Dann wies sie auf den Transporter.

„Wir haben neue Fahrzeuge anliefern lassen. Die Autos, die für das Jubiläum gedacht waren, wurden beschädigt. So können wir sie nicht mehr anbieten."

Sabrina sagte nichts. Ihre Methode, andere zum Reden zu bringen.

„Mutwillig zerkratzt. Schauen Sie sich das mal an."

Sie gingen nach draußen. Fünf Mercedes-Modelle standen exakt aufgereiht vor dem Autohaus, auf dem Platz zwischen hohem Zaun und Gebäude. Den schwarz glänzenden Lack zierte jeweils auf der Haube eine Erklärung: *I love G.* Hin und wieder lockerten nicht ganz ebenmäßige Herzen den Text auf, die sich über die Kotflügel hinzogen. Eingraviert mit einem Schraubendreher oder dem spitzen Teil eines Schlüssels, vermutete Sabrina. Autofans mussten diese Kratzer schmerzen, als wäre die eigene Haut betroffen. Ebenso Autohausbesitzer und ihre angestellten Verkäufer.

„Fünf zähle ich, oder stehen irgendwo noch mehr?"

„Ja, fünf. Fragen Sie lieber, wie hoch der Schaden ist. Eine Aufklärung durch die Polizei ist kaum zu erwarten. Versicherungssache. Nur sind diese Liebeserklärungen bei Teilkasko nicht abgedeckt."

„Eine Vermutung, wer da so geliebt wird, wer G Punkt ist?"

„Meine Frau sagt, dass damit nur ich gemeint sein kann, mein Vorname ist nun mal Gabriel."

Wie passend, Herr Engel. Er war unbemerkt dazugekommen. Ein großer, schlanker Mann, eher schlaksig, mit blonden Haarstoppeln, die in verschiedene Richtungen wiesen. Einer von den Exemplaren, die nie erwachsen werden wollen.

„Wären die Fahrzeuge drinnen nicht sicherer aufgehoben?“ fragte Sabrina.

„Kein Platz. Wir müssen mehr abnehmen als wir verkaufen können. Also horten wir die Fahrzeuge auf dem Hof.“

„Jede Kleinigkeit wird uns nach den EU-Regeln vorgeschrieben“, setzte Frau Engel hinzu, „die Größe der Ausstellungsfläche pro Auto, wann wir renovieren müssen, sogar die Temperatur im Verkaufsraum.“

Sabrina hatte aufmerksam zugehört, das alles war ihr neu.

„Wie hatten Sie sich meine Hilfe vorgestellt?“ wollte sie dann wissen.

Herr Engel kam seiner Frau zuvor. „Ich kann hier nicht nächtelang rumhängen und gucken, ob vielleicht einer mit Farbbeuteln wirft, mit Säuren herumspritzt oder sogar in Glasscheiben schießt. Und wie schnell sind, so unbewacht, die nächsten Fahrzeuge dran.“

„Unsere Pensionäre könnten hier einige Nächte Wache halten, wenn Sie möchten“, schlug Sabrina vor.

Er setzte sein charmantestes Lächeln auf und nickte.

„Und Sie, Frau Engel?“

„Ja, einverstanden.“ Kein Lächeln.

Sabrina rief Herrn Blum an, und er sagte zu.

„Wann kann er denn da sein?“

Sabrina gab das Handy an Herrn Engel weiter. Details konnten sie selbst klären.

Die Autohauschefin bat Sabrina ins Büro. Die Angestellte saß wieder an ihrem Platz.

„Ich möchte nicht gestört werden, bitte sorgen Sie dafür.“ Dann schloss sie die Tür.

„Kaffee?“

Sabrina nickte. Sie hatte noch nicht gefrühstückt.

„Haben Sie sich entschließen können, meinen Auftrag anzunehmen?“ fragte Frau Engel und versuchte, nicht angespannt zu wirken.

„Nein. Wenn Polizei und Richter nichts herausgefunden haben, dann schaffe ich das auch nicht. Er wird schon allein gefahren sein."

„Sie glauben mir auch nicht. Ich habe ein halbes Jahr darüber nachgedacht. Ron und Natalie sagen, dass sie die Nacht im selben Hotelzimmer verbracht und es nicht mehr verlassen haben. Ich glaube ihnen. Also bleibt nur mein Mann als Fahrer übrig."

„Ein Vater, der seinem Sohn nicht hilft?"

„Es stand viel auf dem Spiel: Er wäre nicht das erste Mal wegen Trunkenheit am Steuer aufgefallen. Er wäre verurteilt worden, hätte seine Ehrenämter verloren und mit mir seine ganze sichere Existenz."

Sie drehte sich schnell weg und nahm zwei Tassen aus dem Schrank. Wischte schon wieder Tränen fort.

„Finden Sie sich damit ab, dass Michael allein gefahren ist."

„Nein." Das klang sehr bestimmt. „Nach meiner Meinung war er sehr betrunken, er konnte gar nicht mehr fahren. Warum helfen Sie mir nicht?"

Sabrina ahnte, dass die Ungewissheit, ob ihr Mann schuld an Michaels Tod war, Frau Engel zusätzlich belastete.

„Lassen Sie mir noch ein paar Tage Zeit", bat die Detektivin schließlich.

„Mein Mann flüchtet sich in Affären, er ertränkt und verdrängt Probleme." Die Kaffeemaschine blubberte in ihre Erklärung hinein. „Meine Tabletten kosten entschieden weniger als sein Lebensstil."

„Er macht aktiv ehrenamtliche Arbeit, nimmt an Wahlveranstaltungen teil, leitet Versammlungen, steht an Ständen, so steht es in den Zeitungen."

Frau Engel bestätigte das zögernd, schenkte Kaffee ein und tackerte abwesend drei Süßstofftabletten in ihre Tasse.

„Mit seinen Affären muss ich mich abfinden. Ich fürchte nur, er befindet sich in falscher Gesellschaft, das ist nicht gut fürs Geschäft, und er tappt irgendwann in eine Falle."

Sabrina sah Trotz in ihrem Gesicht. Gleichgültig schien ihr der Ehemann nicht zu sein.

„Eine verlassene Geliebte kann viel Schaden anrichten, wie Sie sehen. Gabriel hat anscheinend eine neue Flamme", stellte sie dann fest.

„Wer wurde verlassen?“

„Marjana, denke ich. Sie reagiert sehr temperamentvoll und impulsiv. Die Herzchen sind ihr Kunstwerk.“

Das war nicht bewiesen, Sabrina wollte keine voreiligen Schlüsse ziehen. Real waren eher die Schokoladenkekse, die Frau Engel auf einem Teller auf den Schreibtisch stellte. Sabrina griff dankbar zu.

„Wohin jetzt mit diesen Autos? Womöglich muss ich das Jubiläum absagen, Herrn Graf auch. Ich mag es ihm gar nicht sagen.“

„Sie sind mit Herrn Graf befreundet?“ wollte die Detektivin wissen.

Ihr Gegenüber wurde tatsächlich verlegen. „Unser Autohaus unterstützt die Kultur, unter anderem den Kulturverein *panta rhei*, mein Mann ist dort im Vorstand.“

„Fragen Sie Herrn Graf doch, ob er die Herzen und Liebesschwüre mit seinen Skulpturen in Einklang bringen kann. Passt doch. Autos, genutzt als Schreibunterlage, zweckentfremdet, wie eben seine Kunst auch.“

Frau Engel lächelte, zum ersten Mal.

Sabrina bereitete ein Formular vor, nannte ein hohes Honorar für Herrn Blum und bedauerte sofort, dass sie nicht noch höher gegangen war. Ihre Auftraggeberin hatte nur beiläufig genickt und den neuen Auftrag unterschrieben, schwungvoll und mit vollem Namen.

Sabrina verabschiedete sich. Auf dem Hof begegnete ihr Marjana. Deren Augen schienen Funken zu sprühen, Herr Engel sah der jungen Frau nach, zog die Schultern hoch, ein wahrer Rudi Ratlos.

Sie machte Aufnahmen von den ungewöhnlichen Liebeserklärungen auf ungewöhnlichem Untergrund.

„Oh, Fotos für die Ausstellung zum Jubiläum?“

Herr Engel war ihr gefolgt. Er griff in die Tasche. „Ihr Handy. Herr Blum und ich haben alles besprochen. Gut, dass er kommt, nicht nur wegen der Schäden. Uns wurde auch der Firmenwagen gestohlen.“

Das hatte Frau Engel gar nicht erwähnt.

Er begleitete sie zu ihrer Ente.

„Wenn Sie mich fragen, ich weiß, wer der Herzmaler war.“

„Dann frage ich doch mal.“

„Gucken Sie sich den Künstler da in Friedrichsgabe genauer an. Orlando Graf heißt er. Passt doch. G wie Graf. Der liebt doch sich selbst am meisten. Und für ihn ist das Kunst, das Gekrakel."

„Es kann auch ganz anders sein. Ein dummer Streich von Angetrunkenen. Oder hat vielleicht einer Ihrer Autohauskollegen der Neid gepackt? Verkaufen Sie günstiger?"

Er schüttelte den Kopf.

„Da ist ein Zaun, und da ist ein Tor. Man könnte über Nacht abschließen."

„Machen wir jetzt jeden Abend, ich achte darauf. Es läuft alles schief, seit Michael nicht mehr da ist." War er wirklich traurig oder nur ein guter Schauspieler? „Ich weiß wohl, dass meine Frau mich für den Tod von Michael verantwortlich macht. Glauben Sie das auch?"

Sabrina stieg in die Ente, um nicht antworten zu müssen, und klappte das Fenster hoch, um sich zu verabschieden.

„Sie sollten sich mal einen hübschen Mercedes gönnen, Frau Sax, es gibt gerade ein neues Modell der A-Klasse."

„Ich habe zu wenig Geld für so viel Auto."

„Ich komme mal mit einer Flasche Sekt zu Ihnen, und wir besprechen das. Ihre Nummer habe ich ja jetzt."

So machte Mann das also.

An der Einfahrt zum Hof kam ihr ein Streifenwagen in Silber-Blau entgegen. Ein Peterwagen, jedenfalls für echte Hamburger und ihre Nachbarn. Die Beamten machten Gesichter, als hätten sie auch auf ihr Frühstück verzichten müssen.

11

Der schwarze Mercedes mit Winsener Kennzeichen, ein C63 AMG, blinkte und hatte sich links eingeordnet, um vom Nedderfeld, der Hamburger Automeile, in die Kollaustraße einzubiegen. Eine junge Frau saß am Lenkrad, eine Begleitung war nicht zu erkennen. Das Fahrzeug dahinter, ein zementgrauer Opel Corsa, war besetzt mit zwei jungen Männern, niemand beachtete sie. Die Ampel schaltete um auf Rot. Die Fahrzeuge bremsten ab und hielten.

Der Beifahrer sprang aus dem Opel, eilte nach vorn und riss die Fahrertür vom Mercedes auf. Ein hastig gesprochener Befehl, so leise, dass nur die Fahrerin ihn hören konnte. Sie reagierte mit starrem Gesichtsausdruck.

„Aussteigen!“ Der Mann machte seine Forderung deutlicher. Der kalte Lauf einer Pistole drückte gegen ihre Schläfe.

Sie griff automatisch zum Autoschlüssel im Zündschloss.

„Halt! Raus! Der Schlüssel bleibt stecken.“

Die junge Frau setzte die Füße auf das Straßenpflaster, wurde barsch zur Seite gestoßen und stürzte. Der Mann rutschte auf den Fahrersitz, der Motor lief schnurrend weiter.

Die Ampel war auf Grün umgesprungen. Hinter dem Opel Corsa hupte ein Ungeduldiger, der nichts begriffen hatte. Der Mercedes fuhr an, schnitt nach rechts zwei Fahrbahnen und raste die Kollaustraße hoch, begleitet vom Hupen der anfahrenden Autos und vom grauen Corsa.

Die Frau war wieder auf den Beinen und stand zitternd am Straßenrand. Ohne Jacke, ohne Handtasche, ohne Papiere. Die Sachen lagen unerreichbar im Kofferraum.

Sie sah sich um. Ein Autohaus war nur wenige Schritte entfernt. Autohaus Raffay. Sie machte sich auf den Weg, um dort zu telefonieren. Da war ihr Mercedes schon weit fort in Richtung Norden. Der Opel Corsa hielt einige Straßen weiter auf dem Parkplatz des Metro-Marktes. Ein Peterwagen streifte langsam vorbei. Die Beamten fuhren die Autoreihen ab, auf der Suche nach TÜV-fälligen Fahrzeugen.

„Hätte ich mich weigern sollen?“ fragte die junge Frau später den Polizisten, der den Tatort fotografierte. Sie zitterte noch immer am ganzen Körper. Den Täter konnte sie nicht beschreiben, wusste auch nicht, woher er so schnell gekommen war. Jung? Vielleicht. Kleidung? Er trug ein weißes T-Shirt, helle Jeans, eine Sonnenbrille. Das passte zurzeit auf drei Viertel aller Männer, nur Banker liefen noch im August in dunklen Anzügen herum. Dunkelhaarig? Ja, längere Haare. Die Waffe? Ja, die sei wohl schwarz gewesen.

„Carjacking“, erklärte der Polizist.

Die Frau verstand überhaupt nichts mehr.

Der Autoverkäufer von Raffay hatte ihr fünfzig Euro geliehen. Sie fuhr mit dem Metro-Bus 5 bis zum Hauptbahnhof und dann mit dem Zug um 16.43 Uhr, besetzt mit müden Pendlern, nach Winsen zurück.

Autofahren? Nie wieder.

12

Gegen Mittag landete eine Maschine der *Hungarian Airlines* in Fuhlsbüttel, mit der Jan Petersen, Hauptkommissar bei der Kriminalpolizei in Hamburg, aus Sofia gekommen war.

Sein Auftrag war erledigt. Zufrieden war er nicht. Er dachte an die junge Bulgarin, die er als Zeugin befragt hatte. Es war ihr gelungen, ihrem Zuhälter in Hamburg zu entkommen und in ihre Heimatstadt zurückzukehren. Um viele Illusionen ärmer und um ebenso viele schlimme Erfahrungen reicher. Immer wieder fielen Frauen auf Angebote von Schleppern herein, die ihnen Traumjob und Luxusleben versprachen. Dass sie als Prostituierte arbeiten mussten, dazu hohe Schulden für Flug und Unterkunft abzubezahlen waren und kaum Geld zum Leben blieb, erfuhren sie sehr bald. Die Pässe wurden ihnen sofort abgenommen.

Als die junge Frau sich nicht fügen wollte, war sie mit Gewalt zur Prostitution gezwungen worden, mit Faustschlägen, Fußtritten, Schnittverletzungen. Die Narben verbarg sie unter einem weiten, langärmeligen Kleid, die im Gesicht verdeckte auch eine getönte Creme nicht.

Sie beschrieb das Hotel in Hamburg, in dem sie begonnen hatte. Ein Haus mit zehn Apartments an einer vielbefahrenen Durchgangsstraße, eher bescheiden eingerichtet, im Erdgeschoss eine Bar, die von männlichen Gästen für interne Feten genutzt wurde, die Dienste der Bewohnerinnen inbegriffen. Die Adresse wusste sie nicht mehr. Manchmal habe man sie auch auf Anfrage in Privatwohnungen geschickt, allein oder mit anderen Mädchen. Oder in edle Hotels, zu Partys nach Konferenzen, irgendwo abgelegen. Fluchtgedanken? Ja, sicher, aber wohin ohne Pass und ohne Geld in einer fremden Stadt? Erst viel später, als Druck und Schmerzen unerträglich wurden, hatte sie die Furcht überwunden und war in die nächste Polizeiwache gelaufen.

Wie auch schon in Hamburg hatte die Frau zu den meisten Fragen geschwiegen, wusste angeblich auch den Namen des Peinigers nicht. Sie war misstrauisch und noch immer voller Angst.

Es wiederholte sich und würde so bleiben. Je ärmer ein Land, desto williger die Opfer. Waren die Mittelsmänner erfolgreich, heimsten sie viel Geld ein für die Mädchen oder tauschten sie gegen Luxusfahrzeuge, die sie in diesem Fall in Hamburg und der näheren Umgebung gestohlen hatten. Die ja nichts gekostet hatten außer ein wenig Herzklopfen und den Lohn für Umfrisieren, Zerlegen und Transport durch willige Helfer. Wenn die Luxusmodelle angekommen waren, stiegen die jungen Frauen im Tausch in den Flieger nach Hamburg, ahnungslos und voller Hoffnung.

Jan Petersen hätte auch nach Tallinn, Tirana, Belgrad oder Kiew fliegen können. Das Geschäft florierte überall. Für die Kollegen und ihn im Fachkommissariat *Menschenhandel und Schleusung* ein aussichtsloser Kampf, eine Sisyphusarbeit. Er hatte die Fotos der geschundenen Mädchen vor Augen und war fest entschlossen, diesen Ganoven vor Gericht zu bringen. Die Telefonnummer seiner Dienststelle hatte er der Frau in die Hand gegeben. Vielleicht würde sie es sich doch noch überlegen.

Als er in ein Taxi stieg, war es 12.51 Uhr. Er freute sich auf Sabrina, auf freie Tage, auf seine Wohnung in Norderstedt. In genau dieser Reihenfolge.

13

Ein weißwuscheliges Knäuel rollte exakt um 12.53 Uhr in Höhe des Rastplatzes Holmmoor quer über die Autobahn. Ohne Vorwarnung. *Ich bremse auch für Tiere,* informierte der Aufkleber am Heck des Smart Fortwo den Audifahrer dahinter. Und so geschah es dann auch.

Dem verschreckten Mann nützte der Hinweis nichts, er konnte nicht mehr rechtzeitig reagieren. Es krachte, wie es eben kracht, wenn ein Audi unfreiwillig auf einen Smart trifft, wenn Metall auf Metall prallt, Glas splittert, nach vergeblichen Ausweichversuchen. Sekunden später bekam der Audi samt Fahrer noch einen Schub von hinten, durch einen nur wenige Tage jungen VW Fox. Dem half es auch nichts, dass er beim Front-Crashtest des ADAC die höchste Punktzahl für Sicherheit erreicht hatte. Beim Seiten-Crashtest war der Smart Sieger geworden. So war er gerade in der richtigen Position an der Leitplanke hängen geblieben, allerdings in Geisterfahrerrichtung.

Schleswig-Holsteiner, Hamburger und Niedersachsen waren an diesem Freitag anscheinend alle gleichzeitig unterwegs, auf dem Weg nach Hause oder zu den nordischen Stränden, vereint mit Baden-Württembergern und Bayern, die noch zwei Wochen Schulferien vor sich hatten. Die Dänen waren sowieso immer in beiden Richtungen unterwegs, in Gesellschaft mit den heimischen Lastern. Der Verkehr hatte wie gewohnt stauartige Symptome. Mit lebensrettender Wirkung.

Lord Lemon war eines der 70.000 Fahrzeuge, die an diesem Tag die Bundesautobahn A7 nutzten. Sabrina hatte gleichzeitig geflucht und gebremst. Zu spät. Ihr Citroën traf auf einen robusten Geländewagen. Das nachfolgende Cabrio stand unerwartet neben ihr. Der Fahrer wirkte blass. Sabrina klappte die Scheibe hoch und lächelte hinüber.

„Kann Ihre Ente denn nicht fliegen?“ fragte der junge Mann.

„Doch, hab keinen Pilotenschein.“

Immerhin konnte Sabrina ungehindert aussteigen und besah sich die Front ihres treuen Gefährts. Die Stoßstange hing schief, der linke Kotflügel hatte seine dritte und bisher größte Delle bekommen. Der Geländewagen hatte die Kollision abgewehrt wie eine lästige Mücke. Der Fahrer grinste. Peanuts, sagte sein Gesichtsausdruck.

Dann besann sich die Detektivin auf das Vier-Punkte-Programm bei Unfällen: Ruhe bewahren, Unfallstelle sichern, Verletzten helfen, Hilfe holen.

Sie sah sich um. Schien zu funktionieren, wenn auch nicht in der erlernten Reihenfolge. Sie ging einige Meter nach vorn, beugte sich durch das geöffnete Seitenfenster zum Audi-Fahrer hinunter.

„Alles klar", verkündete der, „mein drittes Schleudertrauma in einem halben Jahr." Er lachte, dass ihm die Tränen die Wangen hinunterliefen und wischte sich mit einem großen, weißen Taschentuch über das Gesicht.

Da tönten schon Einsatzfahrzeuge heran, suchten sich ihren Weg durch die wartenden Autoschlangen, rundum Blaulicht, Helfer in Leuchtwesten.

„Der steht unter Schock", sagte einer der Engel neben ihr, mit Blick auf den lachenden Mann. Er winkte die Kollegen mit der Trage heran. Sabrina blieb nur, Platz zu machen.

Die Tierschützerin hatte sich ohne fremde Hilfe aus dem Auto befreit und saß im Randstreifengrün. Das Knäuel, einen weißwuscheligen Terrier, im Arm.

Alles, was auch nur eine Schramme hatte, Menschen und Autos gleichermaßen, wurde abtransportiert. Die Menschen in Rettungsfahrzeugen, die Autos auf Abschleppbrummern, die wie Phantome plötzlich da waren. Wie Wespen auf dem Obstteller. Wie Politessen in einer mit Fahrzeugen besetzten Parkverbotszone.

Die Aktion lief ab, als sei sie einstudiert. Der dringende Verkehrshinweis irgendeines Senders tönte über die Szene: *Massenkarambolage auf der A7, Höhe Raststätte Quickborn*. Eine Falschmeldung. Holmmoor wäre richtig gewesen.

Sabrina ging zurück. Ein Mercedes stand alleingelassen am Mittelstreifen. Der Motorraum lag beschädigt unter verbeultem Blech. Der rechte vordere Reifen war platt. Ein C63 AMG. Das besagte jedenfalls der Schriftzug am Heck. Von 0 auf 100 km/h in 4,5 Sekunden, 7-Gang-Automatik, 6-Liter-Hubraum, Verbrauch: 16 Liter Super Plus, wusste Sabrina von Charly. Er hatte auch so einen Mercedes, besser gesagt, gehabt. Oder war es seiner?

Ein Winsener Kennzeichen, aber das konnte gefälscht sein oder von einem anderen Fahrzeug mal eben ausgeliehen. Sabrina sah ins

Innere und machte Fotos. Charlys Mercedes war das nicht, der hatte andere Bezüge.

„ABS, ESP, BAS, SBC, 495 PS, Telefonie, Navi, Crash-Sensor, Promikarosse“, sagte jemand hinter ihr.

Sabrina drehte sich um. Ein junger Polizist in hübschem Dunkelblau.

„Sind Sie der Halter? Fahrerlaubnis, Kraftfahrzeugschein und Ausweis bitte.“ Er zückte sein Notizbuch.

Sabrina musste verneinen.

„Warum fotografieren Sie das Auto dann?“

„Vielleicht gefällt mir der Schlitten bei näherer Betrachtung. Der ist ja jetzt preiswert zu haben.“

„Von wem denn? Ich sehe weder Besitzer noch Insassen.“

„Vielleicht der da?“ Sabrina wies auf einen jungen Mann, dunkelhaarig, nicht sehr groß, der auffallend unauffällig in Richtung Rastplatz ging. Er trug ein weißes T-Shirt und eine hellblaue Hose.

„Glaub ich nicht, passt nicht zu dieser Karosse. Der Halter wird schon kommen, musste vielleicht dringend aufs Klo. Logisch, bei dem Schrecken.“

Der Beamte war weitergegangen. Sabrina zoomte sich die Gestalt heran, die jetzt vom Rastplatz aus lauernd herübersah und drückte mehrmals auf den Auslöser. Sie besah sich den jungen Mann.

Dann inspizierte sie ungestört weiter das Luxusgefährt, lichtete die Fahrgestellnummer ab. Identifikationsnummer hieß sie jetzt korrekt. Aus dem Innenraum ertönte unerhört ein Handy. Sie fand es auf dem Rücksitz, nahm es in die Hand, den Stoff des T-Shirts dazwischen, und drückte die Annahme-Taste.

„Hallo, Marius, alles klar gegangen?“

Darauf konnte Sabrina leider nicht antworten und beendete das Gespräch. Dann notierte sie gespeicherte Nummern, die auf Tastendruck erschienen. Vier davon hatte sie aufgeschrieben, da kam schon wieder der schmucke Polizist, und sie warf das Handy zurück. Wenn der Mercedes gestohlen war, sollte sie den Ermittlern die Freude lassen, selbst Indizien zu entdecken.

Sie ging zurück. Der Beamte beäugte jetzt ihre Ente.

„Fahren dürfen Sie damit nicht mehr."

„Ich hab meine Werkstatt schon angerufen", log sie.

Er gab sich damit zufrieden, wandte sich ab und befragte weitere herumstehende Beteiligte. Der Hund machte zum Verbleib seiner Fürsorgepflichtigen keinerlei Angaben.

Sabrina fand das Abschleppseil im Kofferraum, band es um die schief hängende Stoßstange und befestigte es an der linken Scheinwerferhalterung.

Der Cabriofahrer sah zu und genoss dabei sein zweites Frühstück. Die Brötchenhälften kamen ins Rutschen, rotgelbe Soße kleckerte aufs weiße Hemd. Sie ignorierte ihn, setzte sich wieder ins Auto und wartete.

Endlich kam Bewegung in die Schlange. Sie sah den Beamten fünf Autolängen weiter eifrig notieren, drehte den Zündschlüssel um, legte mit der Revolverschaltung den ersten Gang ein und gab vorsichtig Gas. Lord Lemon gab ein Krächzen von sich, überlegte eine Weile und setzte sich dann rumpelnd in Bewegung.

Die Kolonne quälte sich auf der Standspur am Chaos vorbei. Beinahe ein Dutzend Fahrzeuge mochten es sein, die da ineinandergeraten waren. Sabrina fand, dass zu jedem Unfall auch jemand da sein sollte, der Eintritt von den Schaulustigen kassierte, zugunsten der Unfallopfer. Schnell könnten die Helfer dann wieder ungestört helfen.

Sie verließ jetzt besser die A7 an der Abfahrt Quickborn, bog nach rechts ab in die Friedrichsgaber Straße in Richtung Norderstedt und überquerte die Kreuzung. Auf dem Weg neben der Fahrbahn spazierte ein Fußgänger. Dunkelhaarig, nicht sehr groß, weißes T-Shirt und hellblaue Jeans. Marius. Er war ziemlich weit gekommen, notgedrungen zu Fuß. Die Chance, mit ihm zu sprechen, konnte sie sich nicht entgehen lassen. Vielleicht gehörte ja Charlys Mercedes schon zu seinem erlesenen Fahrzeugbestand. Eine Parkbucht bot sich an, sie hielt und befestigte die Stoßstange an der anderen Scheinwerferhalterung, was auch tatsächlich nötig war. Dann war er nahe genug, sie schaute ihm entgegen.

„Kann ich Sie ein Stück mitnehmen?"

Er stutzte, schüttelte den Kopf. Wirkte unruhig und sah sie nicht direkt an, fummelte in seinen Taschen herum, als würde er etwas suchen. Zigaretten vielleicht oder Joints.

„Sind Sie auch in diesen Massenunfall geraten?“ fragte Sabrina so gleichgültig wie möglich.

Er nickte kurz.

„Wo wollten Sie denn hin?“

„Nach – weiß nicht mehr, wie das heißt.“

„Hätte der Abschleppwagen Sie nicht mitnehmen können?“

Er schüttelte den Kopf.

Nichts zu machen, vielleicht stand auch er unter Schock. Sabrina entsann sich, wie sie nach einem eigenen Unfall mitgenommen wurde. Sie vorn im Abschleppwagen auf dem Beifahrersitz, völlig aufgelöst, hinten aufgeladen ihr demoliertes Auto. Sie selbst war so unbeschädigt, dass der Polizist von ihr verlangt hatte, die Straße zu fegen. Sie entsann sich auch damals gut an ihre Polizeiausbildung: Maßnahmen zur Gefahrenabwehr gegen den Eigentümer, § 3 und § 9 SOG. Er nutzte mit Freude das Gesetz zum Schutz der öffentlichen Sicherheit und Ordnung, das er in eigene Worte umsetzte: „Sie haben den Schaden verursacht, also beseitigen Sie ihn auch.“

„Womit?“ hatte sie irritiert gefragt.

„Klingeln Sie irgendwo, jeder Hauseigentümer hat einen Besen.“ Das wiederum war die Inanspruchnahme unbeteiligter Dritter. Auf der Suche nach einem Besenbesitzer war sie verstört in ein Auto gelaufen. Aber an dieses Erlebnis wollte sie jetzt lieber nicht mehr denken.

Sabrina befragte Marius nicht weiter, stieg in die Ente, fuhr weiter und bog wieder rechts ab. Die Straße führte am Gelände der Firma Kiesow vorbei. Über den Zaun hinweg waren gestapelte Schrottautos zu sehen.

Autorecycling und Autoteile GmbH, las sie noch, als es höllisch krachte. Der zweite Scheinwerfer hatte es aufgegeben, die Stoßstange zu halten. Sie löste den Rest, klappte den Rücksitz nach vorn und warf das sperrige Ding in den Kofferraum. Dann brachte sie den Scheinwerfer wieder in Position und hatte ihn damit als zweites Einzelteil in der Hand.

Ein Hupen ertönte. Ein Mülllaster quälte sich durch die Ausfahrt. Der Fahrer grinste und wies mit dem Daumen auf die Annahme für Schrottfahrzeuge. Ein Spaßvogel, reif für die Wahl zum Kavalier des Monats.

Sabrina kannte den Platz von Kiesow. Er bot sich auch an für Filmaufnahmen, für discomäßige Veranstaltungen und Ablichtungen von Mädchen in Dessous auf Kühlerhauben. Auch Christian von Richthofen und Stefan Gwildis hatten hier schon Konzerte für Blech und Verbundglas gegeben. Der Kontrast machte es. Eine Fotografin hatte nackte gewindelte Altherren in Einkaufswagen gebeten und abgelichtet. Wie hieß sie noch? Kristina Thiemann. Sabrina hatte das vergrößerte Foto in einer Ausstellung gesehen, über einem Arrangement von Felgen, Benzinkanistern und roter Autotür, im Stadtmuseum von Norderstedt, das dem Feuerwehrmuseum angeschlossen war.

Sabrina war wieder eingestiegen und hatte den Motor gestartet. Lord Lemon gab jämmerliche Geräusche von sich. Er musste dringend in autoärztliche Behandlung. Die Autowerkstatt von Alex war ja in der Nähe. Warum war sie nicht gleich darauf gekommen?

Ein Auto kann man nicht wie ein menschliches Wesen behandeln, ein Auto braucht Liebe. Walter Röhrl, Rallyefahrer.

Das gelbe Firmenschild sah Sabrina schon, als sie in die Friedrichsgaber Industriestraße einbog, im nördlichsten Stadtteil von Norderstedt, wo auch Jan wohnte. Kfz-Werkstatt König. *Rent-a-wrack* stand darunter. Mieten konnte man so manches: a camel, a man, a car, a call oder a killer. Aber ein Wrack?

Auch in dieser Straße hatte man neuerdings einen weiten Blick auf die Trasse der Regionalbahn. Friedrichsgabe war verdächtig nahe daran, ins Buch der Rekorde aufgenommen zu werden, für die meisten Abrisse des Jahres. Viel Neues entstand. Zur Eröffnung des Neubaugebietes Frederikspark hatte Pastor Wallmann von der Johannes-Kirchengemeinde passend gesagt: „Wenn etwas Neues entsteht, fällt gleichzeitig das Alte weg.“ Das machte sie traurig.

Sie stieg aus. Ein Faktotum, ein Mädchen für alles in männlicher Ausgabe, versuchte Ordnung in herumliegende Autoteile zu bekommen und stapelte sie in einer Ecke des Hofes. Ein Stück der grünen Wiese, jetzt eher gelb, war schon freigelegt. Einige Quadratmeter füllte noch ein kompletter Fiat auf Plattfüßen.

Sabrina ging auf das Faktotum zu und grüßte.

„Tach“, antwortete er, strich sich mit der zufällig freien rechten Hand durch die dünnen Haare, „wir reparieren keine Enten, nur Autos.“ Schon wieder so einer. „Vielleicht mal Benzin nachfüllen?“

„Enten haben Schwimmhäute, die brauchen Wasser.“

Jetzt grinste er doch, zeigte mit dem Daumen nach links. „Chef ist in der Halle.“

Sabrina folgte der vorgegebenen Richtung. Die Werkstatt wirkte einfach mit dem rauen Steinfußboden. An den Wänden hingen Kästen an Haken, mit Kleinteilen gefüllt. Unter einem Renault schauten zwei Beine hervor. Ob sie Attrappen waren, Alibi-Beine für die Chefkontrolle? Oder ob wirklich einer unter dem Auto werkelte?

„Hallo, Sie da unten, haben Sie einen Moment Zeit?“

Tatsächlich kam ein ganzer Mann zum Vorschein. Erst bis zur Taille, dann erschien der Rest. Ein Exemplar wie aus einem Modejournal entsprungen – oder wenigstens aus dem Otto-Katalog. Kurzes dunkles Haar, gesundes Braun, Muskeln unter dem blauen T-Shirt. Er wischte sich mit einem grauen Handtuch über das Gesicht, was den Anteil der Schmiere verdoppelte und Flecken in Streifen verwandelte. Stand ihm gut. Er staunte sie an, und Sabrina lächelte.

„Mensch, Brini.“

Er strahlte, umarmte sie, ohne Rücksicht auf Fingerabdrücke auf ihrer hellen Sommerkleidung.

Alex. Alexander König. Er hatte viel mit ihr geteilt. Und mit Inga. Das Schulbrot, die Angst um die gefährdete Versetzung, das Unverständnis für lateinische Grammatik bei Splitti. Später hatte Sabrina auf die Fachoberschule nach Hamburg gewechselt. Geheiratet hatte er Inga.

Dunkle Augen musterten erst sie, dann um etliches länger Lord Lemon an der Einfahrt.

„Wir sind in eine Massenkarambolage auf der A7 geraten.“

„Ja, prima, das bringt Aufträge.“

Er ging um das Auto herum, besah es wie ein unbekanntes Flugobjekt, das gerade gelandet war.

„Scheinwerfer und Stoßstange sind hin“, stellte er richtig fest. „Und TÜV ist fällig, schon länger.“

Das hatte Sabrina gar nicht bemerkt. Er öffnete die Motorhaube und runzelte die Stirn.

„Voll erwischt. Das dauert länger, da muss erst Timo ran. Ein schönes Lehrstück für meinen Azubi, an dem er mal begreift, wie einfach ein Auto funktionieren kann.“

Er prüfte das Innere der Ente.

„Das Gaspedal sitzt nicht fest.“

Das stimmte. Das letzte Mal hatte Sabrina es an einer großen Kreuzung vermisst. Bei Grün wollte sie starten und war ins Leere getreten. Schon geübt, hatte sie es am Boden schnell ertastet und wieder eingehängt, ohne dass ein Ungeduldiger auf die Hupe gedrückt hatte. Ihre Rekordzeit.

„Die Scheinwerfer müssten wir bestellen. Oder Kiesow hat noch so was“, erklärte Alex gerade.

„Die Schrottfirma?“

„Von wegen Schrott, Metallrückgewinnungsgesellschaft wollen die genannt werden, sonst rücken die kein einziges Ersatzteil raus.“

„Ist aber doch Schrott, so wie hier.“ Sabrina wies mit einer Armbewegung über den Hof. Alex grinste.

„Stimmt, hier in der Werkstatt nennt sich das Schrott. Der Schrott, der nebenan traktiert wird, nennt sich Kunst, so einfach ist das.“

Sabrina sah nach drüben. Ein kleines, uriges Haus mit blauen Fensterrahmen, zur Straße hin verdeckt von einer hohen Ligusterhecke. *Atelier Orlando Graf* stand über der blauen Eingangstür. Der Garten war eher eine Wiese. In der Garage daneben stapelten sich verrostete Autoteile. Ein VW-Transporter stand daneben. Auf der Bank vor dem Haus saß ein junger Mann in weißem T-Shirt und hellblauen Jeans. Den sah sie heute zum dritten Mal.

„Wer ist das?“ Sabrina konnte sehr naiv fragen.

„Marius, Orlandos Sohn, er hilft hier manchmal.“

Alex rief nach Timo. Das klang so dröhnend, dass Sabrina an seiner Stelle nicht kommen würde.

„Der fummelt bestimmt wieder an Julchen rum."

Sabrina stutzte. Doch da kam er schon.

„Arbeit für dich." Chef Alex wies auf die Ente.

„Ausnehmen und braten?" fragte Timo Engel und grinste. Spitzbübisch. Er war seinem Vater Gabriel sehr ähnlich.

„Morgen kommt der Mann vom TÜV, dann kann er sich mal ansehen, was du so repariert hast", sagte Alex schmunzelnd. „Sein Bericht wird so aussehen wie früher deine Klassenarbeit in Mathe."

Meinte er nun Timo oder sie?

„Okay. Und ich gehe so lange zu Fuß?"

„Ein Auto, das nicht fährt, ist nicht einmal die Hälfte wert", zitierte der Junge. „Fredl Fesl." Wer das nun wieder war, fragte die Detektivin nicht.

„Wir verleihen auch Autos. Steht draußen dran: *Rent-a-wrack.*"

„Noch ein Wrack brauche ich nicht, es sollte schon fahren."

„Und ob das fährt, komm mal gucken."

„Ich muss jetzt für die Reparatur sparen, glaube ich."

„Unsere Youngtimer sind preiswerter als ne HVV-Karte."

„Youngtimer?"

„Ältere Fahrzeuge eben, über zwanzig Jahre alt, aber noch topfit. Wenn sie dreißig Jahre alt sind, werden sie zu Oldtimern, und dann steigt ihr Wert wieder, so wie bei uns beiden", flachste Alex.

„Alle TÜV-geprüft und fahrbereit", stimmte Timo ein.

„Gut, gut. Schon überzeugt." Sabrina lachte. „Schau ich mir doch die Hochgepriesenen mal an."

Die betagten Fahrzeuge standen ordentlich aufgereiht hinter der Werkstatt. Alex stellte jedes Exemplar vor, als wäre Sabrina auf einem Empfang im Rathaus und die Fahrzeuge Ehrengäste aus fernen Ländern oder sogar Hanseaten aus der Nachbarschaft.

Ein Maserati Biturbo-Coupé, ein Wartburg deluxe, ein Chevy Monte Carlo, ein VW Scirocco. Dahinter stand ein bleichblauer Ford Kombi mit grasgrüner Fahrertür.

„Alle für fünfhundert Euro."

„Was? So teuer?“

„Nicht der Verleih. Für fünfhundert hab ich sie gekauft.“

„Und der da?“ Sabrina zeigte auf einen roten Sportwagen.

„Mein Triumph, ein Spitfire, *poor men's Jaguar*, Karosserie von Giovanni Michelotti, 63 PS, 150 die Stunde.“

„Der Boss meint immer noch nicht die Leihgebühr“, bemerkte Timo schnell, als Sabrina das Gesicht verzog. „Er meint km/h.“

„Baujahr 66, den kannst du haben.“

Sabrina entschied sich für den Ford Kombi, geräumig, strapazierfähig, aufnahmebereit.

„Passt sogar ein Kunde in den Kofferraum, wenn er aufmüpfig ist.“ Timo grinste.

Sabrina sah weiter hinten einen Mercedes in Silbermetallic, der sich von einem Unfall nicht mehr erholt hatte. Dach und Seiten waren eingedrückt, Motorhaube und Türen in Falten gelegt. Sie bekam eine Gänsehaut. Michael Engels Auto. Sie fragte nicht, sie wusste es so.

Sabrina stieg durch die grasgrüne Fahrertür in den Ford und öffnete das Fenster. „Hab vergessen zu fragen: Wie geht es Inga?“

„Die redet nur noch von ihrem Malkurs im Kulturverein.“ Alex verzog das Gesicht.

„Ich ruf sie mal an, ein Klönabend mit euch wäre schön, zu viert vielleicht, dann lernt ihr Jan mal kennen, meinen Schatz, er wohnt um die Ecke. Grüß Inga.“

Vor dem Atelier hielt gerade ein grauer Opel Corsa. Marius stieg ein. Das Auto wendete und fuhr davon. Sabrina startete, fuhr an Lord Lemon vorbei und fühlte sich wie eine treulose Ehefrau. Die Ente erschien ihr noch gelber als sonst.

„Sie fährt in einem Ford fort“, kalauerte Timo. Oder meinte er in einem fort Ford?

Orlando war auf der anderen Seite beschäftigt und schleppte gerade etwas Flügelartiges in die Garage. Hatte er eine JU 52 demontiert?

Schnell war der Opel Corsa eingeholt. Eigentlich hatte sie in Henstedt-Ulzburg bei der *Home Company Hesebeck* Regale kaufen wollen. Daraus wurde wohl heute nichts. Da war sie ja mal gespannt, wohin die Fahrt mit dem Corsa jetzt ging.

14

Eine SMS war angekommen.

„Wo bist du? Im Büro nicht. Zu Hause nicht. Auf deinem Handy meldete sich ein Gabriel. Ich koche gerade."

Herr Engel musste Jans Anruf angenommen haben, gesagt hatte er bei der Rückgabe des Handys nichts. Sie wählte Jans Nummer in Friedrichsgabe.

Noch immer brachte Sabrina allein schon seine Stimme aus dem Gleichgewicht. Jan war – neben Kater Felix natürlich – das Liebste, was sie hatte und nicht mehr missen mochte: braunäugig, zärtlich, sportlich. Manchmal eigensinnig, so wie sie eben auch. Jan Petersen, geboren an der Nordseeküste.

„Hallo, Jan, du bist schon zu Hause."

„Auslandsauftrag ist erledigt."

„Und warum kochst du?"

„Ich wollte eine von mir verehrte Dame namens Sabrina zum Essen einladen."

„Oh, danke. Bin sogar in der Nähe, Föhrsdorf heißt das Dorf hier."

„Und wer ist Gabriel?"

„Gabriel ist ein Engel. Ein Erzengel. Erklär ich später."

„Weißt du, was meine Mutter gefragt hat?"

„Klar weiß ich das. Wann wir endlich heiraten. Also in einer halben Stunde?"

„Heiraten?"

„Erst das Essen."

„Wenn du meinst, bis dann."

Sabrina hatte keine Mutter mehr, aber genau das hätte sie auch gefragt. Jan und sie waren für die Zweisamkeit geschaffen, aber nicht zu einengend. Freiraum lassen, bevor das Warten sie zermürbte, unumgänglich bei Berufen ohne geregelte Arbeitszeit. Das war das Geheimnis ihrer harmonischen Beziehung. Zeitgemäß eben, das jedenfalls fand Sabrina.

Jans kleines Reihenhaus war für Sabrina dennoch wie ein zweites Zuhause. Sie hatte den Schlüssel noch gar nicht in der Hand, als sich schon die Tür öffnete und sie in seinen ausgebreiteten Armen versank.

„Ich glaube, du musst zurück in die Küche, noch duftet es verlockend", murmelte sie zwischen zwei Küssen.

„Du aber auch. Was ist das?"

„Altöl und Auspuffgas."

„Ist noch Zeit zum Duschen."

Sabrina verschwand im Bad. Kam nur von Duft umhüllt zurück, sah Jans Blick und schlüpfte lachend in Hose und T-Shirt. „Erst das Essen, hatten wir uns vorgenommen."

Der Tisch war schon gedeckt, eine Rose aus dem kleinen Garten stand in einer Vase in der Mitte.

„Setz dich, es wird gleich serviert." Jan stellte eine beladene Platte und eine gefüllte Schüssel auf den Tisch. „Bitte sehr, die Dame, wie bestellt: gebratene Forelle in Mandelbutter, dazu kleine Pellkartoffeln."

Jan war ein Meisterkoch. Und das Essen zu schade, um es mit Berufs- und Alltagskram der letzten Tage zu verderben.

Später, bei einem Glas Wein, erzählte Sabrina vom Engelschen Auftrag, dem Diebstahl von Charlys Mercedes, von Herzchen und dem Massenunfall auf der A7.

„In den letzten zwei Tagen sind drei Mercedes – oder heißt das Mercedesse? – also, drei Fahrzeuge von Mercedes sind gestohlen worden?" fragte Jan nach.

„Drei, von denen ich weiß. Charlys, eines aus dem Autohaus Engel und der Mercedes mit dem Winsener Kennzeichen auf der A7. Zwei wurden noch in Wandsbek gestohlen, hab ich gerade auf NDR 2 gehört, macht fünf."

„Das verlassene Fahrzeug auf der A7 nehmen die Kollegen bestimmt unter die Lupe, noch intensiver das Handy. Der junge Mann wird Ärger bekommen", vermutete Jan.

„Dieser Marius kann doch aber nichts für den Unfall."

„Aber für das vergessene Handy. Die Ermittler finden ihn und vielleicht auch alle anderen, deren Nummern gespeichert sind, damit schnell."

Sabrina schaute auf ihre Notizen und sagte dann: „O.G. und M.G. sind Orlando und Marjana Graf, seine Eltern. Das hab ich überprüft. T.K. auch, das ist Timo. Mit N.N. kann ich nichts anfangen, da meldet sich auch niemand."

„N.N.? Das heißt, soweit ich mich an den Lateinunterricht erinnere, *nomen nescio*, locker übersetzt: *Den Namen weiß ich nicht*. Irgendwas hat er sich dabei gedacht."

„Ich hab den Corsa von Marius verfolgt. Der Weg führte direkt nach Föhrsdorf, zu einem alten Haus mit einer Werkstatt dahinter. Weiter konnte ich mich nicht vorwagen, man hätte mich bemerkt."

„Lass es besser sein, solche Schieberbanden sind gefährlich."

„Eine ganze Bande?"

„Ganz bestimmt. Jeder von ihnen ist wie ein Zahnrad im Getriebe, hat seine spezielle Aufgabe und weiß von den anderen so wenig wie möglich."

„Und keiner der Schieber kennt den Auftraggeber?"

„Einer von ihnen, als Kontaktperson, sonst ist sein Risiko zu groß. Deshalb kommt die Polizei an die Drahtzieher nur sehr schwer. Erwischt werden solche wie Marius."

„Wenn die Kripo ihn in Haft nimmt, kann das brenzlig werden für die Bande. Er wird sie verraten, um die eigene Haut zu retten." Das bedachte Sabrina erst jetzt.

„Durch seine Mutter kennt er sich doch bestimmt auch in diesem Autohaus aus. Da stehen immerhin sehr teure neue Mercedes-Modelle. Welche Rolle spielen da möglicherweise die Engels, Sabrina?"

Das hatte sie sich auch schon gefragt. „Frau Engel könnte mitteilsamer sein, den Diebstahl des Dienstwagens hat sie gar nicht erwähnt. Sie hält jedenfalls viel von diesem Künstler Orlando, den Vater von Marius, auch von Ron und Natalie."

„Ich hab eine Fotoausstellung dieser Künstlerin in der Galerie im Norderstedter Rathaus gesehen. Natalie Newton nennt sie sich, sehr erotisch, sie selbst und ihre Bilder."

„Mit diesem Promi-Fotografen Helmut Newton verwandt, der mit den berüchtigten *Big Nudes*?"

„Ihr Vorbild, denke ich, ein Künstlername zu seinen Ehren."

„Verkauft sie auch gut?"

„Kaum. Es muss andere Geldquellen geben, damit sie ihre Kunst finanzieren kann. Ihr Mann vielleicht", vermutete Jan.

„Und der berät die Engels auch in Finanzfragen."

„Marius hat Fehler gemacht, hoffentlich lernt er daraus."

„Erzähl von dir. Bist du weitergekommen bei der Befragung in Sofia?" wollte Sabrina wissen.

„Nein, viel konnte mir diese junge Frau nicht sagen."

„Oder wollte es nicht, aus Angst."

„Sie hat mir ihre Narben gezeigt. Da kommt einiges an Delikten zusammen: schwere Körperverletzung, Nötigung, Ausbeutung, Menschenhandel, illegale Prostitution und mehr, das macht mich zornig auf die Täter."

Jan erzählte ungern dienstliche Dinge, nahm auch Rücksicht auf Sabrina. Was sie nicht wusste, konnte sie auch nicht belasten.

Sabrina rief Felix an, den Sohn ihres Hausmeisters, der sich gern um seinen Namensvetter kümmern wollte. Er brauchte Geld für Autos. Matchbox-Autos.

Dann kuschelte sie sich neben Jan aufs Sofa, jeden Augenblick genießend.

15

Das vermutlich schon seit Jahrzehnten abrissreife Haus lag am Ortsausgang von Föhrsdorf. Verdeckt dahinter, von der Seitenstraße aus erreichbar, stand ein flaches Nebengebäude mit einem Anbau aus Holz. Früher war hier mal getankt und repariert worden.

Die wenigen Anwohner wunderten sich nicht weiter, wenn irgendwelche Prachtfahrzeuge vorbeifuhren. Vielleicht suchten die Leute günstige Baugrundstücke, um sie später überteuert wieder zu verkaufen. Oder um die eigene Villa darauf zu errichten, in Vorfreude auf die ländliche Ruhe. Was im Dunkeln passierte, sahen die Nachbarn nicht. Und an den Gebäuden selbst hatte niemand Interesse. Auch nicht an den Bewohnern, sicher wieder solche Öko-Freaks.

In genau diesem mausgrauen Haus ging es heute hoch her. Schales Licht fiel durch zugehängte Fenster nach draußen. Der Raum im ersten Stock war angefüllt mit Zigarettenqualm, es roch nach Fusel und Knoblauch. Um den Holztisch herum saßen Männer, die kräftigen Hände hielten Spielkarten, griffen manchmal zur Bierflasche oder zu einer Selbstgedrehten.

Zuwachs war angekommen, vier neue Mercedes-Karossen. Zwanzig mussten es werden, bis der Auftrag erledigt war. Von wem der kam, wusste außer dem bärtigen Glatzkopf niemand. Hauptsache, das Risiko lohnte sich.

Drei Tage brauchten die Männer, um eine edle Karosse fachmännisch zu zerlegen. Die Einzelteile ins Ausland zu schaffen, machte bei der Kontrolle keine Probleme. Nur die C-Modelle fuhren auf eigenen Rädern über die Grenzen. Für sie hatte einer aus der Schieberbande ein passendes Unfallfahrzeug billig erworben, um an die Originalpapiere zu kommen. Die gestohlenen C-Modelle wurden eins nach dem anderen für die Überführung mit diesen Papieren und der Identifikationsnummer dieses Unfallfahrzeugs ausgestattet. Schlagzahlen und -buchstaben gab es in jedem Zubehörladen zu kaufen. Schon vier Fahrzeuge hatten diese Sonderbehandlung bekommen. Es gab einen jungen Experten, der das Einschlagen perfekt erledigte und verschwiegen war.

„Marius ist unzuverlässig geworden, oder? Macht Geschäfte allein?“ fragte einer in der Runde.

„Bringt mehr ein, oder?“ Der bärtige Glatzkopf sah auf, warf einen Geldschein in die Mitte und nahm zwei Karten.

Am Tisch mit ihm saßen drei Mechaniker, ein Profi fürs Knacken der Sicherheitstechnik mit Blackbox, Laptop und all dem technischen

Kram, dann noch der Auskundschafter für Nachschub. Nur Marius fehlte. Er war der Fahrer und stand auch schon mal Schmiere.

„Ich erhöhe." Weitere Scheine wurden in der Mitte abgelegt.

„Wir brauchen einen neuen Fahrer."

„Buben, Ass und Dame, Royalflush!"

„Einen Deutschen oder eine Frau, fällt nicht so auf."

„Misch Karten und gib. Wie hoch ist dein Einsatz?"

„Deutsche haben wir doch schon zwei. Und Frauen reden zu viel."

Jemand füllte die Gläser neu.

„Vashe zdovovie. Pod stolem uwidimsja!" sagte einer. *Unterm Tisch sehen wir uns wieder.* Keiner hatte ihm zugehört.

Ein Handyton tirilierte durch den Raum. Einer schaute zum anderen.

„Nicht jetzt, gibt schlechte Karten."

„Mach du."

Die Frau, die angesprochen wurde, setzte den Teller mit den belegten Brötchen ab und nahm das Handy. Gleich darauf legte sie es auf den Tisch wie eine heiße Kartoffel und verschwand in der Küche. Der bärtige Glatzkopf nahm es, hörte zu und schaltete wieder ab.

„Marius hat sein Handy in einem gestohlenen Mercedes vergessen. Er hat alle Nummern gespeichert, eben auch die vom Boss, gefällt ihm gar nicht."

„Woher hat er die denn? Die hast du doch nur."

Der Glatzkopf zog ratlos die Schultern hoch. „Jedenfalls hatte er für diesen Wagen keinen Auftrag", sagte er ausweichend.

„Wo ist der Junge?"

Der Glatzkopf grinste und wies mit dem Daumen nach unten. „Er muss weg, er wird uns sonst alle verraten."

Einer mischte und verteilte die Karten neu.

„Unsere Nummer hat er auch gespeichert?"

Keiner wusste es. Wohin so schnell, wenn die Polizei kam? Das dachte jeder von ihnen.

„Was ist?" sagte ein Mechaniker munter, als könnte er damit die Katastrophe verhindern. „Bube weg, Dame rein, wo ist das Ass? Spielen wir jetzt Karten weiter oder nicht?"

Unten schlug die Haustür zu, dann hörten sie Schritte auf der Treppe. War das schon die Polizei? Es war Marjana. Die besorgte Mutti hatte ihnen gerade noch gefehlt.

Zum Kartenspielen kamen sie nicht mehr.

16

Orlando ertrug es nicht, untätig zu sein. Noch mehr war er verärgert darüber, als Künstler nicht anerkannt zu werden, schon gar nicht in Norderstedt. Diese Ignoranz gegenüber seinen Kunstwerken ließ ihn immer noch wütend die Fäuste ballen. Neid war das. Neid derjenigen, die über das Anstreichen der eigenen vier Wände im Reihenhäuschen nicht hinauskamen, Hausfrauen und Verwaltungsangestellte, die allenfalls Stillleben pinselten, im Urlaub Sonnenuntergänge fotografierten und dies für große Kunst hielten, sich selbst für die größten Künstler. Die Verleihung des Kulturpreises der Stadt an sie selbst, auf den diese Stümper jedes Jahr wieder hofften, war nach ihrer Meinung doch längst überfällig. Der Vorsitzende hielt sich stets aufrecht, damit der Heiligenschein genau über seinem Kopf schwebte.

Er war doch wer, er war Orlando Graf. Riskierte erst gar nicht, dass eines seiner Projekte abgewiesen wurde, mit dem Hinweis auf irgendeine Satzung. Wozu brauchte er eine Genehmigung? Diese Kunstbanausen im Verein konnten doch gar nicht erkennen, wie genial er seine Ideen umsetzte, schon deshalb nicht, weil sie die Nasen so hoch trugen. Die Einzige, die ihn unterstützte, mit der er über seine Arbeit diskutieren konnte, war Natalie.

Wieso durften zum Beispiel nur Auserwählte in das Potenbergwerk, in dieses alte Kalksandsteinwerk unmittelbar neben dem LGS-Gelände, das zum *Kulturwerk am See* umgebaut werden sollte? Dort sein Atelier einzurichten, das war sein Traum, nichts passte doch besser. Aber Soziokultur war hier nicht geplant. Was wollten dort Journalisten? Nur herumschnüffeln, wahllos Fotos machen und die Idee des Oberbürgermeisters loben.

Das Haiku-Projekt entlang der Ulzburger Straße war ihm gelungen. Sollten sie ruhig herausfinden, dass er dahintersteckte. Diese japanischen Gedichte waren ihm bei der Arbeit eingefallen. Einfach so. Er war eben ein Genie. Hatte nicht sogar der EU-Ratspräsident van Rompuy einen Band mit eigenen Haiku veröffentlicht? Und was war gegen lobende Verse für seine Stadt und für die LGS einzuwenden? Orlando war mit sich sehr zufrieden. Ob die Menschen für oder gegen seine Aktionen waren, war ihm gleichgültig. Hauptsache, er machte durch Spektakuläres von sich reden.

„Wir unterstützen die Kunst und die Künstler in unserer Stadt", hatte der Juniorchef von Kiesow gesagt. Er wollte ihn beim Wort nehmen, startete seinen Transporter und fuhr los. Kurze Zeit später erklärte er ihm sein Projekt. Dazu brauchte er richtig geschundene, aber noch fahrbereite Autos.

Nach diesem Gespräch war klar, dass er drei Autos bekommen würde, darunter einen Renault in leuchtendem Rot. Auch Alex hatte ihm zwei Fahrzeuge überlassen.

Orlando hatte sich noch einmal die Wege im Park angesehen, die von den Akteuren für das *Schall&Rausch-Festival* genutzt worden waren, um Zelte, Buden, Lebensmittel und Musikanlagen zur Waldbühne zu transportieren. Sie ließen sich gut nutzen. Er hatte sich auch deren Devise zu eigen gemacht: *Der öffentliche Raum gehört denjenigen, die ihn nutzen, kostenlos und so, wie sie es sich vorstellen.* Sie galt für Oldtimer, Skulpturen und Haiku, die über Wahlplakaten klebten. Für alles. Er würde Werkzeug mitnehmen, falls ein Zaun zu knacken war, der seine Aktion behinderte.

Er rief seine Helfer an. „Beginn Plan X: Sonntag, sieben Uhr."

„Haben wir denn eine Genehmigung?" fragte einer von ihnen am anderen Ende der Leitung.

„Haben denn die Antifa-Leute vom *Schall&Rausch-Festival* und die badebesessenen Costa-Kiesa-Fans am abgesperrten Parksee so was? Ich bin Künstler, und die Kunst ist frei."

Niemand hatte Einwände.

17

In der Gewerbestraße qualmte es, Passanten hätten an einen Brand denken können, aber es gab weder Passanten noch einen Brand. Die Industriegebäude lagen auch an diesem Abend ruhig da, an beiden Seiten der Straße parkten Ungetüme von Lastfahrzeugen. Nur eine Gruppe von Jungen, die mal richtige Kerle sein wollten, grölte herum, dann heulten Automotoren auf. Gaspedale wurden bis zum Anschlag durchgetreten, was den Qualm erklärte. Gerade waren zwei der Jungen gestartet und holten aus ihren Lieblingskisten heraus, was irgend möglich war. Die nächsten Fahrzeuge warteten schon startbereit, die anderen parkten in der Nebenstraße und auf dem Parkplatz eines Reifenhandels.

Die Mitwirkenden nannten diesen Zirkus *Cruising Nights*, wie sie früher in der Hamburger *City Nord* stattfanden. Illegale Autorrennen, so wäre die korrekte Bezeichnung gewesen. Gerade wurde der Sieger johlend begrüßt, er stoppte, parkte ein und belohnte sich mit einer Flasche Bier aus einem der Sixpacks.

Dann war Marius an der Reihe. Woher er die BMW Limousine hatte, interessierte keinen. Eine Kiste der Extraklasse. Dagegen anzutreten erforderte Mut. Wer verlor schon gern. Doch endlich fand sich ein Neuling, der Stärke demonstrieren wollte. Schon beim Start führte Marius, dann waren die Autos nicht mehr zu sehen. Alle starrten gespannt die Straße hinunter und warteten. Der Neuling kam als Erster zurück. Alle johlten ihm entgegen und schlugen ihm beim Aussteigen auf die Schulter. Aber wo blieb Marius? Er kam überhaupt nicht zurück. Da berieten sie, ob sie nachsehen sollten. Vielleicht war er von der Straße abgekommen und verunglückt.

Da ertönte das Martinshorn von der Harckesheyde her. Joints und Bier waren vergessen. Die Jungen eilten zu ihren Autos und sahen zu, dass sie über die Schleswig-Holstein-Straße schnellstens verschwanden.

Wurde einer erwischt, kostete das zweitausend Euro Strafe und vier Punkte in Flensburg. Und wie das Familienoberhaupt und der Chef diese Rennen fanden, konnten sie sich auch so denken.

Für heute war eben Schluss, aber zum nächsten Wochenende würden sie alle wieder da sein.

18

In Filmen wurde ein Detektiv vorzugsweise nachts angerufen, wahlweise ein Kommissar oder ein Agent. Und immer lag in seinem Himmelbett eine friedlich schlafende, anscheinend gehörlose Evastochter, aus deren Armen er sich unbemerkt befreien konnte.

Sabrina musste nur schnell die Taste drücken, als die ersten Töne des *Nessun Dorma* erklangen. Sie tastete sich im Dunkeln ins Wohnzimmer, damit Jan nicht aufwachte.

„Hallo?“

„Ich kann nur leise reden. Ich bin hier eingesperrt.“

Sabrina sah auf die Uhr. Geisterstunde.

„Wer ist denn da? Und wo eingesperrt?“

„Marjana. Im Keller.“

„Davon gibt es viele.“

„In einem Dorf.“

„Gibt es auch mehrere.“

„Föhrsdorf heißt das. Marius hat doch angerufen, da bin ich los.“

„Rufen Sie die Polizei!“

„Bloß nicht, die bringen mich um, und Marius ...“

Sabrina hörte ein Schluchzen, dann war die Verbindung unterbrochen.

Sie zog sich eilig an, nahm Taschenlampe und Handy und steckte die SIG Sauer ein, schloss leise die Tür und startete den Ford. Sie nahm die Umgehungsstraße, fuhr auf die Autobahn in Richtung Norden und verließ sie wieder an der dritten Abfahrt. Der Kombi war für sein Alter erstaunlich wendig. In einer knappen halben Stunde war sie da. In Föhrsdorf verlangsamte sie das Tempo, um die Seitenstraße nicht zu verpassen, bog dann ab und parkte einige Meter vor der Werkstatt. Sie drehte die Scheibe nach unten, horchte eine Weile. Dann stieg sie aus und schlich zum Haus. Auf dem Hof stand, soweit sie es erkennen konnte, der graue Opel Corsa. Eine Tür quietschte. Hoffentlich nur vom Wind bewegt. Hinter dem Wohnhaus lag ein großes, flaches Nebengebäude. Sabrina huschte über den Hof. Vermutlich war es die Werkstatt. Die Tür war unverschlossen, jaulte hell auf beim Öffnen. Sie wartete ab, aber alles blieb still. Schlüpfte nach drinnen und leuchtete den Raum ab. Bei einer ersten Übersicht mit der Taschenlampe sah es aus wie bei Alex. Nur lagen hier diverse Teile herum. Neben Autotüren ausgebaute Scheinwerfer, Sitze, Reifen, Airbags, Navigationsgeräte. In einer Ecke stapelten sich Wegfahrsperren. Es roch nach frischer Farbe. Sie stieß an herumliegende Karosserieteile, und es schepperte. Weiter hinten standen zwei schwarze Limousinen nebeneinander. Mit Mercedesstern. War Charlys Auto dabei? Oder der Firmenwagen vom Autohaus Engel? Der Schein ihrer Taschenlampe wurde trüber. Warum gerade jetzt? Hier in der Werkstatt gab es keinen Keller, also musste sie Marjana im Wohnhaus suchen.

Seine Schritte waren nicht zu hören gewesen, sie hatte ihn eher gerochen. Ein Gestank nach abgestandenem Bier vermischt mit dem Qualm von Zigaretten, wie Kneipen am Morgen. Aber da war es schon zu spät. Sie war gefangen zwischen zwei düsteren Karossen. Ein starker Arm hatte sich von hinten um ihren Hals gelegt. Behaart, konnte sie noch registrieren, die Lampe rutschte aus ihrer Hand. Dann roch und spürte sie nichts mehr.

Jan Petersen erwachte in der Nacht durch ein Geräusch von draußen. Eine Autotür, die geschlossen wurde. Er schlief wieder ein. Schreckte hoch aus einem wirren Traum, in dem Sabrina bedroht wurde. Von einer unwirklichen, dunklen Gestalt. Aber sie lag ja neben ihm. Seine Hand tastete vorsichtig zur Seite. Das Bett war leer. Sofort war er hellwach, stand auf, machte Licht im Wohnzimmer, in der Küche, im Bad. Rief nach ihr. Sie war fort. Kein Zettel mit einer Nachricht. Die SIG Sauer steckte nicht in ihrer Tasche. Ein eiliger Auftrag also, dazu gefährlich. Nicht zum ersten Mal, aber der Traum wirkte nach, und die Leere der Wohnung machte ihm Angst. Was sollte er tun? Er zog sich Hemd und Hose über und ging nach draußen. Der Ford war nicht mehr an seinem Platz.

Sie hatte von einem Autohaus gesprochen. Davon, dass Herr Blum dort Wache hielt. Vielleicht hatte er um ihre Hilfe gebeten. Er fand in ihrem Notizbuch seine Handynummer und wählte sie.

Herr Blum meldete sich fast flüsternd.

„Jan Petersen hier. Sabrina ist weg, ohne eine Nachricht zu hinterlassen. Hat sie sich bei Ihnen gemeldet?“

„Leider nicht, wenn doch noch, ruf ich zurück.“

„Sie hat von irgendeinem Dorf erzählt, aber ich komm nicht auf den Namen.“

Den wusste Herr Blum auch nicht. Jan legte auf, lief wieder im Haus umher. Hatte er sie nicht vor dieser Schieberbande gewarnt?

Als es hell wurde, fuhr er zur Werkstatt von Alex. Das Tor unter dem gelben Schild war verschlossen. Vielleicht war hier immer sonnabends geschlossen, vielleicht war er zu früh. Drüben werkelte ein Mann in einem blauen Overall. Auch der konnte ihm nicht weiterhelfen.

Da ging Jan wieder. Planlos fuhr er durch die Stadt, auf der Suche nach dem alten Ford, den sie fuhr. Dann nach Eppendorf. Vielleicht gab es einen Anhaltspunkt in Sabrinas Wohnung. Etwas auf dem Anrufbeantworter. Aber er fand nichts. Felix strich um seine Beine. Er setzte ihn in seinen Korb und nahm ihn mit. Die Reise nach Friedrichsgabe war er gewohnt. Angekommen, untersuchte auch Felix die Wohnung, auf der Suche nach seinem Frauchen. Jan stellte Futter und Wasser hin. Der Kater nahm seinen Lieblingsplatz ein und schnurrte zufrieden. Das beruhigte Jan ein wenig. Vielleicht gab es eine einfache Erklärung, die immer mit den Worten begann: „Ich hab dir doch gesagt ...“

Er hoffte darauf. Und wartete. Durch das Küchenfenster sah er die Sonne aufgehen, rot und rund.

19

Orlando Graf bemerkte an diesem Morgen nichts um sich herum. Er begutachtete seine Fundsachen vom Kiesow-Gelände, die er in der

Werkstatt ausgebreitet hatte. Geile Teile, so nannte die Firma sie im Internet.

Spontan griff er sich ein größeres Blechstück. Dass es bis gestern zu einer Autokarosserie gehörte, interessierte ihn nicht mehr. Teile, die er nun zusammenfügte, lösten sich von ihrer Herkunft und ihrer Vorgeschichte, sie bekamen eine andere Funktion.

Er setzte das dunkle Stück auf die Werkbank, um es zu biegen. Kunst war für ihn auch Kraftanstrengung. Als es faltig genug und standfest war, griff er instinktiv nach dem nächsten Blechteil, bog, presste und knautschte es, drapierte aufeinander, ineinander. Ein Akt der Schöpfung. Er dachte an Chamberlain, an eine Antwort in einem seiner Interviews: *Eine Wahrnehmung führt unvermittelt zur nächsten, nichts ist von Dauer. Alles fließt.*

Und wie das stimmte. Ein Teil ging fließend ins andere über, verband sich mit ihm, verlor aber nicht sein Eigenleben. Ein längeres Stück aus einem Kotflügel, blau wie der Mittagshimmel im Sommer, nahm er als Letztes, holte die Leiter und setzte es auf, die Spitze reichte weit nach oben, es wirkte leicht, als ob es abheben könnte. Einen schmalen Metallstreifen rollte er auf wie ein Knäuel, setzte es an die Seite. Sprühte ganz leicht zartes Rot darüber. Später würden Betrachter dieses Detail als eine Rose identifizieren. Die unteren Ränder bestrich er passend mit blauer Farbe, die aufragende Spitze bekam pinkfarbene Ränder. Erst dann besah er seine Hände. Sie bluteten. Er hätte Handschuhe anziehen sollen, aber dann war er seiner Schöpfung nicht nah genug, er musste das kalte Metall und seine Unebenheiten fühlen.

Orlando setzte sich auf einen Hocker, erschöpft, den Blick auf einen Haufen mit Auspuffrohren gerichtet. Vom Material inspirieren lassen. Doch er musste Acht geben, durfte es nicht zu weit treiben. Es ist wie beim Schreiben von Texten, hatte ein Autor ihm bestätigt. Er musste darauf achten, dass er nicht die Grenzen überschritt. Die Helden einer Geschichte machten sich ebenso selbständig wie die Blechteile.

Ausgemustertes, Vergessenes und Abgeschobenes wieder zum Leben erwecken, Vergänglichem einen anderen Sinn geben, das war es, was er deutlich machen wollte. Ein Autor hatte dafür Worte, er hatte Blech.

Noch einmal dachte er an Chamberlain, an seine drei Bedingungen: *Ich muss den Fluss in Gang setzen, ich muss die Entscheidung treffen, und dann muss ich damit zufrieden sein.*

Es war genug. So war es gut. Sein Kunstwerk war fertig.

Plötzlich spürte er, dass jemand hinter ihm stand. Wie lange schon? Er schaute sich um, nahm wieder wahr, was ihn umgab. Ein Mann fragte nach Alex und ob er die Detektivin gesehen hätte. Hatte er nicht. Orlando entsann sich, dass Marjana mit der Regionalbahn nach Föhrsdorf gefahren war. Sie hatte sich um Marius gesorgt, der an der Haltestelle dort auf sie warten wollte. Eine Mutter sorgte sich immer. Aber nun sorgte er sich um sie.

20

Das Gesicht brannte, die Arme schmerzten, besonders der linke Ellenbogen. Der Mund war ausgetrocknet, und sie konnte kaum schlucken. Warum war das Bett so hart? Und wo war Jan?

Sabrina öffnete benommen die Augen, doch es blieb dunkel. Wo war sie? Vorsichtig bewegte sie erst die Beine, dann die Arme. Es schmerzte, aber gefesselt war sie zum Glück nicht. Sie befühlte den Boden. Beton. Kein Wunder, dass auch der Rücken protestierte. Sie versuchte, sich zu erinnern. War sie nicht in einer Werkstatt gewesen? Was hatte sie dort gesucht? Dann fiel es ihr wieder ein: der Anruf von Marjana, die Fahrt nach Föhrsdorf, die gestohlenen Fahrzeuge in diesem Schuppen. Noch immer spürte sie den starken Druck des behaarten Armes am Hals. Die Waffe hatte der Typ übersehen. Kein Profi in Sachen Gefangennahme. Die Taschenlampe war nicht zu finden, auch das Handy hatte sie wohl verloren. Sie strich sich über Gesicht und Arme. Schürfwunden. An den Beinen hatte sie die Jeans geschützt.

Es roch muffig. Sabrina begann, das dunkle Verlies zu überprüfen. Vier Schritte breit, sieben Schritte lang. Sie stieß nirgendwo an, also war hier keine zweite Person eingesperrt, der Raum war leer.

Aufgewacht sein musste sie von einem Motorengeräusch. Was tat sich da auf dem Hof? Vorsichtig drückte sie auf den Türgriff. Verschlossen. Wachte dort der Behaarte? Gab es eine zweite Tür? Ein Fenster? Sabrina suchte die Wände ab. Sie waren feucht, kalt und uneben. Auf der Außenwand ertastete sie mit ausgestrecktem Arm etwas Glattes. Als sie klopfte, klang etwas blechern. Seitlich ein Griff. Sie reckte sich hinauf und zog daran, aber nichts bewegte sich. Sie versuchte, ihn zu drehen. Knarrend gab der eiserne Flügel nach. Dann lauschte sie nach draußen. Jetzt lag der Hof still da. Mit dem Fuß scharrte sie an der Mauer entlang und fand einen schmalen Absatz, zog sich hoch und sah vorsichtig nach draußen. Gegenüber die Werkstatt. Der Behaarte musste sie ins Haus transportiert und einfach in den Keller geworfen haben.

Ein bulliger Kerl, ein Bärtiger mit Glatzkopf, lief über den Hof. Jemand rief nach Borislav, und er drehte sich um. Borislav also, ihr Peiniger hatte auch einen Namen. Sie rutschte ab und landete wieder auf dem rauen Boden. Hörte dann von draußen, wie ein Laster startete. Benzindunst drang bis in den Kellerraum. Sie zog sich noch einmal hoch, ertastete mit dem linken Fuß einen weiteren Absatz und gelangte mit dem rechten Knie auf den Fenstersims. Dann sah sie es. Aus der Werkstatt züngelten Flammen. Wie sollte sie hier noch rechtzeitig herauskommen? Durch die Klappenöffnung passte sie nicht. Sie hastete zur Tür und versuchte, sie mit dem Fuß einzutreten. Noch mal und noch mal. Nichts tat sich. Sie ging ein Stück zurück, nahm Anlauf und rannte mit der Schulter zuerst dagegen. Fiel mit der Tür nach draußen in den Kellergang. Rappelte sich hoch und zog die Waffe. Niemand mehr da. Sie rief nach Marjana, dann nach Marius, sah in die Kellerräume, die Türen waren offen. Alles leer. Weiter hinten war eine Treppe, der Aufgang nach draußen. Rauch schlug ihr entgegen. Sie lief zum Auto, sah sich nicht mehr um und startete. Hielt vor der nächsten Haustür, stieg aus, klingelte und klopfte, bis endlich jemand öffnete. Der alte Mann sah sie verärgert an, sie ließ ihn nicht zu Wort kommen.

„Bei Ihrem Nachbarn brennt es, könnten Sie die Feuerwehr rufen?“

Er begriff sofort und gab ihr einen Hörer in die Hand. „Ich finde meine Brille nicht so schnell.“

Sie wählte 112. Der Mann lief los, um andere Nachbarn zu wecken, erst halb in der Hose.

Der Beamte in der Zentrale brauchte drei gefühlte Ewigkeiten, bis er alles gefragt hatte, notierte noch ihren Namen und die Adresse. Dann konnte sie nur noch warten. Doch schon nach kurzer Zeit kamen die Helfer mit drei Zügen angebraust. Sabrina lief ihnen entgegen.

„Im Haus muss noch eine Frau sein, wahrscheinlich im Keller. Und wahrscheinlich auch ein Junge.“

„Ja, Mädchen, das machen wir schon.“

Ein Polizeifahrzeug war dazugekommen. Die Flammen schlugen hoch und nahmen bereits das Wohngebäude und die Bäume in Besitz. Die Männer arbeiteten schnell, jeder Handgriff saß. Nervös lief Sabrina die Straße auf und ab, bemüht, nicht im Weg zu stehen. Endlich waren die Schläuche angeschlossen, und die Flammen mischten sich mit den Wasserfontänen.

Der Leiter des Löschtrupps kam auf Sabrina zu. „Sie können nach Hause fahren“, beruhigte er sie, „da war niemand mehr im Haus.“ Sie musste es ihm glauben.

Inzwischen war es hell geworden. Zögernd verließ Sabrina den Ort. Vielleicht hatten sich Marjana und Marius bei Orlando gemeldet, sie würde ihn fragen.

Eine halbe Stunde später parkte sie vor dem Atelier. Erst jetzt bedachte sie, dass sie keineswegs frisch aussah. Egal.

Orlando werkelte vor dem Haus herum und kam ihr entgegen. Die Frage nach Marjana und Marius stellten sie sich gleichzeitig. Sie berichtete vom nächtlichen Anruf, ihrem eigenen Verlies und dem Brand. Orlando wollte sofort nach beiden suchen.

Alex kam aus der Werkstatt herüber und schaute Sabrina mit gerunzelter Stirn an. „Hast du gerade den Ford selbst umfrisiert?“

„Ich war auf einer netten Grillparty. Nur ist sie etwas ausgeufert.“

„Die Ente ist fertig, du kannst sie mitnehmen.“

„Da war auch ein Mann, der irgendwas wissen wollte“, sagte Orlando.

Oh, das musste Jan gewesen sein. Eilig folgte sie Alex zur Werkstatt.

„Dann aber schnell nach Hause. Tut es sehr weh? Jod hilft am besten“, empfahl Alex.

„Noch was im Kofferraum? Eine Leiche vielleicht?“ fragte Timo.

Sabrina schüttelte nur den Kopf. Ihr war zum Heulen elend.

„Die Haut einer Detektivin heilt schneller, besonders am Wochenende“, versuchte Alex zu trösten. „Bezahlen kannst du später, wir machen mittags Schluss und sind in zwei Wochen wieder da.“

Timo kam angelaufen, mit einem Handy in der Hand. „Lag unter dem Sitz vom Ford.“

Das Handy war unbeschädigt, und eine SMS war darauf. „Alles okay, danke, Majana.“ Sabrina las es Orlando vor. Er schaute auf die Nachricht und schien sich damit zufriedenzugeben.

Sabrina ärgerte sich, dass ihre Mühe so kurz abgefertigt wurde. Aber sie war ja auch nicht zu erreichen gewesen. Ihre Rechnung würde dem Aufwand entsprechend ausfallen. Und der war beträchtlich.

Eilig flog sie mit der Ente vom Hof.

21

Marius war es gelungen, aus dem brennenden Haus zu entkommen. Wie, das wusste er nicht mehr. Seine Mutter hatte doch kommen wollen, warum hatte sie ihm nicht geholfen? Nur fort, bevor sie ihn entdeckten, war sein einziger Gedanke.

Seinen Corsa hatte er auf dem Hof nicht mehr gesehen. Und den BMW hatte er nach dem Wettrennen irgendwo abgestellt. Er hatte das Martinshorn etwas eher gehört als seine Freunde, und nach einigem Überlegen schien es ihm zu gefährlich, die gestohlene Limousine weiter zu fahren.

Nun lief er am Straßenrand entlang, bis ein Auto hielt, um ihn mit nach Norderstedt zu nehmen, mit einem Fahrer, der nicht viel fragte.

In die Wohnung konnte er nicht. Seine Mutter würde ihm Vorhaltungen machen, und vor dem Haus konnte schon die Kripo auf ihn warten. Sein Handy hatte er verloren. So irrte er in Norderstedts Straßen umher, ohne einen Cent, ohne Joints, ohne Jacke. Schlief schließlich im Park auf einer Bank ein. Schreckte auf, als er ein Knacken hörte. Sie hatten ihn also gefunden. Ein Radfahrer war über einen Zweig gefahren.

Es begann zu regnen, und er machte sich frierend auf den Weg zum Atelier. Grübelte über passende Ausreden nach. Sein Vater war nicht da. Niemand war für ihn da. Er hatte alle enttäuscht. Am besten wäre es, er ginge zur Polizei und erzählte alles. Sie würden ihn vielleicht, nein, ganz sicher, im Gegenzug ohne Strafe zurücklassen in seine Heimat. Er ging in die Werkstatt und stieß mit dem Fuß gegen herumstehende Bleche. Nur konnten diese Teile wirklich nichts für sein Dilemma. Doch da kam Orlando schon aus dem Garten.

„Da bist du ja, aber du siehst blass aus und durchgefroren." Sein Vater schien erleichtert, aber auch besorgt zu sein.

Da erzählte Marius ihm alles. Von den Männern in Föhrsdorf, vom gestohlenen Mercedes, dem vergessenen Handy und dass er um sein Leben fürchtete.

Orlando war erschrocken. „Junge, wie konntest du ..." Er hielt inne, und sein hilflos wirkender Sohn, der ihn ängstlich ansah, tat ihm leid. Vorwürfe halfen im Moment nicht weiter. „Wir sollten gleich gemeinsam zur Polizei gehen", schlug er stattdessen vor.

Als Marius erklärte, wer nach seiner Meinung all die Mercedes-Diebstähle in Auftrag gegeben hatte, wer der Kopf der Bande war, konnte Orlando ihm nicht glauben. Wie kam der Junge auf diesen Verdacht?

„Bleib hier sitzen und beruhige dich erst mal", sagte er schließlich. „Du musst ja seit gestern nichts gegessen haben. Ich kauf ein, dann beraten wir, wie wir weiter vorgehen wollen." Damit verließ Orlando das Haus.

Marius machte sich einen Kaffee, er war müde, und ihm war immer noch kalt. Er würde damit nach draußen gehen, inzwischen schien die Sonne schon sehr warm. Oder nach drüben zu Timo, den er gerade noch gesehen hatte. Auf dem Weg durch die Werkstatt stockte er. Da war doch ein Schatten, der sich bewegte. Er sah schon Gespenster. Zeit, auf die Joints zu verzichten. Oder war er nur übermüdet?

22

Kein Lebenszeichen von Sabrina. Jan entschloss sich, die örtliche Wache anzurufen. Irgendetwas musste er doch tun. Der Beamte glaubte ihm nicht. Frauen hauen ja manchmal einfach so ab, wenn sie genug haben von Kindern, Kerl und Küche, versuchte er ihn zu beruhigen.

Danach war Jan noch einmal suchend umhergefahren, dann wieder nach Hause, vielleicht war inzwischen eine Nachricht auf dem Anrufbeantworter.

Als er die Tür aufschloss, unfähig, etwas anderes zu denken als das Schlimmste, hörte er ein leises Hallo aus dem Wohnzimmer. Erleichtert und erschrocken zugleich sah er Sabrina im Sessel sitzen. Die rechte Augenbraue war geschwollen, über die linke Wange verlief eine tiefe Schramme, die Jacke hatte einen Riss. Auf ihrem Schoß saß Felix.

„Wo warst du?“ fragte sie mit brüchiger Stimme. „Ich habe mir schon Sorgen gemacht. Und wie kommt Felix hierher? Ich hab dir doch gesagt ...“

Er musste sie umarmen. Nur nicht weinen, das tat ein Mann nicht. Und ein Kriminalhauptkommissar erst recht nicht.

„Warum warst du nicht zu erreichen?“ wollte Jan wissen.

Das konnte Sabrina so schnell auch nicht erklären.

„Dann erzähl doch jetzt.“

„Ich hab Jeanne d’Arc gespielt. Was meinst du, hätte man mich nach meinem Ableben auch heiliggesprochen?“

„Sabrina.“

„Okay, wäre ja auch nur ein Aschehäuflein übriggeblieben. Gibt es Kaffee? Vorher bringe ich keinen Ton mehr heraus.“

Sie hörte es in der Küche klappern. Warum nicht bequemer aufs Sofa legen?

„Das Frühstück ist fertig“, sagte Jan, als er ein Tablett voller Leckerbissen ins Wohnzimmer balancierte. „Es gibt Pfefferminztee.“

Sabrina protestierte gar nicht, das wunderte ihn. Er sah zu ihr hin. Sie war auf der Couch eingeschlafen. Er holte das Bettzeug und deckte sie vorsichtig zu. Setzte sich in den Sessel daneben, Felix auf dem Schoß. Beide passten sich dem ruhigen Atem von Frauchen an.

23

Orlando saß vor einer trockenen Brötchenhälfte und grübelte. Marius war nicht mehr da gewesen, als er zurückgekommen war. So war der Junge nun mal. Warum musste er ihm immer Kummer bereiten? Auch wo Marjana war, hatte er nun nicht mehr erfahren. „Alles okay“, so hatte sie es ja mitgeteilt. Wahrscheinlich schlief sie aus und würde sich später melden. Auch Timo war fort. Natalie hatte kommen wollen, um an ihren Fotos für das Jubiläum zu arbeiten. Sie war ebenfalls nicht da. Lebte er denn im Bermudadreieck? Er wollte über nichts mehr nachdenken und weiter an einer Skulptur arbeiten. Und wenn sie fertig war, war alles wieder in Ordnung. Marius würde schon zurückkommen. Er konnte seinen Sohn ja nicht mal als vermisst melden. Was sollte er dem Polizisten antworten, wenn er Näheres wissen wollte? Es dauerte lange, bis er sich wieder auf seine Arbeit konzentrieren konnte.

Am Nachmittag hielt hinter dem bleichblauen Ford Kombi, den Sabrina vor dem Atelier abgestellt hatte, ein schwarzer Mercedes und überfuhr die Spuren des Wagens, der vorher dort gestanden hatte.

Orlando sah der Besucherin erstaunt entgegen. „Vera ... du? Ist etwas passiert?“

„Ich muss mit dir reden, wegen der Ausstellung.“

Er sagte nichts, sondern sah auf seine Schöpfung. „Gefällt dir meine neue Skulptur? *Fata Morgana* werde ich sie nennen. Was meinst du? Sie ist für dein Jubiläum.“

„Dir muss sie gefallen.“

„Aber schau doch nur, die Falten, die Farben, das dominierende Blau, das Spiel zwischen Licht und Schatten. Sie wirkt so ursprünglich, wie willkürlich zusammengesetzt, und bildet doch eine Einheit. Sie lässt mich an einen Tänzer denken, der sich vom Zwang der Choreographie befreit hat. An Jazzmusiker, die improvisieren. Oh ja, eine Jazzband sollte zum Jubiläum spielen.“ Er sah sie erwartungsvoll an.

„Unsere Fahrzeuge wurden beschädigt“, sagte Vera unvermittelt, „fünf neue Mercedes-Modelle.“

Erst jetzt bemerkte er, wie blass Vera aussah. „Wie beschädigt?“

Sie erklärte es ihm. Sein Gesicht zeigte keine Regung.

„Herzen? Und Liebeserklärungen? Verrückter Einfall. Bezahlt das die Versicherung?“

„Nein. Das Jubiläum ist damit in Frage gestellt.“

Nun sah er so enttäuscht aus, dass sie ihre abrupte Bemerkung lieber rückgängig gemacht hätte. Sie fühlte sich alleingelassen, unverstanden, müde.

„Wie lautet der Liebesschwur?“

„I love G, mit Punkt dahinter.“

„Oh, damit bin ich gemeint. Das warst du doch nicht selbst?“

Doch Vera war nicht zum Spaßen zumute.

„Ich hab’s. Daraus kann man Kunst machen, das ist schon Kunst. Autos als Objekte der Liebe. *I love G.* Ich liebe Graf, oder doch Gabriel?“

Genau das hatte die Detektivin auch gemeint. Fast hätte Vera es laut gesagt, aber von Sabrina Sax und ihren Recherchen musste er nichts wissen.

„Die Polizei war schon da, es waren auch Fingerabdrücke von Marjana auf den beschädigten Autos.“

„Aber daran gehen doch alle ein paarmal am Tag vorbei, führen sie vor, hängen Schilder an die Scheiben, schließen wieder ab“, sagte Orlando.

„Marjana weiß so gut wie ich, dass Gabriel ein neues Verhältnis begonnen hat.“

„Ist es Natalie?“ Orlando sah Vera forschend an.

„Ich will es gar nicht wissen.“

„Natalie ist mit Ron verheiratet."

„Sollte man meinen, ja. Aber sie hat bei der Feier mit jedem geflirtet, auch mit Gästen. Wen also hatte sie wirklich in ihrem Himmelbettchen in dieser Nacht in Bad Segeberg? Gabriel? Ron? Oder irgendeinen Gast, der zufällig im Lokal war?"

„Nun fang nicht wieder damit an. Noch einmal, Vera: Dein Mann hat seine Autoschlüssel beim Wirt abgegeben und ist auf sein Zimmer gegangen, Ron hat sich während der Feier mit Natalie mal wieder versöhnt, und sie haben das gebührend, na ja, gewürdigt. Michael ist allein gefahren. Kannst du das nicht endlich akzeptieren?"

Vera schwieg.

„Ich plane ein Projekt auf dem LGS-Gelände", erzählte Orlando, um Vera abzulenken, „Marius war hier und wollte mir helfen. Aber dann war er plötzlich weg. Ich glaube, er hat Mist gebaut."

„Marius hat auch unseren Firmenwagen ausgeliehen, angeblich für eine Probefahrt, er hat ihn nicht zurückgebracht. Marjana hat dann behauptet, er sei ihr vor der Tür gestohlen worden. Marius ist kriminell, und sie sieht das nicht. Sie ist vernarrt in ihren Sohn und hat für ihn gelogen. Rede mit ihr."

Augenblicklich war der Kummer, den er während der Arbeit an der Skulptur verdrängt hatte, wieder präsent.

„Du hast Vorurteile, der Wagen kann doch wirklich gestohlen worden sein. Es wäre nicht der erste Mercedes in den letzten Wochen." Orlando bemerkte selbst, dass er versuchte, seinen Sohn zu verteidigen, und fügte resigniert hinzu: „Im Moment weiß ich nicht mal, wo Marjana und Marius sind."

24

Ein roter Renault röhrte am Sonntagmorgen durch die noch stillen Straßen der Stadt, zunächst die Industriestraße entlang, dann durch den Erlengang. Ein Arm streckte sich aus dem Fenster, um die Fahrtrichtung nach rechts auf die Ulzburger Straße anzuzeigen, in Vertretung für die defekte Blinkanlage. Dann bog das Fahrzeug in die Harckesheyde ein, dröhnte ungebremst weiter und nahm Kurs Richtung Falkenberg. Es bog nach links ein. Der dichte Qualm aus dem defekten Auspuff hüllte einen Dackel und seine Gassigeherin ein. Die Frau hatte nur einen hellen Sommermantel übergezogen für den Weg zum nahen, am frühen Morgen menschenleeren Stadtpark. Ein blaugeblümtes Nachthemd lugte einige Zentimeter darunter hervor. Sie zog ihren Liebling hastig an der Leine zur Seite und sah dem Gefährt mit offenem Mund hinterher. Vergaß aber nicht, sich das Kennzeichen einzuprägen. Die Schlaglöcher am Rand des Parks verstärkten das Scheppern und ließen befürchten, dass der Renault sein Ziel im Stück nicht mehr erreichen würde. Der junge Fahrer fuhr geradewegs ins Stadtparkgelände hinein und parkte zwischen dichtem Gebüsch. Ein blassblauer Ford mit grasgrüner Fahrertür preschte an ihm vorbei und bremste dann ab. Beide Fahrer kehrten zu Fuß zurück, stiegen in ein bereitstehendes Luxusgefährt und rollten angenehm geräuscharm davon.

„Hast du einen vom Wachdienst gesehen?“ fragte der Helfer am Lenkrad.

„Nee, da war keiner. Nur diese Tussi mit der Töle.“

„Sie werden es schon merken.“ Orlando schmunzelte.

Der Dackel war mit seinem Frauchen auf dem Rückweg, als ihnen ein drittes Fahrzeug entgegenkam und unter einer der letzten Birken Halt machte.

„Komm jetzt, Piefke, das sind ja Irre.“ Die Frau zog ihren Hund weiter, doch der bremste mit allen vier Pfoten ab. Ihm ging die Aktion auf die Nerven. Hätte sie noch noch ein wenig verweilt, wären zwei weitere dieser abenteuerlichen Fahrzeuge an Dackel und Frauchen vorbeigebraust und hätten sie schließlich an eine Oldtimerparade denken lassen, die sich verfahren hatte.

„Da entsorgt einer Autos im Stadtpark, na, da auf dem Gelände, wo die Landesgartenschau entsteht, statt sie zu Kiesow zu bringen“, erklärte sie beim Frühstück, „so was sieht die Polizei wieder nicht.“

Ihr Mann hatte gar nicht zugehört.

„Und dazu noch doppelter Sex“, fügte sie lauter hinzu.

Es dauerte etwas, bis er die Bemerkung umgesetzt hatte. „Ach so, du meinst SE für Segeberg und zwei X, SE-XX, Martha. Und warum hast du dir das Kennzeichen nun gemerkt?“

„Das muss ich doch melden, gleich morgen früh. Unser Oberbürgermeister wünscht sich doch aufmerksame Bürger.“

Inga erreichte der Anruf noch vor dem Aufstehen.

„Im Stadtpark tut sich was, Miss Ink“, wusste der Redaktionsleiter.

„Was denn? Protest der Piepmatz-Gewerkschaft gegen das Abholzen, oder ein Aufstand der Teichmolche gegen den Badesee? Der nächste Rundgang ist am Freitag.“

„Auf dem Gelände werden Autos entsorgt.“

„Ein Fall für die Polizei.“ Sie legte auf.

Kurz darauf fiepte das Telefon schon wieder.

„Nur, wenn ich Sonntagszulage bekomme.“

„Nicht von einem armen Mann, Frau König.“ Es war Orlando. Was wollte er an diesem frühen Sonntagmorgen? Er ließ sie gar nicht zu Wort kommen und redete aufgedreht weiter: „Der Stadtpark ist zu einem Oldtimerwald geworden, mein bisher großartigstes Kunstprojekt. Das sollten Sie sich ansehen und fotografieren, am besten sofort“, versuchte er sie zu begeistern.

Begeistert war Inga nicht, aber sie machte sich auf den Weg, traf etwas später ein und nutzte die letzte Lücke, um ihr Fahrzeug zu parken. Sie sah die Kollegen suchend im Gänsemarsch am Zaun entlanglaufen, bis sie eine Öffnung gefunden hatten. Dann irrten sie gemeinsam durch das Gelände. Keiner wusste so genau, um was es ging. Sie sahen Schrottautos, die wirklich besser zu Kiesow gebracht werden sollten, aber da kamen sie anscheinend gerade her.

„Fünf müssten es sein, aber es sollen noch weitere Rostlauben dazukommen“, erklärte Inga. Drei waren bereits entdeckt und abgelichtet worden. Es war wie das Suchen von Ostereiern, bunt und im Grün versteckt, nur größer. Zum Glück. Drauftreten konnte man nicht. Sie irrten weiter. Den Berg hinauf, durch tiefe Furchen, wieder zurück zum See. Die Fotoausrüstung über der Schulter, Block und Stift in der Hand. Machten emsig Notizen und hielten sich an die wichtigsten Regeln für Journalisten. Erstens: Man darf eine Story nicht durch die Wahrheit verderben. Zweitens: Was man nicht kapiert, muss man loben.

Also wurde gelobt: Die Idee, das Gespür für Kunst, die bestechenden Farben der Objekte im üppigen Grün des Stadtparks, die ungewöhnliche Nutzung des Geländes. Was der Oberbürgermeister sich wünschte, sollte er haben: eine positive Berichtserstattung zur LGS. Sogar Kollegen aus dem Hamburger Ausland waren dazugekommen. Das noa4-Fernsehteam, *Norderstedt on air*, war mit Ü-Wagen und schwerem Gerät schon im Feldpark stecken geblieben.

Inga war ins blaue Haus zu Orlando geeilt und bekam ein Interview, bevor andere überhaupt ahnten, wer hinter dieser Aktion steckte.

Sie sah es schon vor sich, als sie den fertigen Artikel mit einem Tastendruck auf die Reise geschickt hatte: Die Leser schlugen am Montagmorgen die Zeitungen auf, wunderten sich, einige feixten, andere schrieben empörte Leserbriefe, nicht wenige aus der Kunstszene erfasste der gelbe Neid. Warum waren sie nicht selbst auf die Idee mit dem Oldtimerwald gekommen?

30. August 2009: Noch 85,4 Wochen oder 599 Tage oder 14.376 Stunden ...

25

Altes Autoblech
zerbeult und rostig – blüht auf
Künstlers Händen

Orlando war sehr zufrieden mit seiner Aktion. Die Reaktionen darauf musste er nur abwarten und konnte sich anderen Ideen zuwenden. Vor ihm standen sechs kleine Gebilde, etwa dreißig Zentimeter hoch. Er hatte lange Blechstücke bearbeitet, den unteren Teil wie Stäbe geformt, die obere Hälfte in feine Streifen geteilt und einzeln aufgerollt. An einige Stellen musste er das Blech zusammenschweißen, sonst hätte man die Skulpturen nicht transportieren können. Jetzt besprühte er die Stäbe mit Felgensilber, den oberen aufgebauschten Teil mit Farben in Enzianblau und Pink. Die kleinen Objekte wirkten wie expressionistische Kunst der fünfziger Jahre. Wie *summer flirt* von Chamberlain. Nichts war besser geeignet, Motorhauben und Rednerpult zum Jubiläum im Autohaus wirkungsvoll zu schmücken. Betrachter würden sie bewundern, diese Blumensträuße, haltbar für Ewigkeiten.

Es war dunkel geworden, Orlando ging vor die Tür, ohne das Licht einzuschalten. Noch immer war die Luft angenehm lau. Er wollte noch eine Weile auf der Bank vor dem Atelier verweilen, den Tag ausklingen lassen. Keine trüben Gedanken zulassen. Vor dem Haus sah er einen Schatten vorbeihuschen. Ein später Heimkehrer vielleicht. Dann sah er den Schatten wieder auf dem Hof nebenan. Was machte jemand so spät in der Werkstatt? Hatte Timo das Tor nicht abgeschlossen? Hinten standen die Youngtimer. Autoklau hatte ja im Moment Hochsaison. Er wollte nachschauen, aber kein Risiko eingehen. Holte die Waffe aus der Schublade und ging nach draußen. Die Gestalt war fort. Zum Glück gab es jetzt eine Überwachungskamera, die Timo gerade installiert hatte. Es müsste darauf etwas zu erkennen sein. Er würde ihn fragen. Aber war der Junge nicht schon weg? Zum Surfen an die Ostsee?

Orlando ging zurück und befühlte seine Kreationen. Alles trocken.

26

Am frühen Montagmorgen klingelte das Telefon im Vorzimmer des Oberbürgermeisters. Die Sekretärin hatte gerade erst ihre Tasche abgestellt und die Jacke aufgehängt und nahm den Hörer ab.

Eine Frau wollte nichts weiter, als dem Oberbürgermeister persönlich etwas mitteilen, aber dem Wunsch konnte die Sekretärin auf keinen Fall nachkommen. Ihr Chef wollte nicht gestört werden.

„Um was geht es denn?“

„Sag ich ihm nur selbst.“

„Ich versuche durchzustellen.“

Es folgte endloses Klingeln. Danach meldete sich die Zentrale mit einer Standardansage. *Please hold the line* ... Martha stutzte. War das Gespräch zu einem Tierheim durchgestellt worden?

Beim dritten Versuch klang die Forderung der Anruferin schon nachdrücklicher.

„Einen Moment bitte." Die Sekretärin hatte den Hörer beiseitegelegt, um den Chef vorzubereiten. „Eine Martha, den Nachnamen habe ich nicht verstanden, sie lässt sich nicht abweisen."

Nach einer langen Pause meldete sich der OB.

Martha rappelte mit fester Stimme die Sätze herunter, die sie sich in der Nacht überlegt und eingeprägt hatte, und ließ sich nicht unterbrechen.

Altfahrzeuge auf dem Stadtparkgelände? Das könne nicht sein. Nicht bei den zurzeit aufgewühlten Wegen und den Absperrungen.

„Dann schauen Sie sich das doch selbst an." Martha wurde inzwischen richtig ungehalten.

Er werde das prüfen lassen, sagte der OB, legte auf und vergaß das Gespräch. Widmete sich wieder seinem Terminplan und dem Kaffee, griff dann zum Stapel mit den druckfrischen Morgenzeitungen.

Inga König hatte sich lieber gleich persönlich ins Rathaus begeben. Sie kannte das Problem mit dem Durchstellen zur Genüge, fragte im Vorzimmer nur kurz: „Ist der Chef zu sprechen?", wartete keine Antwort ab, stand schon vor seinem Schreibtisch und legte ihre Fotos hin.

„Schrottautos auf dem Gelände der Landesgartenschau?" Dann stimmte das wohl doch. Souverän reichte er die Fotos zurück. „Da ist das Betriebsamt zuständig. Die Nummer der Hotline ..."

„Nein, das sind ... das ist ein Kunstprojekt von Orlando Graf. So hat er es mir erklärt."

Im Nu verfinsterte sich das Gesicht des Stadtoberhauptes. Er musste die Journalisten stoppen. Eine solche Meldung durfte nicht in die Zeitungen.

Inga breitete die Artikel vor ihm aus. Zu spät. Doch es sollte noch schlimmer kommen.

Die Geschäftsstelle der Stadtpark Norderstedt GmbH war in die unmittelbare Nähe des Gartenschaugeländes umgezogen, in die Emanuel-Geibel-Straße. Von hier wurde beaufsichtigt, geplant, Kontakt gehalten, Werbung gemacht, von hier aus fanden die Führungen statt. Zur Krisensitzung jedoch bat der OB die drei Geschäftsführer unverzüglich in sein Büro.

Auf dem Tisch ausgebreitet lagen die Morgenzeitungen. *Gelungener Überraschungscoup der Stadtpark GmbH; Der Ford zum Sonntag; Stadtpark als öffentlicher Kunstraum.* So oder so ähnlich waren die Schlagzeilen. Dazu lobende Artikel, bis an die Grenzen zur Euphorie. Eine raffiniert angelegte Aktion sei das, eine werbewirksame Nutzung des Geländes im Vorwege. „Norderstedt ehrt einen hervorragenden Künstler auf ungewöhnlichem Areal“, schrieb ein überregionales Blatt und schlug vor, die Oldtimer in die Landesgartenschau zu integrieren.

„Sind die denn alle verrückt geworden?“ fragte der OB.

Die drei Geschäftsführer stimmten zu.

Im *KuNoLeseblatt* füllte das Interview von Inga König eine ganze Seite, dazu hatte sie Orlando fotografiert: vor dem bleichblauen Ford zwischen Parkgrün, auf dem Gelände der Firma Kiesow, mit Natalie in der Werkstatt vor der *Fata Morgana.*

„Wir brauchen da keine Schrottautos“, sagte der OB, „wir wollen eine schöne, saubere, geradlinige Landesgartenschau mit gepflegtem Ambiente.“

Die drei Geschäftsführer stimmten zu.

„Wie viele Autos stehen denn im Stadtpark?“

„Fünf – oder sechs, falls noch eines gefunden wird.“

„Die verschwinden bitte unverzüglich.“ Der OB betonte seine Forderung, indem er mit dem Zeigefinger auf den Tisch klopfte. Er ließ sich doch seine über die Grenzen der Stadt hinaus schon populäre LGS nicht vermiesen.

Just in diesem Moment trat Orlando in ihr Blickfeld, der die Forderung gehört hatte. „Diese Kunstobjekte sind spektakulärer als eine Blümchen-Gartenschau. Jeder der Oldtimer bekommt durch die ungewohnte Nähe zum Wald eine andere Bedeutung. Komprimiertheit kann augenblicklich in Expansion übergehen“, erklärte er.

Die drei Geschäftsführer stimmten zu. Sie wollten keineswegs als Kunstbanausen dastehen. Der OB sah sie missbilligend an.

Orlando zitierte Neil Young, der einen Friedhof angelegt hatte für alte Autos: *Ein Haufen aus Blech, Chrom, Lack, Leder und Glas ist wie ein Kunstprojekt.*

„Die Schrottautos müssen sofort entfernt werden“, wiederholte der OB unbeeindruckt.

„Schauen Sie sich das doch an. Lassen Sie die Objekte auf sich wirken. Hier wird Vergänglichkeit deutlich, die Objekte verbinden sich mit der Natur, passen sich an, besonders bei dieser Witterung. Im Laufe des Winters geht alles ineinander über, wird fließend.“

Der OB verzog das Gesicht. „Für mich ist das Schrott, er gehört dort einfach nicht hin.“

Die drei Geschäftsführer stimmten zu.

„Meine Aktion wird unterstützt von der Firma Kiesow, und wenn ich es richtig sehe, gehört diese Firma zu den größten Steuerzahlern der Stadt und finanziert damit indirekt auch diese Gartenschau mit. Vielleicht ist sie sogar als Sponsor zu gewinnen.“

„Sie haben Ihre Berichterstattung gehabt, und das sollte reichen. Die Autos müssen weg.“ Der OB ließ sich nicht beirren.

Orlando war entlassen und ging zur Tür, drehte sich nochmals zu den Rathausgewaltigen um und prophezeite: „Es wird Proteste geben. Die Kunst ist frei, steht im Grundgesetz, Artikel 5, können Sie nachlesen. Und so eine Fettecke von Beuys zum Beispiel kostete nach der versehentlichen Beseitigung 40.000 DM Schadensersatz.“

Der OB sah Orlando an und konnte so gar nicht seinen Gedankengängen folgen. Aber noch mehr Geld ausgeben wollte er auch nicht.

„Mit Politik kann man keine Kultur machen, aber vielleicht mit Kultur Politik“, zitierte Orlando abschließend Theodor Heuss. Es hörte ihm niemand mehr zu. Da wandte er sich ab und ging.

„Ich hatte da heute Morgen so ein kleines Kärtchen an meinem Wagen stecken“, sagte einer der Geschäftsführer und griff in die Jackentasche, „ein Abschleppdienst, der Fahrzeuge für den Export sucht. Den rufe ich an, vielleicht lässt sich da noch was rausholen, bei fünf Fahrzeugen."

„Was ist heute im Angebot für den Mittagstisch?"

Damit war die Diskussion beendet.

27

Eine dunkelhaarige Frau schaute aus einem Fenster, am Himmel war ein Flugzeug zu erkennen. Der Kunsthistoriker setzte zu einer ausführlichen Sinndeutung des Bildes an. Drückte dieses Flugzeug Sehnsucht oder Flucht aus oder gar Abschied? Die Frage schwebte unter der Decke im *Blauen Salon* und blieb zwischen den Gardinen hängen. Denn niemand unter den etwa dreißig Besuchern antwortete. Alle schienen nachzudenken. Einige rutschten auf den unbequemen Stühlen herum, starrten auf das Selbstporträt, bedeutende Kunst im Blick: Frida Kahlo. Die Malerin mit den buschigen Augenbrauen, bei denen wohl kein Visagist untätig bleiben würde. Unter den Zuhörern saß heute auch Vera Engel, die einen Gast mitgebracht hatte, den einige Mitglieder neugierig beäugten.

Eine Pause wurde gewünscht. Sicher von einem, der die Augenlider nicht mehr unter Kontrolle hatte. Lisa und Inga strebten mit den anderen Rauchern dankbar vor die Tür, um die Unterversorgung an Nikotin zu beheben.

„Dieser Mann neben Vera, wer ist das?" fragte Lisa.

„Natalies Mann", wusste Inga.

„Warum ist er dann mit Vera hier und nicht mit Natalie? Und Vera nicht mit Gabriel sondern mit Ron?"

Die Frage blieb unbeantwortet, sie rauchten schweigend weiter.

„Guckt mal, wer da kommt", sagte Inga plötzlich und wies auf den Parkplatz, „und viel zu früh."

Lisa erkannte nichts. Wer kam zu früh? Sah Inga schon im September Weihnachtsmänner?

„Das ist die Riege meiner vielbeschäftigten Kollegen“, verkündete Inga, „gestern im *Oldtimerwald*, heute bei *panta rhei*. Nur positive Presse für unsere Stadt.“

Flugs nahmen alle drinnen wieder Platz. Das Licht ging aus, um den Vortrag fortzusetzen und gleich wieder an.

„Oh, die Presse ist schon da“, erklärte Vera, „können wir kurz unterbrechen?“

Der Kunsthistoriker wirkte irritiert, die nächste Deutung war ihm irgendwo im Hals steckengeblieben. Frida und die hohe Kunst waren vergessen.

Als alle saßen, nickte der Vorsitzende Vera zu.

„Unser Gast heute Abend ist der Hamburger Immobilienmakler Ron Carlos, er möchte den Verein *panta rhei* bei seiner Arbeit unterstützen und sagt dazu gleich selbst etwas. Bitte, Ron.“

„Ich bin ein Bewunderer dieses Vereins und seiner Künstler. Deshalb habe ich ein kleines Präsent mitgebracht“, erklärte Ron Carlos.

Vera reichte ihm ein großes Blatt, das er theatralisch umdrehte. Es war ein vergrößerter Scheck über 10.000 Euro.

„Für jedes Vereinsjahr fünfhundert Euro“, erklärte Ron dazu. „Die Spende ist an keinerlei Bedingungen geknüpft. Mein großes Anliegen ist aber, es auch für Projekte der Landesgartenschau zu nutzen. Daneben sollten auch aufstrebende Künstler gefördert werden.“

Vera klatschte Beifall, und alle folgten ihrem Beispiel. Ron hielt noch immer den großen Scheck in der Hand und schaute in die Blitzlichter der Kameras.

Dann war der Zauber vorbei. Auf Frida hatte jedoch niemand mehr Lust. Vereinzelt kamen schon Vorschläge, wie der Betrag genutzt werden könnte. Der Vorsitzende sagte zu, einen Termin für eine gründliche Diskussion in Kürze anzusetzen.

„Das wird voll werden, es geht schließlich um eine Menge Kohle. Hoffentlich braucht der Vorsitzende nicht alles für seine Projekte auf“, flüsterte jemand hinter Inga.

Das Ansehen von Ron Carlos konnte sich mit so einer Aktion nur steigern, auch bei den Stadtvätern, was ihm wohl der Betrag wert war. Oder es war die Idee seiner Frau, die an ihren eigenen Vorteil dachte?

Natalie beherrschte alle Arten der Überredungskunst. Ohne Hintergedanken war hier nicht gespendet worden. Inga sah sich um. Dachten andere das auch? Was bezweckte Natalie Newton? Was hatte Ron Carlos auf dem Kerbholz?

Alex und sie waren morgen bei Sabrina und Jan zu Gast. Sie war gespannt, was Sabrina dazu sagen würde.

28

Als sie morgens in den Spiegel sah, fand Sabrina, dass Ermittlungen an diesem Tag nicht angebracht waren, nicht für eine seriöse Detektivin einer seriösen Detektei. Ihr Gesicht war immer noch geschwollen, die Kratzer noch nicht verheilt. Also war es genau richtig, in die mit Farbe bekleckerten Klamotten zu schlüpfen und die Malerarbeiten fortzusetzen, auch wenn sie die Folgen des Kellereinsatzes schmerzhaft am ganzen Körper spürte. Besonders am rechten Arm, auf den sie gefallen war. Charly ging es unter der spanischen Sonne sicher besser. Oh je, Charly. Sie hatte vergessen, die Fahrzeugpapiere in der Wache vorzulegen. Das musste wirklich sofort erledigt werden. Also wieder umziehen, die Mahagoni-Mähne ordnen, Make-up doppelt auftragen.

Der Beamte in der Polizeiwache schaute nur ein wenig verwundert, er war einiges gewohnt. Die Schrammen im Gesicht ließen ihn wohl eher an eine traktierte Ehefrau denken, die Anzeige machen wollte. Die zogen sie sowieso gewöhnlich am nächsten Tag zurück. Reuige Gatten beherrschten Tricks, ihre Partnerin wieder milde zu stimmen. Auch über die verspätete Vorlage der Papiere machte er keine Bemerkung.

Mercedes-Modelle der schwarz glänzenden Art schienen ganz oben zu stehen auf der Beliebtheitsskala, jedenfalls im Moment und bei den Dieben in und um Hamburg. Sah nach einem Großauftrag aus, den eine Schieberbande für einen ganzen Fuhrpark erhalten hatte, von der A-Klasse angefangen bis zur Luxusausführung, vermutete der Beamte.

Mafiosi lieben Mercedes, wusste Sabrina von Charly. Auch gestohlene Fahrzeuge fuhren bereitwillig, waren selbst umgespritzt und mit gefälschten Kennzeichenschildern fahrbereit, gleichgültig für wen.

„Wir als Polizisten können von den Dieben noch lernen", erklärte der Beamte, dem Sabrina nun gegenübersaß, „sie sind technisch perfekt ausgerüstet."

„Eine Aufgabe für die Autohersteller, noch perfektere Systeme auszutüfteln", schlug Sabrina vor.

„Die Diebe stellen sich in kürzester Zeit darauf ein. Alle dreißig Minuten wird in Deutschland ein Auto gestohlen. Wie sollen die Beamten das alles übersehen?"

Übersehen sollten sie das eigentlich nicht, war Sabrina versucht zu antworten. Aber sie konnte ihn nicht verärgern, weil sie noch weitere Fragen hatte. Zu dem gestohlenen Mercedes vom *Autohaus am Flughafen* und dem Winsener Fahrzeug der C-Klasse wusste er allerdings auch nicht mehr als sie.

„Prüft denn keiner an der Grenze die Identifikationsnummer?" Herrje, bei dem neuen Wort für Fahrgestellnummer konnte man ja ins Stottern geraten.

„Die FIN-Nummer" – es ging doch so einfach – „kann perfekt gefälscht werden. Oder die Luxuskarossen bekommen die Identität eines passenden Unfallwagens, der billig erworben wurde: Nummer des Unfallwagens ausschneiden und im gestohlenen Auto einsetzen, so passen dann auch gleich die Papiere dazu."

Eine Dublette. So hatte Charly das genannt.

Der Polizist schien in Eile. Mehr würde sie von ihm über die Diebstähle auch nicht erfahren, er gab die Anzeigen jeweils an die Kripo weiter. Sie ließ ihre Karte da und speicherte die Telefonnummer des bearbeitenden Dezernats, das im Polizeipräsidium in Winterhude untergebracht war, auf dem Handy.

Wieder in ihrer Wohnung, sah Sabrina nochmals die Internetseiten durch. Dann interessierte sie die Statistik. Bundesweit waren mehr als 49 Millionen Fahrzeuge zugelassen, in Hamburg fast eine Million; 534 Fahrzeuge pro tausend Einwohner. In Norderstedt waren exakt 56.971 Fahrzeuge zugelassen, also 792 Fahrzeuge pro tausend Einwohner oder noch deutlicher: 915 Fahrzeuge auf tausend Einwohner über 18 Jahre.

Die Werke produzierten rund um die Uhr, pausenlos rollten neue Karossen vom Band und füllten die Autohäuser, die mehr abnehmen mussten als sie verkaufen konnten. Als Neufahrzeuge deklariert, waren sie oft über ein Jahr alt, bevor sie die ersten Kilometer fahren konnten. Als Lockangebote waren Rabatte nötig, es gab kaum noch Gewinnspannen. Fehlender Profit wurde durch teure Ersatzteile wettgemacht und durch Inspektionen, die, auch ohne dass etwas gemacht wurde, einen hohen Preis hatten.

Vom Umsatz der Autohäuser hing auch die Existenz anderer Firmen und Menschen ab: Fabriken für Ersatzteile, Reifen und Bezugsstoffe; Reparaturwerkstätten, Autoexporteure, Schrottfirmen. Allein über den Hamburger Hafen wurden im Jahr 350.000 gebrauchte Fahrzeuge exportiert, über neunhundert Fahrzeuge pro Woche. Stellte die westliche Welt die Lieferungen zum Beispiel nach Afrika ein, würden allein in Cotonou, der Hafenstadt an der Atlantikküste in Benin, 20.000 Menschen ihre Arbeit verlieren. Von der Autobranche profitierten Versicherungen und Anzeigenblätter und schließlich auch das Detektivbüro Drescher.

Dann hatte Sabrina genug von Autos und Internet und schaltete den Computer aus. Ihr fiel ein, was sie den Polizisten fragen wollte, und rief ihn an. „Wer war Eigentümer oder Vermieter dieser Werkstatt da in Föhrsdorf?"

Er schaute ohne weiter zu fragen nach und sagte: „Ron-Carlos-Immobilien."

„Steht da eine Adresse?"

„Nein. Steht sicher im Telefonbuch. Unter Immobilien. Hat aber auch Restaurants und Hotels."

Sabrina legte auf. Ron Carlos also. Unwahrscheinlich, dass er von nichts wusste.

„Komm, Felix, in den Sessel, wir machen Feierabend."

Sabrina zappte durchs Fernsehprogramm. Starparade der Volksmusik, Sportschau, Talkshows auf mehreren Kanälen. Und Analysen: Was wäre, wenn heute Wahl wäre? Wirkliche Wahlen waren doch erst in drei Wochen, die Bundestagswahl und die Landtagswahl in Schleswig-Holstein. Sie schaltete das Fernsehgerät aus.

Als das Telefon sich meldete, fiel ihr ein, dass Frau Engel ihre tägliche Frage noch gar nicht gestellt hatte, und sie kam ohne Vorrede: „Haben Sie sich entschlossen, mein Angebot anzunehmen?“

Sabrina hatte sich entschieden. Sie sagte zu. Frau Engel würde doch nicht aufgeben.

„Ich versuche es, weil Sie so fest an Ihre Version glauben.“

Sabrina spürte, wie erleichtert ihre Auftraggeberin war.

Das Chaos von Föhrsdorf behielt sie für sich, die Autohauschefin würde es noch früh genug von anderen erfahren. Stattdessen fragte sie nach Adresse und Telefonnummer von Ron Carlos. So schnell wie die Daten aufgesagt wurden, konnte sie kaum mitschreiben.

„Im Moment ist er auf Geschäftsreise, keine Ahnung, wie lange.“

Sabrina legte auf, nahm einen Bogen Papier und dachte nach, schrieb dann als Erstes groß darauf: „Michael ist nicht gefahren“. Eine Prämisse. Sie musste nur selbst daran glauben. Dann schrieb sie die Personen auf, mit denen Michael in den letzten Stunden vor dem Unfall Kontakt gehabt hatte: „Das Ehepaar Engel und Timo, Marjana und Orlando, Ron und Natalie“. Alle würden weit von sich weisen, gefahren zu sein, beteuern, dass es diesen Fahrer gar nicht gab. Michael hatte getrunken, war allein gefahren und bei Glatteis von der Straße abgekommen. Sie würde diesen Ron Carlos nicht nur zu seiner Rolle im Fall Michael befragen, sie hatte auch Fragen zu den geflüchteten Föhrsdorfer Mietern und zum Verschwinden von Marius und Marjana.

Am besten begann sie mit dem Unfall von Michael und dort, wo das Drama angefangen hatte, in Bad Segeberg. Gleich morgen.

29

Ja, es sei durchgehend von elf Uhr bis Mitternacht geöffnet, sagte jemand, als Sabrina im Lokal in Bad Segeberg anrief. Auch der Chef sei dann zu sprechen. So konnte sie vorher noch zur Polizeiwache fahren.

Der Beamte befragte den Computer, musste suchen, fand dann den Unfallbericht. Er enthielt ja keine Geheimnisse, also schob er ihn Sabrina hin. Ob sie auch eine Kopie haben könne? Sie konnte.

„Und keine Spur von einer zweiten Person?"

„Das wurde ich oft genug gefragt. Nein, keine Spur."

Sie bedankte sich und ging.

Der Wirt des Lokals unweit der Fußgängerzone, ein fülliger Knuddelbär, nahm sich Zeit und hörte ihr zu. Das Lokal war um diese Zeit leer. Nur in der Ecke saß ein älterer Mann, der sein Bier trank und in einer Zeitung blätterte.

Sabrina zeigte dem Wirt das Foto von Michael, und er erzählte, als sei das alles gestern erst gewesen. „Wissen Sie, ich habe auch einen Sohn in dem Alter und manchmal Angst um ihn", erklärte er, „da vergisst man so einen Unfall nicht. Die jungen Leute müssen ja auch erst ihre Erfahrungen machen. Das geht nicht immer problemlos."

Sie gingen die feiernde Runde der Reihe nach durch. Frau Engel war mit ihrem jüngeren Sohn Timo als Erste zurückgefahren, Orlando war kurz darauf mit Marjana in seinem Transporter gestartet. Zurück blieben vier Personen: Natalie Newton und Ron Carlos, Gabriel Engel und Michael. Sie seien gemeinsam aufgebrochen, sagte der Wirt. Er gehe noch heute davon aus, dass alle gleich ihr Hotelzimmer aufsuchten. Der Wein war flaschenweise bestellt worden. Der Wirt konnte nicht sagen, wie viel die Einzelnen getrunken hatten.

„Michael verließ das Lokal am Arm seines Vaters allerdings merklich schwankend." Das wusste er genau. „Möglich ist aber auch, dass sich einer von ihnen noch auf den Weg zur nächsten Champagner-Tankstelle gemacht hat – oder alle vier."

„Mit wem saß die Frau zusammen, diese Natalie?"

„Mal hier, mal da, die hat mit allen im Umkreis geflirtet, auch mit dem Kellner."

„Auch mit Michael?"

„Auch mit Michael."

„Noch eine letzte Frage: Was würden sie einer Detektivin empfehlen, die fast vor dem Verhungern ist?"

„Unser Koch ist Italiener, probieren Sie unbedingt seine Kreation *pasta e carciofi*, Nudeln mit Artischocken."

Es war das Lieblingsgericht von Jan und ihr, das Sabrina an ihre erste Begegnung erinnerte. Es schmeckte auch köstlich in Bad Segeberg. Nach dem Essen gab sie dem Knuddelwirt ihre Karte, lobte den Koch und fuhr zurück.

An der Unfallstelle hielt sie an und ging übers Feld. Es gab wenig zu sehen, bis auf den tiefen Graben und die Büsche. Der Acker war abgeerntet und staubig. Ob Michael im Sommer überlebt hätte?

Sie hatte noch Zeit und fuhr gleich weiter zu Orlando.

Er lud mal wieder Blechteile ab und kam ihr dann entgegen, nicht erwartungsvoll, eher abwehrend, bat sie dann aber doch in die gemütliche Wohnküche auf einen Cappuccino.

„Hat Marjana sich inzwischen gemeldet?" fragte sie, als Orlando Tassen aus dem Schrank geholt hatte.

„Ja, sie ist laut SMS bei einer Freundin und ruht sich aus."

„Und Marius?"

„Der auch." Orlando machte sich am Wasserkocher zu schaffen, und Sabrina schien es, als ob er noch etwas hinzufügen wollte, aber dann schwieg er.

„Ich möchte Ihre Meinung zu Michaels Unfall wissen", sagte Sabrina so unvermittelt, dass Orlando innehielt, „hat Frau Engel recht, wenn sie sagt, dass Michael den Unfallwagen nicht selbst gefahren hat?"

„Fragen Sie sie."

„Ich will aber Ihre Meinung hören."

„Ich weiß es doch nicht. Mit Sicherheit ist Marjana mit mir zurückgefahren. Wir haben Alex und Inga noch hier vor der Tür getroffen, sie können das bestätigen. Bleiben drei Verdächtige, die alle sagen, dass sie sofort auf ihr Zimmer gegangen sind." Orlando wedelte mit seinem Löffel herum, füllte Pulver in die bunten Tassen, goss heißes Wasser darauf und schob eine vor Sabrina hin, die auf der Sitzbank Platz genommen hatte.

„Natalie gibt Ron ein Alibi, indem sie sagt, dass sie mit ihm bis zum Morgen im Hotelzimmer zusammen war. Ihr Mann Ron bestätigt das, und so ist auch Natalie unverdächtig“, stellte Sabrina genau das fest, was Orlando sowieso wusste.

„Richtig. Bleibt Gabriel Engel übrig.“

„Lässt er seinen Sohn wirklich auf dem Acker liegen?“ Sabrina konnte sich das nicht vorstellen.

„Eine erneute Fahrt bei Trunkenheit hätte ihn seine Existenz gekostet, privat und geschäftlich. Vera hätte sich abgewendet, der Führerschein wäre weg gewesen, da gibt es auch noch Strafen auf Bewährung. Dieses Mal wäre er nicht mehr so glimpflich davongekommen.“

Sie tranken still ihren Cappuccino, dann sagte Sabrina, als ob der Gedanke ihr neu war: „Wenn Natalie nun aber bei Gabriel war ...?“

„... dann bliebe Ron als Verdächtiger übrig. Er hätte unbemerkt das Hotel verlassen können, um zum Beispiel mit Michael einem seiner Etablissements einen Besuch abzustatten.“ Auch darüber schien Orlando nicht nur einmal nachgedacht zu haben. „Kann diesem Carlos ja nur recht sein, dass Natalie ihn durch ihre Aussage schützt. Vielleicht hat er sich erkenntlich gezeigt. Natalie lebt im Luxus, sie schwört für Geld jeden Meineid.“

„Gabriel aber auch. Er würde für ein nettes Sümmchen gern verschweigen, dass Natalie in der Nacht bei ihm war.“

„Da gibt es noch eine andere, wenn auch abwegige Möglichkeit“, sagte Orlando bedächtig. „Jeder der beiden Männer hat geglaubt, dass Natalie bei dem anderen ist, dabei war sie allein in ihrem Zimmer.“

„Vera vertraut Ron und verdächtigt damit automatisch ihren Mann. Sie quält sich, es hat doch keinen Sinn mehr, Michael ist tot.“ Sabrina fand, dass alles Abwägen und Vermuten nichts brachte. Sie wollte sich gerade für den Cappuccino bedanken und gehen, als durch das Atelier ein Schuss dröhnte, dann in zweiter. Orlando war aufgesprungen, da kam Natalie durch die Küchentür, die Waffe noch in der Hand.

„Was tust du da?“ fragte Orlando.

„Ich habe in mein Bild geschossen, das ergibt mysteriöse Muster und lässt den Betrachter rätseln. So hat Niki de Saint Phalle es doch auch gemacht, oder?“

30

Altes Sandsteinwerk
Wind flüstert im Gemäuer
von neuen Ehren

„Auferstanden aus Ruinen ..." – An diese Bemerkung eines Kollegen dachte Inga König, als sie vor dem Potenbergwerk am Rande des LGS-Geländes stand. Schwer zu ergründen, warum es das Lieblingsobjekt des Oberbürgermeisters war. Auf sie wirkte das vor zwanzig Jahren stillgelegte Kalksandsteinwerk riesig und düster, an den Seiten viel zu schmal. Es machte eher den Eindruck, als würde es beim nächsten Windstoß in sich zusammenfallen. Wenn daraus das *Kulturwerk am See* mit einer Freilichtbühne entstehen sollte, musste man das Ufer näher an das Gebäude rücken oder das Gebäude näher an das Ufer, was wohl schwieriger war.

Auch nicht alle Stadtvertreter konnten sich vorstellen, was der Oberbürgermeister schon fertig vor sich sah: auf vier Ebenen Platz für Galerien, Ateliers und Tonstudio, für einen Mehrzwecksaal mit vierhundert Sitzplätzen und einer hundert Quadratmeter großen Studiobühne, auf Schienen verschiebbares Mobiliar, wo früher die Loren ihren Weg genommen hatten. *Auf den Spuren der Steine.* Linke Stadtvertreter befürchteten sogar, dass dieses Bauwerk, war es erst einmal restauriert, eine Art Vereinsheim werden würde. Zu viele Millionen aus der Stadtkasse für zu wenig Prestige. In Vereinen wie *panta rhei* wiederum wurde vermutet, dass für sie kein Platz war im *Kulturwerk am See,* kaum Flächen für Ausstellungen. Im schlimmsten Fall würde der geplante Neubau für die Musikschule daneben, immerhin vierstöckig, den größten Teil des Etats aufbrauchen. Keine Vereinsarbeit im *Kulturwerk am See*, keine Probenräume für die Bands, keine Angebote speziell für Jugendliche. Wer nutzte dann das umgebaute Werk? Von EU-Fördermitteln war nichts zu lesen oder zu hören.

In der Presse wurden andere Meinungen laut, eher spärlich abgedruckt: den Schrott lieber abreißen, die Millionen für den Ausbau von Schulen, die Erneuerung von Turnhallen und Kindergärten ausgeben.

Inga war dabei gewesen, als der OB seine Pläne im Sitzungssaal 2 des Rathauses öffentlich erläuterte, neben sich die Werkleiterin für Kultur und Städtepartnerschaften. In der großen Runde Vertreter aller Parteien, Mitglieder des Kulturausschusses, Interessierte aus Kulturvereinen, Pressevertreter. Nachdem geklärt worden war, wann denn nun ein Antrag zum Antrag auf einen Antrag gestellt werden musste, schloss sich eine Diskussion an. Orlando neben ihr hatte Figuren in seinen Notizblock gemalt, ihn schien die Debatte zu langweilen. Nur für sie hörbar hatte er gemurmelt: „Will er der Elbphilharmonie in Hamburgs Hafencity Konkurrenz machen?" Deren Umbau sollte sich laut Mitteilung im *Hamburger Abendblatt* um hundert Millionen Euro verteuern. Was waren dagegen schlappe fünf Millionen für das *Kulturwerk am See* und etwa die Hälfte noch mal für den Glaskubus der Musikschule daneben? Ein Vertreter der SPD hatte deutlich lauter den Vergleich mit dem Prunkschloss Versailles gezogen.

Schließlich war der Betrag für ein Gutachten bewilligt worden, immerhin 200.000 Euro. Es war schließlich für die Kultur.

Soeben war Inga mit dem Hausmeister durch das Werk gegangen, nicht jeder besaß das Privileg, dieses Objekt von innen anschauen, geschweige denn fotografieren zu dürfen.

Wieder zu Hause, betrachtete sie die Fotos. So aufgenommen wirkte das Ambiente sogar malerisch: die bunten Graffitis, das Grün, das aus den Ritzen wucherte, das vergessene Klavier.

Zuletzt hatte sie draußen noch von der Rückseite Fotos gemacht und dabei einen Mann vor die Linse bekommen, der nicht in diese Umgebung zu passen schien. Sie sah sich das Foto genauer an: dunkelblauer Anzug, kräftige Statur, dunkelhaarig mit grauen Effekten, ein Mann, der nicht ohne Grund um das Werk herumschlich: Ron Carlos. Besaß der nicht schon genug Restaurants, Kneipen und Szenelokale? Und die Frau im Hintergrund? War die zufällig da? Das war doch Natalie Newton. Was plante dieser Ron? Nach einem Spaziergang sah das nicht aus. Und hatte nicht jemand gesagt, er sei auf Geschäftsreise?

Wiederum verfasste sie einen Artikel, der dem Redakteur gefallen würde.

31

Martha war noch immer aufgebracht. „Einer aufmerksamen Bürgerin nicht zu glauben!" empörte sie sich. Sie nahm Piefke an die Leine und verließ das Haus.

„Du warst doch schon Gassi, wo willst du denn hin?" fragte ihr Mann verwirrt. Sie schaute sich nicht mehr um und strebte erneut dem Park zu, ihre Kamera um den Hals gehängt. Fotos wollte sie machen, von allen Autos, von allen Seiten, auch von innen. Damit man ihr endlich glaubte. Nach einer halben Stunde war die Hälfte schon geschafft. Zwischen grünem Gestrüpp sah sie als nächstes Objekt den bleichblauen Ford und machte rundherum Bilder. Versuchte dann mit aller Kraft, den Kofferraum zu öffnen. Die Klappe klemmte. Sie schlug mit der Faust darauf. Kräftig, so sehr war sie in Rage. Die Klappe tat ihr den Gefallen und sprang auf. Sie zog daran, und mit einem Knarren öffnete sie sich ganz. Eine Plane aus dunklem Plastik lag ausgebreitet da, und sie hob sie an. Augenblicklich wurde ihr übel, und sie bereute, dass sie sich auf die ganze Sache eingelassen hatte. Manchmal träumte sie so schlimme Sachen. Konnte es sein, dass sie noch schlief? Sie kniff sich in den Arm. Es schmerzte. Richtig wie wirklich. War das nur ein blutiger Kopf? Nein, da lag ein ganzer Körper, eigenartig verdreht. Warum fotografierte sie einen Toten? Der Dackel kläffte und setzte zum Sprung an. Instinktiv zog sie ihn zurück. Ein Toter. Hätte sie bloß überhaupt nie im Rathaus angerufen, davon durfte sie keinem erzählen. Jetzt war sie verdächtig, wurde polizeilich gesucht. Als Täterin, Mörderin. Hastig schlug sie den Deckel zu, beim dritten Versuch rastete er ein. Vor ihr erschien ein Ungetüm von Abschleppwagen.

So schnell es ging, verließ sie den Park, zog energisch den Dackel hinter sich her. Sah sich ein paarmal ängstlich um. Stolperte über eine

Baumwurzel und fiel hin.

Nun lag sie im Bett, mit einem Eisbeutel auf der Beule am Kopf und grübelte, wo ihr Fotoapparat geblieben war. Eine Frau hatte ihr hochgeholfen und sie nach Hause gefahren, daran konnte sie sich noch erinnern. Wenn sie ihrem Mann erzählte, dass da ein Schatten zwischen den Bäumen herumgegeistert war, dass sie sich beobachtet gefühlt hatte, würde auch er ihr nicht mehr glauben.

„Ist es nicht besser, die Polizei zu benachrichtigen, Martha?“ Ihr Mann fragte es leise und sehr besorgt.

„Die Polizei ist nicht besser als die da im Rathaus. Mir glaubt ja doch keiner. Bisschen meschugge, die Alte ...“

Er fand, dass er im Moment nichts Gegenteiliges sagen konnte.

32

Im *Blauen Salon* waren alle zuvor in Reihen aufgestellten Stühle besetzt. Nur Natalie und Orlando waren zu spät gekommen und mussten sich mit einem Platz auf den zur Seite geschobenen Tischen begnügen, den Rücken an der Wand.

Mitgliederversammlung mit Neuwahlen. Der Vorsitzende wirkte gelassen, schließlich wollte er nicht Oberbürgermeister von Norderstedt werden oder gar Außenminister der Bundesregierung, was auch nicht so schwer zu sein schien. Offene Wahl. Hands up. Alle Hände hoch für ein Ja. Niemand wagte, sie für eine Enthaltung oder gar für ein Nein zu erheben. Nach zwanzig Minuten war der gesamte Vorstand neu gewählt. Es war der alte.

Für jedes Ressort sollte dieses Mal ein Ansprechpartner bestimmt werden. Für die Malerei meldete sich Hedwig. Mit hochrotem Kopf trug sie ihre Rede vor, entschlossen, ihre Verdienste um den Verein als Gründungsmitglied selbst aufzuzählen. Das letzte übrigens, darauf war sie stolz, denn alle anderen waren freiwillig ausgetreten und wenn nicht, rausgemoppt worden. Von Hedwig? Darüber wurde nur gemunkelt. Man klatschte Beifall, erleichtert, dass sie ihre Erklärungen ohne Herzkollaps überstanden hatte. Für die Sparte Musik fand sich niemand, weil es im Verein nur noch einen Musiker gab. Auch für die Literatur wollte niemand als Ansprechpartner herhalten, denn den Literaten ging es nicht besser als den Musikern, es gab keine kreativ Schreibenden mehr, bis auf ein neues Mitglied, das nun plötzlich wahrgenommen wurde. Immerhin Journalistin. Neulinge waren gut zu überreden.

„Stellst du dich mal vor? Wir duzen uns hier im Verein."

„Inga König."

„Übernimmst du das Ressort Literatur?"

Nein, so Inga, das würde sie sich nicht anmaßen, von Literatur etwas zu verstehen.

„Musst du auch nicht. Es reicht aus, wenn du ab und zu ein Buch liest", kam es aus dem Hintergrund. Inga lehnte ab. Der Punkt wurde vertagt.

Dann ging es um die bevorstehende Landesgartenschau.

„Ich bitte um Vorschläge. Je mehr und je eher, desto besser sind unsere Chancen anderen Vereinen gegenüber", beschwor der alte und neue Vorsitzende die Runde.

Die Fotografen plädierten für eine Ausstellung mit Fotos, die Maler für eine mit Bildern, die Bildhauer für einen Pfad mit Steinskulpturen. Die Besitzerin eines Paddelbootes schlug immerhin vor, mitten auf dem See Texte berühmter Lyriker zu rezitieren, dazu passe eine Performance schwebender Elfen auf einem Ponton.

„Wie schreibt man denn Performance?" fragte der Schriftführer. Er notierte die Vorschläge, missmutig, weil er noch immer Schriftführer war. Zwei weitere Jahre Fronarbeit.

„Wie alle wissen, habe ich es selbst übernommen, die Entwicklung des Gartenschaugeländes fotografisch zu dokumentieren", erklärte der Vorsitzende, „die Aufgabe ist also vergeben. Wer die Hauptzufahrtswege mit Skulpturen ausstattet, steht ebenfalls fest."

„Wie wurde er bestimmt, und wer ist das?" wollte Orlando wissen, obwohl er es schon wusste.

„Da war ich eben schneller." Der Vorsitzende konnte sich ein Grinsen nicht verkneifen. „Weitere Vorschläge werde ich dem Kulturamt zur Beurteilung vorlegen."

Natalie und Orlando reagierten gleichzeitig und sofort.

„Ich unterwerfe mich keiner Zensur“, bekundete Natalie laut.

„Wir folgen dem Beispiel des Vorsitzenden und pfeifen auf die Zustimmung des Vereins.“ Orlando genoss seine Bemerkung sichtlich.

„Schrottgebilde also“, brachte ein Maler hervor.

„Ich lasse mich nicht beleidigen, jeder Affe malt besser als du.“

„Bilder von Affen bringen bekanntlich hohe Summen ein, im Dreiersatz über 20.000 Euro. Noch nie was vom Schimpansen Congo gehört?“

„Lebendiger Verein“, sagte Lisa draußen bei der nächsten Raucherpause, „jeder nimmt nur sich selbst wichtig.“

„Am besten ist, wir zeichnen für die LGS Aktbilder bei Natalie und hängen sie in die Bäume.“

„Mit Lotusblüten im Haar.“

„Pst, wenn sie das hört.“

„Natalie wäre doch dafür. Sie verhandelt drinnen aber gerade mit Hedwig, weil sie den Raum braucht zu einem Termin, wo Hedwig ihren Klöppelkurs hat. Oder war es doch Jodeln?“

„Bring dir noch Allüren bei, dann bist du reif für *panta rhei*“, zitierte Orlando und lief an den Rauchern vorbei. Alle lachten. Sie kannten den Schluss des Gedichtes aus dem ideenreichen Buch der letzten Ausstellung, das ein talentierter Künstler ausgelegt hatte, getextet frei nach Joseph Beuys. Die Diskussionen waren nicht ausgeblieben.

„Beim Klöppeln und Jodeln kommt wenigstens kein Fleck auf den Fußboden und die edlen Vorhänge.“ Das erklärte Natalie und folgte Orlando.

„Wer hat denn nun brauchbare Vorschläge für die Landesgartenschau? Und wer geht morgen mit zur Besichtigung des Potenbergwerks?“ Der Vorsitzende stellte die Fragen an leere Stühle.

33

Sabrinas Kopf brauchte eine Pause und die Wände der Detektei Farbe. Sie hatte sich gerade wieder das Geschirrtuch um das Haar gebunden und die Rolle in den Eimer getaucht, als das Telefon klingelte. Das konnte nur Inga sein. Sabrina war neugierig, was es Neues gab zu Orlandos Aktion auf dem LGS-Gelände, zu seinem *Oldtimerwald.* Und Inga war es dann auch.

„Orlandos Projekt hat Wirbel verursacht", erzählte sie, „es gab überschwängliche Presseberichte. Aber die Autos durften nicht im Park bleiben, sie sind schon abgeholt worden."

„Du hast sicher viele Fotos gemacht."

„Klar, sogar vom Abtransport. Stell dir vor, als ich vom Stadtpark wegfuhr, lief mir eine Frau vors Auto, sie war total verwirrt und behauptete, in einem alten Kombi habe ein Toter gelegen. Im Kofferraum. Da war der Ford aber schon abgeholt. Hinter den Büschen sei ihr ein lauernder Schatten aufgefallen. Ich habe sie mit ihrem Dackel nach Hause gebracht, und der Mann hat den Hausarzt angerufen."

„Ein Ford, sagst du? In blassem Blau mit grüner Tür?"

„Ja. Woher weißt du das?" fragte Inga erstaunt.

„Den habe ich bis Sonntag gefahren. Wer hat ihn in den Wald gebracht?"

„Timo oder Orlando, auch ein Mitarbeiter von Kiesow hat geholfen. Ich denke, die Frau spinnt."

Sabrina bedankte sich und legte auf. Der Hörer hatte bereits beträchtliche Farbflecke und blieb an ihrer Hand kleben. Sie strich die Wand zu Ende, in Gedanken bei dem Gespräch, warf dann Rolle und Pinsel in die Spüle. Holte ein scharfes Messer, schlitzte die Kartons mit den angelieferten Regalen auf und stellte die befreiten Teile Stück für Stück an die Flurwand. Grübelte unentwegt über das, was Inga gesagt hatte.

Warum sollte diese Frau sich so eine Geschichte ausdenken? Es war normal, verwirrt zu sein, wenn man unverhofft einen Toten fand. Wie und wann war er dann aber in den Kofferraum gelangt? Sie schlitzte das zweite Paket auf. Und wer war der Tote? Seit wann lag er im Ford? War es Marjana? Marius? Doch nicht Timo? Oder Jan! Das war jetzt nicht mehr realistisch, da versagten die Nerven.

Die Fahrzeuge waren abgeschleppt worden. Ohne sie zu kontrollieren. Welche Abschleppfirma hatte den Ford abgeholt, und wohin war er gebracht worden? Sabrina schauderte es, wenn sie daran dachte, wie lange sie vielleicht mit einem Toten im Kofferraum herumgefahren war. War es nicht schon Sophokles gewesen, der die Unversehrtheit des Menschen nach dem Tode gefordert hatte?

Das dritte Paket war an der Reihe. Sabrina war sicher, dass sie selbst in der ganzen Zeit, als sie den Ford fuhr, kein einziges Mal in den Kofferraum gesehen hatte. Sie holte einen Stift, riss ein Stück Pappe ab und schrieb auf, wo sie den Kombi während der Ausleihzeit überall geparkt hatte: vor dem Reihenhaus von Jan, in Föhrsdorf, in der Erikastraße in der Nähe ihrer Wohnung, vor der Detektei, zuletzt vor der Werkstatt von Alex. War er von dort, wie beabsichtigt, zu Kiesow gebracht worden oder gleich in den Park? Bei Kiesow kontrollierte man doch den Kofferraum, wenn ein Altfahrzeug angeliefert wurde. Ach ja, im Möbelhaus in Henstedt-Ulzburg, der *Home Company Hesebeck*, war sie gewesen, die Regale kaufen. Sie waren nicht auf Lager, mussten bestellt werden und wurden später angeliefert. Wäre das nicht der Fall gewesen, hätte sie den geräumigen Kofferraum des Kombis für den Transport benutzt und jetzt wenigstens Gewissheit. Oder schon eine Bleibe mit harter Matratze und vergittertem Fenster.

Sabrina legte die Notizen beiseite. Stapelte die zerkleinerten Pappen übereinander und fesselte sie mit Band. Das reichte jetzt. Es wurde schon schummrig, und sie wollte nach Hause und zu Felix.

Sie sah die Gestalt zunächst nicht, die mit dem Rücken an der Mauer neben der Tür lehnte. Durchnässt vom Hamburger Dauerregen.

„Hallo Sabrina." Das klang so kläglich und schwach, dass sie sich erschrocken umdrehte. Erst jetzt erkannte sie ihn.

„Hannes, du meine Güte, was ist passiert?"

„Mit mir is nix, ich bin wohl eingeschlafen."

„Warum hast du nicht geklingelt?"

„Hab ich ja, aber die Bimmel is wohl kaputt."

„Oh, ich hatte sie ausgeschaltet. Bin beim Renovieren. Willst du reinkommen?"

Hannes schüttelte den Kopf. „Kann nich aufstehen, mir is so duselig.“ Er kniff die Augen zu und fasste sich an die Schulter.

„Du hast doch Schmerzen.“

„Mich hat einer erwischt, aufm Radweg ...“

„Ein Auto?“

Er nickte.

„Und der Fahrer?“

„Is wech. Hat sich nich mal umgedreht, is einfach wech. War wohl angetütert.“

„Ich ruf erst mal den Unfallwagen“, sagte Sabrina und ließ sich nicht davon abbringen.

Hannes zitterte. Sie holte eine Decke und wickelte sie vorsichtig um den dünnen Körper.

„Wo war das?“

„Stückchen hoch hier, wo die Straße eng wird. Mein Tretesel muss da noch liegen. Hat er sich doch gut ausgesucht, die Stelle. Ich wollte dich sowieso mal besuchen.“ Es gelang ihm tatsächlich noch sein verschmitztes Grienen. „Vielleicht hat er mich gar nich gesehn, is gefahrn, als wär er auf der Flucht.“

„Das werden wir herausfinden. Ich ruf die Polizei.“

„Nee, Sabrina, die schnüffeln mir zu viel rum, da muss ich bloß wieder ... “

„Keine Widerrede. Hast du den Fahrer gesehen?“

„War’n Bulle ... kein Polizist, so’n Monster mit Glatze, dafür bannig Haare im Gesicht.“

Da kam auch schon laut tönend der Unfallwagen.

„Eppendorf“, sagte der Sanitäter, „fragen Sie morgen dort nach.“

Das Fahrrad hatte jemand an einen Zaun gestellt, daneben lag die braune Gepäckträgertasche von Hannes. Die Polizei kam schnell. Die Beamten leuchteten die Stelle ab. Auf dem Asphalt würden Spuren kaum zu finden sein. Es regnete schon den ganzen Tag.

Name des Betroffenen? Hannes eben, den sie manchmal im Sommer in den Anlagen am Alten Elbpark besuchte, seit er ihr mal bei einem Fall geholfen hatte.

„Er hat noch gesagt, der Mann sei vor der Arztpraxis da hinten gestartet und wie ein Irrer losgebraust.“ Sabrina zeigte auf ein Haus am Ende der Straße.

Der Beamte setzte sich in den Peterwagen und schien etwas klären zu wollen. Sabrina wartete, bis er wieder auf sie zukam.

„In der Wache wurde eine entsprechende Diebstahlsanzeige aufgenommen, vor etwa zwei Stunden. Der Mercedes wurde einem gehbehinderten Mann gestohlen, der aus der Arztpraxis kam und in sein Auto steigen wollte. Ein Passant war ihm zunächst behilflich, hat ihn dann aber plötzlich zur Seite gestoßen und ist mit dem Mercedes geflüchtet.“

„Er ist also entkommen?“

„Bis der Peterwagen gerufen wurde, war viel Zeit vergangen. Dieser Mann, also der Fahrzeughalter, musste zunächst ärztlich versorgt werden. Er hat sich so aufgeregt, dass er einen Herzanfall bekam. Ist im Eppendorfer Krankenhaus.“

Sabrina fuhr die Straßen um die Praxis herum ab. Mehr aus einem detektivischen Gespür heraus. Noch immer Feierabendverkehr. Der Dieb war nicht zu Fuß gekommen. Und er war allein durch die Straßen gezogen und hatte nach einer Gelegenheit gesucht, einen Mercedes zu stehlen. Da hatte sich einer Marius zum Vorbild genommen, weil es mehr für das eigene Konto einbrachte. Borislav, der bärtige Glatzkopf, der Würger von Föhrsdorf. Die Beschreibung passte. Sein Auto musste er also in der Nähe abgestellt haben, und er würde es holen, bevor es jemand mit dem Diebstahl in Verbindung brachte.

Doch Sabrina fiel nichts auf. Sie erweiterte die Suche und fuhr in einem größeren Bogen um das Krankenhaus herum, durch die Troplowitzstraße, am Beiersdorf-Komplex vorbei. Sah immer noch nichts, was auffällig war. Im Eidelstedter Weg entdeckte sie einen grauen Corsa. Genau den grauen Corsa. Sie parkte versteckt, aber in Sichtweite und wartete. Sie hatte noch immer die Malerklamotten an. Der Magen knurrte, sie sah große Gläser mit Mineralwasser vor sich, der Mund blieb trocken. Und draußen goss es. Paradox.

Der Mann kam aus der anderen Richtung, er musste mit der U-Bahn bis Lutterothstraße gefahren sein. Sah sich nicht weiter um, stieg ein und fuhr davon. Sie folgte. Es war dunkel geworden, und sie musste weniger vorsichtig sein. Manchmal verlor sie den Corsa aus den Augen, wenn die Straßenbeleuchtung spärlicher war, aber sie blieb dran. Die Fahrt ging über Hagenbeckstraße, Sportplatzring, Kieler Straße auf die Autobahn, die A7 in Richtung Norden. Wie weit wollte er noch? Hoffentlich reichte der Ententreibstoff. Hatte nicht auch Roger Moore als James Bond einen Gauner in einer gelben Ente verfolgt? Oder war er mit ihr dem Verfolger entkommen? *In tödlicher Mission*. Die Firma Citroën hatte daraufhin eine Serie gelber Enten mit Einschusslöchern auf den Markt gebracht. Ihre war leider keine davon, konnte aber noch werden. Der Corsa blinkte gerade und fuhr ab in Richtung Norderstedt, nahm nicht die Abzweigung an der Firma Kiesow vorbei, sondern fuhr geradeaus über Brücke und Kreuzung auf die Schleswig-Holstein-Straße, bog nach etwa zwei Kilometern rechts ab in die Gewerbestraße. Sie verlief schier endlos durchs Gebiet Harkshörn, dunkel und unheimlich, gesäumt von parkenden Lastkraftwagen, die auf die morgendliche Beladung warteten, Futter aller Art für die Regale der Supermärkte. Dann war der Corsa nicht mehr zu sehen. Durch welche Lücke zwischen den Lastern war er verschwunden?

Sabrina gab auf. Sie würde zur Polizeiwache fahren.

Hinter ihr tauchten Lichter auf, die schnell näher kamen. Sie trat aufs Gaspedal, aber das Fahrzeug hinter ihr schien an der Ente zu kleben. Sie wendete quietschend an der Einmündung zur Schleswig-Holstein-Straße und fuhr zurück. Die Lichter blieben hinter ihr. Die Diebesbande war ihr auf der Spur. Weg mit dieser Detektivin. In der Fachsprache hieß so etwas liquidieren. Das Auto holte sie ein, fuhr vorbei und setzte sich vor den Citroën. Sie bremste hart ab, ein Ausweichen war nicht möglich. Stand mit einem Ruck Millimeter davor. Gut, dass Alex auch die Bremsbelege erneuert hatte. Was würden sie tun? Zimperlich waren sie nicht, und in der Gruppe noch furchtloser. Ein Gesicht erschien an der Entenscheibe.

„Guten Abend, Polizei.“

Noch nie war ihr ein Polizist so willkommen gewesen. Sie klappte das Entenfenster hoch. Aber war das auch wirklich ein Polizist? In einem zivilen Fahrzeug?

„Was wollen Sie hier?“

„Hab was gesucht.“

„Wonach haben Sie gesucht?“

„Ich bin Detektivin und im Auftrag eines Kunden unterwegs.“

„Wie heißt der Kunde?“

„Im Interesse meines Auftraggebers darf ich seinen Namen nicht preisgeben.“

„Ihren Ausweis, die Fahrzeugpapiere.“

„Erst mal möchte ich Ihren sehen.“

Er griff in die Tasche – Vorsicht, eine Waffe! – zog seinen Ausweis heraus und hielt ihn hin. Sabrina war inzwischen ausgestiegen, stand im Scheinwerferlicht in den schlabberigen Malerklamotten. Die Mickymaus inzwischen ohne rechtes Ohr und auf beiden Augen blind. Sie entschloss sich, die Wahrheit zu sagen. Der Diebstahl des Mercedes war ihr nicht so wichtig, wohl aber, dass der Dieb den gehbehinderten Mann zu Fall gebracht und Hannes verletzt liegen gelassen hatte. Neben Diebstahl und Körperverletzung auch noch Fahrerflucht. Zum Glück wusste sie den Namen des Polizeimeisters, der den Unfall von Hannes aufgenommen hatte.

Eine Nachfrage stellte den Kripomann zufrieden.

„Der Opel Corsa ist hier in der Straße rechts zwischen den Lastern verschwunden. Sein Fahrer ist mit Sicherheit der Dieb des Mercedes vor der Arztpraxis in Eimsbüttel. Es ist doch zu vermuten, dass dort nicht nur dieser eine Mercedes steht. Da kommt einiges zusammen, an Fahrzeugen und an Straftaten. Bis es Tote gibt.“

Er sagte nichts dazu, so hatte er es wie sie auch in der Polizeischule gelernt.

„Wo wohnen Sie?“

Sabrina nannte die Adresse des Büros.

„Ich hoffe, das ist glaubhaft.“

Zum Glück vergaß er, nochmals nach ihren Papieren zu fragen. Zu ihrer Garderobe sagte er nichts. Vielleicht hielt er die Malerklamotten für Berufskleidung, für einen Tarnanzug.

„Wir werden Ihre Aussagen überprüfen. Bleiben Sie für die nächste Zeit erreichbar."

Sabrina stieg schnell ein und gab Gas, bevor die Beamten es sich anders überlegen konnten.

Hätte sie den Mut gehabt, den Männern entgegenzutreten? Darüber dachte Sabrina auf der Rückfahrt nach. Die Mercedes-Diebe waren also in die Gewerbestraße umgesiedelt. Wohin genau, würde sie noch herausbekommen. Wenn diese Erkenntnis sie im Moment nicht weiterbrachte, dann vielleicht später. Das war ihr Job. Manchmal war man eben Hund und manchmal Baum.

Erst nach Mitternacht war sie wieder im Büro, um ihre Tasche mit den Papieren und dem Wohnungsschlüssel zu holen, verließ es, ohne Blick auf die bekleckerte Folie, die an der Wand stehenden Regalbretter, die gestapelten Pappen, die abgeschraubten Lampen zu werfen. Zu Hause zog sie nur die inzwischen bretthharten Malerklamotten aus. Nicht auszudenken, wenn es weiterhin so stark geregnet hätte. Sie schaltete Handy und Telefon auf stumm und fiel, ohne einen Gedanken ans Duschen zu verschwenden, ins Bett. Felix krabbelte um sie herum, suchte nach einem kuscheligen Plätzchen, fand es neben ihrem Kopf und rollte sich ein.

Sie träumte, dass ein Monster sie mit seinem Auto durch eine enge Straße jagte, sie lief in einen Hauseingang, eilte Treppen ohne Geländer hoch, sprang über fehlende Stufen. Das Ende der Treppe hing in der Luft, sie machte in der Eile den nächsten Schritt, fiel und fiel, unter ihr der Riesenbauch eines Transporters. Sie saß verstört und aufrecht im Bett. Grübelte über den Sinn des Traumes nach. Was belastete sie eigentlich? Der vermeintliche Tote im Ford, den sie gefahren hatte? Ja. Aber das war es nicht. Hannes? Der war in guten Händen. Was verdrängte sie? Dann ließ sie zu, über ihre Ängste nachzudenken. Warum war Jan seit Tagen nicht zu erreichen? Es war ungewöhnlich, dass er sich nicht zwischendurch meldete. Was war das für ein Sonderauftrag, wenn es denn einer war? Bei einem Anruf in Friedrichsgabe hatte sich eine Frau gemeldet mit: „Hier bei Petersen." Sie stellte ihn sich vor, diesen Auftrag, mit sündigem Augenaufschlag, langen, schlanken Beinen und bezauberndem Lächeln.

Liebe war immer auch verbunden mit der Angst, den anderen zu verlieren. Jan war nicht ihr Eigentum. Aber er konnte sich doch wenigstens mal melden. Wenn Sabrina es recht bedachte, hatte sie das aber auch erst vor ein paar Tagen versäumt.

Vielleicht war ein Gespräch auf dem Anrufbeantworter. Hatte sie am Abend nachgesehen? Sie tapste im Dunkeln zum Telefon, stolperte über Felix, der ihr vor die Füße lief. Es blinkte tatsächlich.

Es war noch mal Inga. „Diese Martha hat angerufen und erklärt, dass sie Fotos von dem Toten gemacht hat. Nur ist ihr die Kamera im Wald verlorengegangen. Wenn du morgen früh um acht Uhr bei mir bist, gehen wir zu ihr und dann gemeinsam zu dem Platz, wo der Ford gestanden hat, und suchen."

Stimmte es, was diese Martha erzählte? Jetzt war Sabrina wach. Sehr wach. Mixte sich ein großes Glas mit ihrem Lieblingsgetränk, ihr wirksamstes Schlafmittel, Guinness und Sekt zu gleichen Teilen: *Black Velvet*. Saß da und dachte nach, bis die Kälte von den Beinen den Rücken hinaufzog. Sie kroch wieder unter die Decke.

Zudecken, alles zudecken. Nichts mehr denken. Nicht grübeln. Doch es dachte von selbst.

34

Sie nahm die Hundeleine vom Haken und wirkte sehr entschlossen.

„Willst du wirklich allein in den Park gehen?" fragte ihr Mann.

„Piefke kommt doch mit, und es geht mir wirklich wieder gut." Martha schloss schnell die Tür. Dass sie ihren Fotoapparat suchen wollte, musste ihr Mann nicht wissen.

Nach wenigen Minuten war sie an der Stelle angekommen, und ihr wurde doch wieder mulmig zumute. Der Ford war wie alle anderen Autos zum Glück nicht mehr im Wald. Sie starrte auf die leere Stelle.

Der Boden hatte Furchen, die Zweige der Birke waren an einer Seite abgeknickt. Sie versuchte nachzuvollziehen, in welche Richtung sie den Fotoapparat geworfen haben könnte. Es war eine alte Kamera, klein und schwarz, schwer zu finden. Sie suchte alles im großen Umkreis ab, vergeblich. Also hatte doch diese dunkle Gestalt sie mitgenommen. Sie konnte nichts mehr beweisen. Nachdenklich sah sie nach oben. Da war er doch. Der Apparat hing in den Ästen der Birke. Sie holte vom aufgestapelten Gebüsch einen kräftigen Zweig und warf ihn in den Baum. Unterbrach ihre Würfe, als ein Mann auf einem Fahrrad vorbeifuhr. Beim nächsten Versuch fiel der Apparat nach unten, und sie steckte ihn in die Jackentasche. Der Dackel jaulte, er hatte nasse Füße und wollte nach Hause. So gern wie sein Frauchen.

„Zieh dich an, wir müssen nach Hamburg", sagte sie als Erstes zu ihrem Mann.

„Warum?"

„Zur Zeitung, na, da in die Redaktion dieser großen Tageszeitung."

„Du meinst, da sind wirklich Bilder von einem Toten auf dem Film?"

„Du glaubst mir auch nicht."

„Schon gut, schon gut. Was muss ich denn anziehen? Machen die auch Fotos von uns?"

„Von mir."

Nach einer guten Stunde standen sie dem zuständigen Redakteur für Regionales gegenüber, und Martha erzählte ihre Geschichte.

Endlich einer, der ihr glaubte, registrierte sie dankbar, als er mit dem Film forteilte, um ihn entwickeln zu lassen.

Es dauerte seine Zeit, und nicht nur der Dackel wurde unruhig. Dann kam der Redakteur zurück.

„Auf den Fotos ist in der Tat ein Toter zu erkennen. Es ist nicht auszuschließen, dass Sie eine Straftat aufgedeckt haben, Frau ... äh ..."

Martha schaute ihn gespannt an und wartete darauf, dass er sie aus Versehen Miss Marple nannte.

„Wir müssen die Fotos deshalb der Polizei übergeben, behalten uns aber die Exklusivrechte für die Berichterstattung vor."

Martha nickte nur. Das war ja schon mal was.

„Meine Sekretärin wird Ihnen einen Kaffee bringen, und Sie bleiben hier, bis die Polizei kommt.“

„Du wirst sehen, ich komme ganz groß raus“, flüsterte Martha ihrem Mann zu und nippte am Kaffee. Und sie sollte recht behalten.

„Vielleicht gibt es ja sogar Honorar, wenn deine Geschichte stimmt. Oder so was wie Finderlohn.“

Er erntete einen strafenden Blick.

35

Die Wohnungstür öffnete sich bei leichtem Druck, Sabrina musste gar nicht klingeln. Inga saß im Büro auf einem Drehstuhl, mitten im Chaos. Sie fuhr erschrocken hoch, als Sabrina den ersten Schritt ins Büro setzte. Der Stuhl war das Einzige, was Inga angefasst und wieder aufrecht hingestellt hatte.

Sabrina sah sich um. Die Schränke waren leergefegt, Kleidung und Akten lagen verstreut auf dem Boden, Schubladen waren ausgekippt, Regale umgestoßen. Auf dem Schreibtisch zeigte ein heller Fleck, wo der Computer gestanden hatte.

„Einbruch“, stellte Inga kurz fest.

„Sieht so aus.“

„Die Polizei war schon da, aber aufgeräumt haben sie auch nicht.“

„Hat sich herumgesprochen, dass du dir mit der Schreiberei ein Vermögen erarbeitet hast?“

„Mein Spartopf steht noch da, den wollte keiner.“

„Was denn dann?“

„Es ging den Langfingern auch nicht um den PC, sondern um die Software, ist alles weg.“

„Hast du etwa einen Artikel gegen die Wiederwahl des Oberbürgermeisters geschrieben?“

Jetzt musste Inga doch lachen. „Der Dieb hat es wohl eher auf die Fotos abgesehen, die ich in der letzten Zeit gemacht habe. Verräterische Fotos. Aber welche? Gucken wir sie mal durch?“

„Du hast sie noch?“

„Sind ausgedruckt in meiner Tasche und auf dem Laptop. War beides in meinem Auto. Toll, oder?“

„Sechster Sinn. Wo steckt überhaupt Alex?“

„Ist zur Automobilausstellung in Frankfurt. Das haben die genau gewusst.“

Inga holte den Laptop aus dem Auto, und sie sahen die Aufnahmen durch, manchmal vergrößerte sie ein Bild.

„Sind alle vom Stadtparkgelände.“

„Unverdächtiges Grünzeug, kein Umweltschützer, keine Leiche“, stellte Sabrina fest, „aber Natalie und das fliegende Moped.“

Dann sahen sie noch die Bilder von den Oldtimern durch, den Schluss bildete das Foto von einem Abschleppwagen.

„Vielleicht glaubt der Einbrecher nur, dass ich ihn vor die Linse bekommen habe, was auch immer er zu verbergen hat.“

„Ja, aber wer ist es?“

„Das erfahren wir nie. Eintüten von Fusseln und Fingerabdruckpulver bringt da auch nichts.“ Inga schaltete den Laptop aus. „Jetzt erst mal los, die Kamera von Martha suchen.“

„Und finden. Lässt die Eingangstür sich schließen?“

„Ist egal, ist ja sowieso alles weg.“

Doch es gelang.

Sie durchsuchten das Gelände, speziell den Bereich, wo der Ford gestanden hatte. Fanden die Kamera aber nicht. Bei Martha hatten sie zuvor vergeblich geklingelt, Sabrina mit einem Usambaraveilchen in der Hand.

„Vielleicht musste sie zum Arzt.“

Sie gingen wieder und gönnten sich eine Pause im *Kleinen Restaurant* am Rathaus.

Sabrina rührte verdrossen in ihrem Kaffee.

„Wenn ein anderer Spaziergänger den Toten entdeckt hätte, was wäre seine erste Reaktion gewesen?“ sinnierte sie.

„Er hätte die Polizei benachrichtigt.“

„Dann hätte die Kripo den Toten abholen lassen und den Ford beschlagnahmt, für die Spurensicherung.“

„Ja."

„Nachdem Martha die Fotos gemacht hatte, muss auch schon der Abschleppwagen angekommen sein."

„Der stand da, als ich im Park ankam", bestätigte Inga.

„Der Mann hat den Ford aufgeladen und mitgenommen, ohne in den Kofferraum zu sehen. Was schließt du daraus?"

„Der Tote wurde nicht entdeckt und muss noch im Ford liegen."

„Genau. Weißt du, wer die Fahrzeuge abgeholt hat?"

„Nein, darauf habe ich nicht geachtet. Auch auf den Fotos ist kein Name zu sehen. Das müsste der Geschäftsführer der Stadtpark GmbH wissen, der hat das Abholen veranlasst."

„Da geh ich jetzt hin. Das will ich wissen", sagte Sabrina.

„Und ich geh noch mal zu Martha." Dann grinste Inga. „Ich hab ihren Fotokasten doch längst gefunden und schreibe jetzt schnell eine reißerische Story dazu, und dann ab damit zur Bildzeitung. Es ist einfach zu verlockend, damit Kohle und Karriere zu machen."

„Der Mörder war wieder der Gärtner ...", sang Sabrina vor sich hin, auch wenn das ziemlich abgedroschen war. Aber zumindest gab es im Stadtpark zurzeit zwar eine geringe Anzahl von Mördern, dafür aber viele Gärtner.

36

Im Rathaus nebenan fragte Sabrina nach dem Geschäftsführer der Stadtpark GmbH.

„Welchen? Wir haben drei davon."

„Dann einen von ihnen."

„Der ist nicht da."

„Dann den anderen."

„Der ist auch nicht da. Der, der da ist, ist nicht hier, der ist in der Emanuel-Geibel-Straße, in der Geschäftsstelle am LGS-Gelände."

Nach zehn Minuten war Sabrina dort, parkte auf dem Hof hinter dem kleinen Gebäude, wurde von einem schlanken Zwei-Meter-Mann gegrüßt, der gerade ins Auto stieg und wegfuhr. Sie ging um das Haus herum und betrat ein Büro. Gleich fünf freundliche Gesichter wandten sich ihr zu, und sie fragte nach dem Geschäftsführer.

„Der ist nicht hier, der ist auf dem Weg ins Rathaus, zu einer Konferenz.“

Sabrina hatte es geahnt. Der Zwei-Meter-Mann war der Geschäftsführer Nummer eins. So stellte sie ihre Frage nach dem Verbleib der Fahrzeuge an die Assistentin.

„Drei davon sind, glaube ich, von der Firma Kiesow übernommen worden, zwei hat eine Abschleppfirma geholt.“ Sie versuchte vergeblich, den Chef zu erreichen. „Sie können mich gern morgen anrufen.“

Sabrina bedankte sich und ging, ohne einen Blick auf das hohe dunkle Potenbergwerk zu verschwenden. Bald würden die Arbeiten dort beginnen. Hätte sie gelogen, wenn sie nach dem Grund gefragt worden wäre? Eine Leiche im Kofferraum? Notgedrungen, denn die Polizei durfte ihr keineswegs zuvorkommen. Mit diesen Gedanken kam sie bei der Firma Kiesow an.

Der junge Chef sah in den Computer. „Der Ford sollte von der Werkstatt Alex König angeliefert werden. Herr Graf wollte ihn aber lieber für sein Projekt in den Stadtpark gebracht haben. Dagegen hatten wir nichts einzuwenden. Wir hatten aber keinen Auftrag, das Fahrzeug von dort zu holen. Vermutlich wird es exportiert, war noch brauchbar.“

„Wer könnte den Ford abgeholt haben?“

„Irgendeine von den Abschleppfirmen, die diese Karten an Autos steckt. Die Adresse steht nicht drauf, nur die Handynummer, weil sie Anzeigen befürchten, fürs Verteilen braucht man eine Genehmigung, und die haben sie gewöhnlich nicht.“

Der Chef rief nach Herrmann, und er kam.

„Hast du im Stadtpark einen Wagen von irgendeinem Abschleppdienst gesehen?“

Er nickte.

„Wer war das?“

„Das war Jussuf, aber seinen Nachnamen weiß ich nicht. An seinem Wagen stand nur die Handynummer, Vorwahl und dann als erste Zahl eine Sieben, mehr weiß ich nicht.“

Auf dem Rückweg kam Sabrina bei Orlando vorbei. Warum war sie nicht gleich darauf gekommen, ihn kurz zu befragen. Er werkelte mal nicht herum, sondern brütete am Computer über einer neuen Idee zu seiner Ausstellung. Seine Art, sich abzulenken.

„Die Polizei hat schon nach Alex gefragt. Drüben ist noch keiner da. Es ging um den Ford Kombi", erklärte er als Erstes.

„Was ist mit ihm?"

„Keine Ahnung. Sie wollten wissen, wer ihn zuletzt gefahren hat. Ich nehme an, das waren Sie."

„Und wer hat ihn zum Parkgelände gebracht?"

„Das war Timo. Den hab ich auch nicht mehr gesehen seitdem ... seit Marius weg ist. Weder Marjana noch Marius haben sich bis jetzt gemeldet. All mein Suchen hat nichts gebracht."

„Vermisstenanzeige aufgegeben?"

„Ja, hab ich, aber was nützt das?"

Das war schon nützlich, aber hatte er das auch wirklich getan? Sabrina bezweifelte das.

„Ich fand die SMS seltsam, die Ihre Frau mir geschickt hat", erklärte sie dann, „da stand Majana, ohne das R. Das passiert nur, wenn man es eilig hat oder abgelenkt ist. Jemand kann ihr auch das Handy weggenommen und die Nachricht selbst geschrieben haben. Danach hat dieser Jemand dann seine Ruhe."

„Auch die SMS, dass sie bei einer Freundin ist?"

„Ja, auch die."

„Ich kenne ihre Freundinnen nicht. Und für ihre Wohnung habe ich keinen Schlüssel." Er wirkte hilflos. „Ich sorge mich um sie. Wir verstehen uns jetzt viel besser. Marjana war zu jung, als wir geheiratet haben. Vera Engel hat sie für die Rezeption im Autohaus eingestellt, weil wir uns seit langem durch die Vereinsarbeit bei *panta rhei* kennen und befreundet sind. Meine Frau vergöttert Marius. Er schwänzt die Schule, hat mit seinen achtzehn Jahren noch immer keinen Abschluss und ist drogensüchtig."

„Hatte er mit den Männern in Föhrsdorf Kontakt? Mit diesen Autodieben?"

„Ich glaube, ja.“ Die Antwort kam zögerlich. „Ich hab mir dort nur mal Blech besorgt, das es in der Farbe bei Kiesow nicht gab. Erschien mir wie eine normale Werkstatt. Hätte ich ihn nur nicht mitgenommen.“

„Dann hätte er sie bei anderer Gelegenheit kennengelernt.“

Orlando versuchte, auf ein angenehmeres Thema zu kommen und wollte ihr sein Kunstprojekt beschreiben, aber Sabrina fehlte die Muße für sein Referat, warum ein Auto kein Auto mehr war, wenn es im Wald stand.

„Schade, dass die Oldtimer schon abgeschleppt wurden“, sagte sie.

„Damit musste ich rechnen. Mir reicht die positive Resonanz in der Presse. Da hat mich tatsächlich jemand mit Chamberlain verglichen.“

„Wissen Sie, wohin die Autos vom Stadtpark aus gebracht wurden?“

„Drei hat Kiesow zurückgenommen, wer die anderen abgeholt hat, weiß ich erst, wenn die Rechnungen kommen.“

Sehr ergiebig war der Vormittag nicht.

„Sagen Sie mir Bescheid, wenn Sie von Marjana und Marius hören“, bat sie noch. Ihr Wissen über den Toten behielt sie für sich, legte ihre Karte auf den beladenen Schreibtisch und eilte zur Ente.

Auf Jans Haus blickte sie nur im Vorüberfahren. Ein Damenfahrrad stand vor der Tür. Sie versuchte, die trüben Gedanken zu vertreiben.

Dann klingelte sie noch bei Marjana. Auch vergeblich. Sah nach oben. Hatte sich eine Gardine bewegt? Sie stieg ein und wartete eine Weile. Eine Täuschung. Sie fuhr zurück, parkte die Ente vor dem Büro, um sich die Parkplatzsuche in ihrer Straße zu ersparen und ging zu Fuß nach Hause. Das ging schneller.

37

Es galt, diesen Jussuf zu finden, der Autos abschleppte. Fand sie ihn im Internet? Solche Karten hatte sie schon gesehen. Sie waren Sammel- und Tauschobjekte für Jungen wie Felix.

Felix! Hausmeisters Sohn. Er war gewitzter als Justus Jonas, und er sammelte solche Karten. Vielleicht war ein Jussuf dabei. Sie rief an. Wie der Blitz war er nach oben gekommen, die Kiste mit Karten unter dem Arm, freudig begrüßt vom Namensvetter und von Sabrina mit einer großen Portion Schokoladeneis.

Er breitete die Karten aus, und sie sortierten. Es gab Jussuf, Yusuf und Jussof.

„Die hier habe ich gerade erst gefunden.“ Felix tippte auf eine blaue Plastikkarte. Eine Handynummer. Nach der Vorwahl begann die Nummer mit einer Sieben. Konnte sein.

„Kann ich deine Sammlung bis morgen behalten?“

„Klar.“

Dann war Felix losgebraust, mit einem Matchboxauto in der Hand. Für Felix verzichtete sie gern auf die Miniausführung von Lord Lemon.

Sabrina konnte es nicht glauben. Dieser Jussuf meldete sich schon nach dem dritten Rufton. Ob sie ihren Citroën einfach zum Verkauf anbieten sollte? Dann würde er leibhaftig erscheinen. Es überwog die Furcht, er könnte die Ente wirklich aufladen und mitnehmen. Die Menschen an der afrikanischen Westküste wären begeistert, der Lord sicher auch.

„Ein Ford Kombi, blau? Von wo abgeholt?“

„Aus dem Stadtpark in Norderstedt.“

Er überlegte lange, aber sie durfte nicht ungeduldig werden.

„Kann sein, auf dem Automarkt verkauft, am Sonnabend, Amsinckstraße, da beim Blumenmarkt, viel Osten, alles legal mit Polizei, wissen Sie.“

Wusste sie nicht.

„An wen verkauft? Sie haben doch sicher etwas schriftlich festgelegt.“

„Moment.“ Er schien zu blättern, dann sagte er: „Ich muss dazu woanders gucken, Moment noch.“

Sabrina wartete.

„Entschuldigung, Ford ist im Freihafen.“

„Wo da genau?“

„Reederei für Afrika-Export." Er nannte die Adresse. „Warum wollen Sie das wissen?"

Jetzt musste sie doch lügen: „Ich habe meine Papiere vergessen, sie liegen im Kofferraum."

Er bedauerte das sehr. „Kann ich selbst nachsehen, ich fahre heute noch hin."

„Wann sind Sie da?"

„Gegen 15 Uhr."

„Gut, ich bin pünktlich." Sie legte schnell auf, bevor er protestieren konnte. Da meldete sich das Telefon schon wieder.

Klar war das Inga, ihre unverzichtbare Informantin mit Tendenz zur freien Mitarbeiterin.

„Ich war bei Martha", berichtete sie, „ich musste gar nichts fragen, es sprudelte nur so aus ihr heraus. Sie hat die Kamera gefunden und den Film in der Redaktion einer Hamburger Zeitung abgegeben. Die haben ihn gleich entwickelt."

„Und, war etwas zu erkennen?"

„Der Redakteur hat ihren Verdacht bestätigt. Sie selbst mochte die Fotos nicht ansehen, ihr genügte, dass sie endlich ernst genommen wurde."

„Wann erscheint der Artikel?"

„Morgen vielleicht noch nicht. Die Sache war dem zuständigen Redakteur zu brisant, er hat Fotos und Film an die Polizei weitergegeben, die ermitteln sicher schon."

Sabrina erzählte kurz, dass sie mit Jussuf, dem Abschlepper, im Freihafen verabredet war, und legte dann auf. Sie musste sich sputen. Verspürte ein Kribbeln, eine Unruhe. Der Tote musste noch im Ford sein. Nicht mehr lange, und sie würde es erfahren.

38

Eine Detektivin konnte sogar den Stadtplan lesen. Jedenfalls fand sie schon mal die Hermann-Blohm-Straße. Ach je, wie kam man da denn hin? Durch den Alten Elbtunnel. Mit der Ente in den Fahrstuhl. Lord

Lemon war noch vor dem Büro geparkt, politessengerecht. Da musste sie erst zu Fuß hin.

Als sie um die Ecke bog, sah sie den Peterwagen. Zwei Polizisten standen vor der Detektei und hatten allem Anschein nach dort schon geklingelt. Sie hielt die Luft an, als ob das etwas nützen würde. Warum klopfte ihr Herz so laut? Warum ging sie nicht mutig hin und erzählte, was sie wusste? Aber sie wollte selbst erst in den Ford sehen, und wer sollte all die Vermissten finden, wenn sie verhaftet wurde? Sie schlich sich in den nächsten Hauseingang und beobachtete die Beamten. Sie stiegen ins Fahrzeug und schienen warten zu wollen. Den Citroën hatten sie ja im Blickfeld. Vorsichtig huschte Sabrina dicht an den Häuserfronten entlang zurück, nahm in der Tarpenbekstraße den Bus, stieg um und fuhr mit der U-Bahn weiter bis zu den Landungsbrücken. Wehmütig schaute sie zum Hafen hinunter. Touristen bummelten am Kai entlang oder gönnten sich eine Rundfahrt mit der Barkasse. In der Ferne erkannte sie das gelbe Theater. Der *König der Löwen* war per Schiffshuttle zu erreichen. Sie nahm die Treppe, die rechts nach unten führte.

„Darf man eigentlich zu Fuß durch den Alten Elbtunnel?“ fragte sie den Mann in der Uniform vor dem Aufzug, der die Autos einwies. Er machte eine einladende Geste, sie betrat den Fahrstuhl und stellte sich neben ein Auto, es ging nur kurz abwärts. Dann hatte sie den Elbtunnel vor sich.

Nicht länger als fünf gefühlte Minuten, und sie war wieder im Freien, auf der anderen Seite. Ging an großen Firmengeländen vorbei und sah dann schon auf der rechten Seite das Firmenschild des Reeders, ein wenig abseits von der Straße.

Das ausgedehnte Gelände hinter der Einfahrt stand voller Autos, dicht gedrängt. Jeder Zentimeter Platz schien wertvoll zu sein. Sie stieg eine Treppe hoch, die in einen Schuppen führte, um die Masse der Autos besser übersehen zu können. Es gab keine Farbe, kein Modell, das nicht vertreten war. In vielen Fahrzeugen war der Innenraum angefüllt mit technischen Altteilen und Elektrogeräten. Unmöglich, den Ford ausfindig zu machen. Sie fragte sich bei den Helfern zum Büro durch.

Der schlanke Dunkelhaarige im blauen Overall, der da stand und mit einem jungen Mann verhandelte, musste Jussuf sein. Und er war es dann auch.

„Ich kann Sie auf keinen Fall auf den Platz lassen“, sagte der junge Chef, mit mindestens drei Ausrufezeichen. Sabrina wollte das aber auf jeden Fall. „Wie sollen wir den Ford auch finden?“ ergänzte er ebenso nachdrücklich.

Jussuf hob den Arm und zeigte nach rechts, er hatte den Kombi schon entdeckt. Der Chef schüttelte den Kopf, und Jussuf ließ den Arm wieder sinken.

„Guckt denn beim Anliefern niemand in den Kofferraum?“ fragte Sabrina.

„Nein. Die Wagen werden eingereiht, bekommen Aufkleber mit Daten und Zielort, fertig. Bei 20.000 Autos im Monat wären das sonst auch 20.000 Fundsachen.“

Sabrina dachte nach, ob die Wahrheit eher Erfolg versprach. Keine Vorrede, das war am wirksamsten.

„Die Polizei wird den Ford ohnehin durchsuchen. Lassen Sie mich vorher selbst nachschauen. Es ist besser, wenn auch Sie im Vorwege informiert sind.“ Sie hielt ihren Ausweis hin. „Im Ford liegt ein Toter.“

Die beiden Männer starrten sie an. Jussuf mehr voller Angst als erbost wegen ihrer Lüge.

Nun einig, zwängten sie sich durch die Autoreihen zum Kombi. Der Chef mit dem Autoschlüssel in der Hand. Sabrina blieb mit dem Ärmel an einem Außenspiegel hängen. Die offene Anzugjacke des Chefs streifte einen Transporter sauber. Dann standen sie vor dem Fahrzeug. Der Schlüssel nützte nichts, die Klappe klemmte. Sie zogen zu zweit daran, dann zu dritt. Auch vergeblich. Der Chef rief nach einem Mann, der es mit einer Brechstange versuchte. Die Klappe bekam Knicke und Zacken wie eine Konservendose, die man nicht aufbekam. Dann gab sie nach und schnellte nach oben.

Der Kofferraum war leer.

Jetzt war Sabrina in Erklärungsnöten. „Wo ist er denn geblieben?“

Das konnte Jussuf auch nicht beantworten.

Sabrina flüchtete auf die Treppe. Nachdenken aus höherer Sicht. Jussuf kam und setzte sich neben sie. Wieso hielt er sie nicht für total übergeschnappt? Warum fuhr er nicht weg?

„Mir ist etwas eingefallen“, begann er und schien zu überlegen, ob es Sabrina überhaupt interessierte, „bei mir muss jemand nachts auf dem Hof herumgeschlichen sein. Der Bewegungsmelder ging an, und Alex bellte.“

Sabrina sah ihn erstaunt an.

„Alex ist mein Hund, ein Dobermann“, erklärte er. „Ich wusste genau, dass ich abgeschlossen hatte. Ich ging nach draußen, sah aber nichts Verdächtiges. Morgens waren am Zaun Fußspuren zu sehen, aber ich hab nicht mehr weiter darüber nachgedacht. Es fehlte ja nichts.“

„Erzählen Sie mir mal genau, wie Sie beim Transport vorgegangen sind?“

„Ich habe erst den Ford und dann einen Renault aus dem Stadtpark abgeschleppt.“

„Und auf Ihren Hof gebracht?“

„Ja, sie standen über Nacht dort, und am Morgen habe ich sie nacheinander hierher gebracht, erst den Renault und dann den Ford.“

„Standen noch andere Fahrzeuge auf Ihrem Hof?“

„Nein, auf dem Platz nur die beiden.“

Sabrina versetzte sich in die Lage des Täters. Als der entdeckte, wohin der Ford mit dem Toten gebracht worden war, drängte die Zeit, ihn dort im Stadtpark herauszuholen. Sehr schnell würde die Polizei sonst Rückschlüsse ziehen und auf ihn als Täter kommen. Doch er kam nicht unbemerkt an den Kofferraum. Erst war eine Frau mit ihrem Dackel in der Nähe, dann kam schon der Abschleppwagen, und kurz darauf machte eine ihm bekannte Journalistin Fotos: vom Ford, von der Umgebung, vom Aufladen. Ihm blieb keine Wahl. Er folgte dem Abschlepper bis zu seinem Hof und schleppte den Toten in der Nacht aus dem Ford. Nicht über den Zaun, der war zu hoch, das Auto daneben musste reichen. Zusätzlich musste der Täter Bedenken bekommen haben, ob er nicht auf einem der Fotos zu sehen war. Martha hatte doch einen Schatten gesehen, und bei Inga war eingebrochen worden. Waren das nicht Hinweise genug?

„Der Tote liegt im Renault, glaub es mir.“ Sabrina erschrak, aber so einen netten Verbündeten musste sie einfach duzen. „Oh, sorry, ich heiße Sabrina, und Sabrina und Jussuf müssen jetzt das Gelände nach diesem Fahrzeug absuchen.“

Jussuf stand auf, blickte mit gerunzelter Stirn über den Platz und wies in dieselbe Richtung wie das erste Mal. Der Renault stand nur eine Reihe weiter hinten.

„Das will er bestimmt nicht.“ Jussuf wies jetzt mit dem Daumen zum Büro.

„Oh doch, er will. Ich hole ihn.“

So schoben sie sich ein zweites Mal zwischen den eng geparkten Fahrzeugen hindurch, schon geübter, standen dann zu dritt vor dem roten Fahrzeug. Der junge Mann probierte verschiedene Schlüssel und erschrak, als der Kofferraum wie von selbst aufsprang. Eine schwarze Plane war zu sehen.

„Na, wieder nichts“, triumphierte der Chef.

Sabrina hob die Plane an. Sah den gekrümmten Körper, beugte sich darüber, um das Gesicht zu sehen. Es war blutverschmiert und verfärbt. Nicht Jan, natürlich nicht. Nicht Timo. Auch nicht Marjana. Es war Marius. Sabrina fühlte keine Genugtuung, erschauderte nur, weil ihre Vermutung stimmte. Sie ließ die Plane fallen und gab dem Chef Gelegenheit, die Polizei selbst anzurufen.

Sie warteten. Stumm, angespannt, wieder auf der Treppe. Beobachteten später, wie sich die Spurensicherer in ihren weißen Anzügen durch die Reihen drängten. Sie behinderten sich in der Enge gegenseitig. Zeitweilig tönten Flüche und Anweisungen über den Platz und mischten sich mit den Fragen des Kommissars, der Sabrina nun vor der Treppe gegenüberstand. Sie war das Drumherumreden leid und teilte mit, was sie wusste, schön der Reihe nach. Der Beamte hatte Mühe, mit den Notizen nachzukommen. Während Jussuf befragt wurde, trugen Männer Marius auf einer Bahre vorbei.

„Wir werden Ihre Aussagen überprüfen. Bleiben Sie für die nächste Zeit erreichbar.“

War sie nicht erst gestern in der Gewerbestraße von seinem Kollegen mit genau diesem Standardsatz entlassen worden? Immerhin entlassen.

Jussuf bot ihr an, sie mitzunehmen. Schnell stiegen sie ein, und er gab Gas.

„Lieber schnell weg, bevor er doch noch die Handschellen holt.“ Jussuf verzog das Gesicht zu einem schiefen Grinsen, aber er meinte es ernst.

39

Leben als Kampfbahn
immer wieder Startschüsse
zum Davonlaufen

Wieder zurück, verkroch Sabrina sich in ihrer Wohnung. Sie hatte nicht die Kraft, Orlando aufzusuchen. Einen Anruf fand sie noch unpassender. Sie verließ sich darauf, dass die Polizisten taktvoll vorgingen. Sie saß nur da und tat nichts, strich abwesend über das weiche Fell des Katers. Sie war und blieb verdächtig. Nach Meinung des Kommissars war sie zu den passenden Zeiten immer an den passenden Tatorten aufgefallen. Auf der Autobahn neben dem Mercedes C63 und in Föhrsdorf während des Brandes. Sie hatte den Ford Kombi gefahren, der mit dem Toten im Stadtpark gestanden hatte, war in der Gewerbestraße nahe der Fälscherwerkstatt aufgefallen und nun noch auf dem Platz der Reederei im Freihafen. Was konnten sie anderes denken? Als es klingelte, drückte sie auf den Summer. Sollten die Polizisten nach oben kommen und sie mitnehmen. Sie öffnete die Tür.

Die Schritte auf der Treppe hörten sich anders an, leichter. Außer Atem stand sie vor ihr, nass und zerzaust von Wind und Regen, das Gesicht blass, mit dunklen Augenrändern.

„Timo ist weg.“

Sabrina ließ Frau Engel eintreten, die seufzend in einen Sessel sackte.

„Ich hab versucht, Sie zu erreichen, ein paarmal, in meiner Aufregung, dann habe ich mir ein Taxi bestellt."

Sabrina öffnete eine Flasche Rotwein, schenkte ein und schob ihrer Besucherin das Glas hin. Wie sie wirkte, war es nicht das erste an diesem Abend.

„Es sind die Nerven." Schon wieder war sie den Tränen nahe. „Erst Michael, jetzt Timo."

„Natürlich ist Timo weg", versuchte Sabrina ihre Besucherin zu beruhigen, „er wollte zum Surfen an die Ostsee."

„Aber er hat sich bis jetzt nicht gemeldet und ist auch telefonisch nicht zu erreichen."

Sabrina wählte das Handy des Jungen an. Es war abgeschaltet. „Er ist nun mal ein ansehnlicher junger Mann und in einem Alter, wo er sich nicht mehr nur für Mama und für Autos interessiert."

„Es ist etwas passiert, eine Mutter spürt das."

„Ist er mit Julchen unterwegs?" Inzwischen hatte sie verstanden, wer dieses Julchen war: Timos Alfa Romeo, ein Giulia Sprint Coupé. Die deutschen Fans machten daraus Julia, und Timo Julchen.

„Das Auto ist jedenfalls weg und Marjana auch. Ist Timo mit Marjana weg?" fragte sie jämmerlich. „Wo Marjana ist, ist auch immer ein Mann. Meinetwegen mein Mann, aber nicht mein Sohn."

Marjana? Zuletzt hatte Sabrina von ihr gehört, als der Hilferuf aus dem Keller kam. Dann war die SMS gekommen, dass alles in Ordnung sei. Die ein anderer geschickt haben konnte. War sie dort in Föhrsdorf wirklich eingesperrt gewesen? Oder hatte Marjana sie nur dorthin gelockt, vielleicht auch unter Zwang, um eine Detektivin in Flammen aufgehen zu lassen, die womöglich irgendeiner Sache auf der Spur war? Wo war sie jetzt? Dass sie Timo an die Ostsee begleitet hatte, glaubte Sabrina nicht.

„Sind die beiden denn so gut befreundet, Marjana und Timo, meine ich?"

„Nein, soviel ich weiß, nicht. Aber Sie haben ja gerade versucht, mir begreiflich zu machen, dass eine Mutter nicht alles erfährt."

„Sie sorgen sich sicher unnötig. Haben Sie Orlando gefragt, ob ihm etwas aufgefallen ist?" wollte Sabrina wissen.

„Ja, aber wenn er im Atelier beschäftigt ist, merkt er sowieso nichts.“

Die Detektivin rief Herrn Voss an. Der war späte Anrufe von ihr gewohnt. Er versprach, die Rentner in der Ostseeregion auf den Weg zu bringen, auf der Suche nach dem Alfa Romeo des Jungen.

„Sie werden das Auto finden. Und Timo auch, mit oder ohne Marjana.“ Sabrina sagte das sehr bestimmt.

„Hoffentlich nicht tot.“

Sabrina hielt diese Vermutung der Mutter nicht für abwegig, hatte sie das nicht auch gerade erst befürchtet? Sie wechselte lieber das Thema. „Gibt es Neues von der Kripo zu den gestohlenen Fahrzeugen?“

„Nein. Die glauben mir ohnehin nichts mehr.“

„Ich möchte den Dieben selbst auf die Spur kommen. Aber wo stecken sie jetzt? Was planen sie?“

Sie saßen fest mit ihrer Diskussion. Sabrina rief schließlich ein Taxi und brachte die Autohauschefin nach unten, die vorsichtig Stufe für Stufe nahm, die Hand fest am Treppengeländer.

„Es bringt ja nichts, wenn ich die ganze Ostseeküste allein absuche, das Julchen wird nicht zu übersehen sein, mit dem Rentnersuchnetz geht es schnell“, tröstete Sabrina zum Abschied.

Vera Engel schaute genauso verwirrt wie Sabrina, als sie das erste Mal davon hörte.

„Ein Rentner ist Timo ja nun wirklich noch nicht.“

Als Sabrina wieder oben war, klingelte es erneut. Hatte Frau Engel etwas vergessen? Sie drückte auf den Summer und öffnete die Tür. Das waren festere Schritte, ein Polizist kam die Treppe herauf. Er drehte die Mütze in seinen Händen, holte hörbar Luft und sagte dann zwei Sätze, die Sabrina zunächst nicht aufnahm.

„Sie waren vorhin nicht da. Wir müssen Sie ...“ Er stockte und schluckte kurz. „... ich muss Ihnen mitteilen, dass Herr Petersen bei einer Razzia durch einen Schuss verletzt wurde.“

Sabrinas Herz blieb stehen. Die Stimme des Polizisten war ganz weit fort. Sie klammerte sich am Türgriff fest, um Halt zu finden. Der Polizist fing sie auf und umfasste ihren Arm.

„Wie schlimm?“

Er druckste herum.

„Wo ist er?“

„In der Eppendorfer Klinik. Soll ich Sie hinfahren?“

Da war sie doch erst heute Morgen gewesen, auf dem Rückweg von Hannes, hatte ihm seine Tasche gebracht, dazu Knabberzeug. Hatte sich vergewissert, dass seine Schwester im Pfarrhaus benachrichtigt worden war. Ganz nah bei Jan war sie gewesen, vielleicht sogar an seinem Zimmer vorbeigegangen.

Sie nickte nur und holte ihre Jacke.

40

Die Zeit war stehengeblieben, alles um sie herum stand still, nur auf einem Monitor bewegten sich Linien auf und ab, zeigten den flachen Herzschlag an, monoton und gleichmäßig tropfte Flüssigkeit aus der Infusionsflasche und nahm den Weg nach unten in die Vene. Blass und still lag Jan da, zu still. Sie hielt vorsichtig seine Hand, die sich ungewohnt kalt anfühlte, horchte auf seinen Atem. Wartete auf den Druck seiner Hand, sie blieb wie leblos in ihrer liegen.

Manchmal kam jemand und sah nach den Geräten, die Schwestern wechselten mit jeder neuen Schicht. Ihre Fragen waren dieselben: „Möchten Sie etwas essen oder trinken?“

Sabrina schüttelte jedes Mal nur den Kopf.

„Sie sollten auch an sich denken und zu Hause ein wenig schlafen.“

Sabrina wollte bleiben. Sie wartete und hoffte. Zwischendurch fielen ihr die Augen zu. Halb in der Traumwelt ging sie mit Jan am Strand spazieren, die Sonne glitzerte über dem Meer, leise plätscherten die Wellen an den Strand. Er half ihr über einen großen Stein, nahm sie fest an die Hand. Noch im Hochschrecken spürte sie diesen festen Druck. Sie sah auf. Jan hatte die Augen geöffnet. Er sah sie wahrhaftig an, es war kein Traum. Sie weinte. Strich vorsichtig über seine Stirn. Mehr traute sie sich nicht, wegen all der Geräte, die angeschlossen waren. Dann schloss er wieder die Augen.

So vergingen Tage und Nächte, an denen sie am Bett saß und dann für ein paar Stunden nach Hause geschickt wurde. Sie ging den Weg zu Fuß, zu erschöpft, um Auto fahren zu können.

Regelmäßig schaute der junge Arzt nach Jan, ruhig, besonnen, kontrollierte, befühlte, sah in die Akte, murmelte Fachausdrücke, die die Schwester aufschrieb. Versuchte ein Lächeln, wenn er sie ansah. Mehr nicht. Es gab keinen Grund, zuversichtlich zu sein.

„In den nächsten Tagen wissen wir mehr", sagte er. Es sollte trösten, aber auf Sabrina wirkte es wie eine Bedrohung.

41

Ron Carlos hatte im *Greentown* an der Ulzburger Straße einen Tisch reservieren lassen. Für zwei Personen. Nun saß er dort in einer lauschigen Ecke und hätte sich eher die Gesellschaft einer Dame gewünscht, aber er wartete auf einen alten Freund. Nur der kam mal wieder zu spät. Er durchdachte noch einmal seinen Plan, sinnierte vor sich hin. Nahm einen Schluck Wein.

„Na, Ron, altes Haus."

„Hallo, da bist du ja."

Ron war immer wieder erstaunt. Der lausbubenhafte Blick von Gabriel war auf ihn gerichtet. Wie konnte ein Fünfzigjähriger nur so jugendlich wirken?

Der Kellner bracht die Speisekarte.

Ron füllte Gabriels Glas. „Ich hoffe, dir schmeckt der Wein, den ich ausgesucht habe."

Während des Essens redeten sie über Belangloses, Vergangenes, an das sie sich gerade erinnerten.

„Also, was willst du von mir, Ron?" fragte Gabriel schließlich, weil er dieses Getue nicht mehr ertrug.

„Sei nicht so barsch, wir sind doch Freunde." Der Kellner räumte die leeren Teller ab. „Entsinnst du dich an das Hotel, in dem wir damals in Wien waren?“ fragte Ron dann. „Es liegt unweit von Burgtheater und Stephansdom. Das *Orient*.“

Gabriel nickte.

„Ich möchte ein Grundstück neben dem Potenbergwerk haben und darauf so ein Hotel errichten lassen.“

„Das Gelände ist bereits verplant.“

„Dann müsste das geändert werden, und du hilfst mir dabei.“

„Wie könnte ich das?“

„Du bekommst meine Unterlagen und reichst sie bei den entsprechenden Personen im Rathaus herum. Du hast dort Einfluss, man wird auf dich hören.“

Gabriel Engel wusste, worauf das hinauslief. Er sollte dafür auf Werbetour gehen. Aber das wollte er auf keinen Fall.

„Im Potenbergwerk, also im späteren *Kulturzentrum am See*, sollen eher Konzerte angeboten werden, Theateraufführungen, Lesungen ...“

„Das Hotel soll ja auch nicht im Werk selbst entstehen, sondern daneben.“

„Da ist der Kubus für die Musikschule geplant.“

„Das passt schon noch, ich habe mir das angesehen. Meinetwegen kann es auch woanders sein, in der Nähe des Gartenschaugeländes oder mittendrin, es ist doch groß genug. Es soll ein Hotel werden mit Stil und Niveau, lauschig, mit Wohlfühlatmosphäre.“

„Ich glaube, du überschätzt meinen Einfluss.“

„Am besten wäre ein Termin beim Oberbürgermeister. Das Geld wird ihm langsam knapp für sein Lieblingsprojekt“, fuhr Ron unbeeindruckt fort.

Gabriel zog die Schultern hoch.

„Er wird offene Ohren haben für dich und für mein Projekt“, erklärte Ron weiter, „diese Ecke braucht etwas, was die Leute auch danach anzieht, etwas, was die Gegend mit Leben füllt. Ein heimeliges Restaurant soll dazugehören, mit einer überdachten Terrasse, daneben ein paar kleine Läden. So recht hat sich doch dafür noch kein Betreiber gefunden, einer ist gerade abgesprungen, hab ich jedenfalls gehört.“

„Bleib da, wo du bist, in Hamburg.“

„Ich möchte aber über die Stadtgrenze hinausgehen.“

„Hast du schon mal versucht, und es ist schiefgegangen.“

„Dieses Mal nicht, weil ich es geschickter anstelle.“

„Keine Chance, Ron.“

„Du hast es doch noch gar nicht versucht. Es gibt eine nicht unbeträchtliche Spende von mir für den Ausbau des Potenbergwerks, gibt es ein besseres Argument?“

Gabriel schüttelte den Kopf.

„Entsinn dich, du bist mir noch etwas schuldig“, erinnerte Ron. „Denk an die Autos, die ich für dich in Polen verscherbelt habe. Die hast du doch hier gestohlen gemeldet und doppelt kassiert, von mir und von der Versicherung.“

„Erzähl das bitte nicht Vera, auch nicht, was ich dir sonst noch schulde. Sie ist ahnungslos. Ich hab es getan, um das Autohaus vor der Pleite zu retten. Mit ihr hast du ja auch schon Kontakte geknüpft.“

„Ich habe sie zum Essen eingeladen, weil sie mir ein gutes Auto verkauft hat. Und du hast doch Ersatz für sie mit Natalie gefunden, lange vorher. Glaub nicht, dass ich das nicht weiß. Inzwischen gilt doch: Wie du mir so ich dir. Wenn Natalie Geld braucht oder eine meiner Immobilien begehrt, kommt sie zu mir. Mich begehrt sie nicht, ihr Ehemann bin ich nur noch auf dem Papier.“

Ron schob eine Mappe über den Tisch. „Hier sind die Unterlagen. Meine Spende gegen eine Genehmigung. Ich erwarte deine Rückmeldung in der nächsten Woche.“

„Das war’s dann wohl, ich lass mich nicht erpressen. Über deine zwielichtigen Geschäfte wüsste ich auch viel zu berichten.“ Gabriel Engel stand auf, stieß an sein Glas, und es fiel klirrend um, der Wein ergoss sich über Rons dunkle Hose. Gabriel ging grußlos, warf einen Schein auf den Tresen und verließ das Lokal.

Ron leerte sein Glas ohne abzusetzen. Erpressen? Er würde doch nie jemanden erpressen. So machte man heutzutage Geschäfte. Gabriel hätte sein Autohaus nicht, wenn er nicht eingesprungen wäre. Aus ihm war ein Feind geworden, weil er dankbar sein musste und dazu erpressbar war, bis an sein Lebensende. In der Wahl seiner Feinde kann man gar nicht sorgfältig genug sein. Wer hatte das noch gesagt?

Er hatte gut gewählt. Ron sah um sich. Gabriel hatte die Akte mitgenommen.

Der Kellner wischte ohne sichtbaren Erfolg auf dem Tisch herum, griff zur leeren Flasche und fragte: „Möchte der Herr neu bestellen?“

24. September 2009: Noch 82 Wochen oder 574 Tage oder 13.776 Stunden ...

42

Marjana befand sich in einem kargen Raum, ausgestattet mit einem alten Bett und einem kleinen wackeligen Tisch, davor ein Stuhl. Als sie in der ersten Nacht erwachte, glaubte sie zunächst, noch immer im Keller in Föhrsdorf eingesperrt zu sein. Doch dann fiel Licht durch eine Luke, und sie sah nach draußen. Soweit sie es erkennen konnte, lag ihr Gefängnis im zweiten Stock. Gegenüber sah sie einen Supermarkt. Wie war sie hierhergekommen? Sie musste lange Zeit bewusstlos gewesen sein. Und wo befand sie sich überhaupt? Sie hatte an der Tür gerüttelt, aber die war abgeschlossen. Manchmal kam dieser bärtige Glatzkopf, dieser Borislav, und stellte Wasser und trockenes Brot auf den Tisch.

Wo war Marius? Und was hatten sie mit ihr vor? Sie fragte ihn danach, trotz ihrer Ängste.

„Wenn du tust, was der Chef will, passiert ihm nichts, wenn nicht, dann ...“

Er machte eine Bewegung mit der flachen Hand am Hals entlang.

Als sie dann zum ersten Mal zu einem Kunden gebracht wurde, hatte sie sich geweigert, ihm gefügig zu sein, sich heftig gewehrt, als er sie an sich zog. Sie war doch keine Nutte.

„Wie du willst“, hatte Borislav gesagt, „dann siehst du deinen Sohn nicht wieder.“

Da hatte sie getan, was von ihr verlangt wurde. Später musste sie sich in der Toilette übergeben, und noch immer spürte sie die Schmerzen von seinem Schlag ins Gesicht.

Nach dieser wirksamen Belehrung wurde nicht mehr abgeschlossen, sie würde ohnehin nicht weglaufen, ohne Geld, ohne Pass, ohne ihr Handy, ohne zu wissen, wo sie war, aus Angst um ihren Sohn. Borislav zwang sie, an ihre Mutter eine Karte zu schreiben, mit vorgegebenem Text. Dann kam er nicht wieder. Eine ältere Frau brachte die spärlichen Mahlzeiten und sprach nicht mit ihr.

An diesem Morgen war es ungewöhnlich still im Haus. Sie zog sich an und horchte nach draußen, schlich sich unbemerkt durch das Treppenhaus bis ins Erdgeschoss, vorbei an einer Art Bar in der Mitte des Flurs. Oder war es mal eine Rezeption gewesen? Hier war sie noch nie gewesen, war immer durch einen Nebeneingang zum Auto gebracht worden. Rechts ging es anscheinend in ein Büro. Sie erschrak, als sie das Türschild sah: Ron-Carlos-Immobilien. Sie drückte auf die Klinke. Die Tür war offen. Schon mutiger, sah sie sich zunächst in der Wohnung um. Niemand da. Sie blätterte in den Unterlagen auf dem Schreibtisch, sah in Schubladen und Aktenschränke. Im Regal lag eine Tageszeitung. Sie klemmte sie sich unter den Arm und verließ vorsichtig das Büro. Ob sie hier auch nach draußen kam, wollte sie im Moment nicht prüfen. Davonlaufen war ohnehin nicht möglich. Was die Schurken Marius dann antun würden, mochte Marjana sich gar nicht vorstellen. Sie musste jetzt über das Gesehene nachdenken und nahm sich vor, später erneut einen Erkundungsgang zu wagen, um noch mehr herauszufinden. Vielleicht konnte sie sich dieses Wissen zunutze machen und auch Orlando oder die Detektivin anrufen.

Kurz darauf war sie wieder in ihrem Zimmer, ohne jemandem begegnet zu sein. Sies schlug die Zeitung auf. Die Wahlergebnisse interessierten sie nicht, auch nicht die Berichte über das Alstervergnügen und den Trubel in den Freibädern. Sie blätterte weiter – und stockte. Sie brauchte lange, um zu begreifen, was da stand. Marius war tot. Lange, bevor man ihr versprochen hatte, dass ihm nichts geschehen würde. Sie starrte auf die nächsten Zeilen. Der Täter war verhaftet worden. Orlando G. Wie kam die Polizei auf ihn? Ein Irrtum. Orlando würde seinem Sohn niemals etwas antun.

Angst hatte sie nicht mehr. Marjana setzte sich auf die Bettkante, schlug die Hände vors Gesicht und weinte.

Wie lange sie so dagesessen hatte, wusste sie nicht. Doch in der Zeit war in ihrem Kopf ein Plan entstanden. Er brachte ihr ein wenig Trost. Sie musste bleiben, nur hier konnte sie mehr herausfinden und dann selbst handeln, Marius zuliebe.

43

Gegen Abend machte Sabrina sich von der Klinik aus zögerlich auf den Weg in ihre Wohnung. Jans Zustand war weiterhin bedrohlich. Fragen über Fragen auf dem Anrufbeantworter. Frau Engel zu Timo, Inga und Alex zum Befinden von Jan, Herr Voss ohne Erfolgsmeldung auf der Suche nach Timo und Julchen, ob er den Bereich ausdehnen solle? Die Rentner suchten lückenlos die Ostseeküste ab, von der Kieler Bucht bis Usedom, das musste vorerst reichen. Mehrmals bat die Kripo um Rückruf, mit jedem Mal etwas nachdrücklicher. Den Anruf von Marjana hörte sie sich zweimal an. War sie das wirklich? Was sagte sie da? „Orlando war es nicht." Was war er nicht? Und wo war sie? Von wo aus rief sie an? Zum Schluss ein Anruf von Charly. Sie nahm kaum auf, was er sagte. Das Bein in Gips, nach einer missglückten Surfaktion. Er müsse erst wieder laufen lernen, bevor er sich auf den Heimweg machen konnte. Sabrina rief nicht zurück, sie hätte ihn nur als Kummerkasten missbraucht. Helfen konnte er ihr auch nicht.

Später, alles später. Dann ging sie wieder zurück zu Jan, setzte sich still neben ihn und hielt seine Hand.

Sabrina konnte nicht mehr sagen, ob es Morgen war oder Abend, sie hatte das Zeitgefühl verloren. Manchmal schlief sie für kurze Zeit auf ihrem Stuhl ein. Schreckte auf, wenn sie glaubte, Jan hätte sich bewegt. Tatsächlich spürte sie wieder den leichten Druck seiner Hand. Trotz des schwachen Lichtes erkannte sie, dass Jan die Augen öffnete. Er richtete sich kurz auf und fiel wieder zurück. Sabrina drückte anhaltend auf den Klingelknopf. Die Schwester kam, sah auf die Monitore und sprach Jan an. Er reagierte. Sie lief, um den Arzt zu holen. Er kam, überprüfte, tastete, schwieg lange. Lächelte endlich und nickte Sabrina aufmunternd zu, weil sie ihn fragend und ängstlich ansah. Jan hatte den Weg zurück geschafft.

Irgendwann schickte die Stationsschwester sie nach Hause. „Wir rufen bestimmt an, wenn Ihr Kommen erforderlich ist."

Sabrina drückte Jan die Hand, konnte in seine braunen Augen schauen, strich vorsichtig über seine Wange. Er nickte kaum merklich. Da ging sie.

44

Bildhauer Orlando Graf in Haft

Sabrina hatte den Stapel mit den Zeitungen wegwerfen wollen, als sie die Schlagzeile sah. Erschrocken setzte sie sich und las, machte sich zwischendurch einen starken Kaffee und sah auch die anderen Zeitungen durch.

Marius war tot. Von dieser bitteren Wahrheit hatte sie sich selbst überzeugen können. Die Beamten der Mordkommission hatten herausgefunden, dass der Ford Kombi genau zum Zeitpunkt des Todes vor dem Atelier von Orlando Graf gestanden hatte. Daraufhin wurde sein Haus durchsucht. Sabrina las weiter. Aus seiner Waffe fehlten zwei Patronen. Eine steckte in der Holzverkleidung, die andere wurde im Brustkorb von Marius gefunden. Im Schrank lag versteckt ein Herrenhemd mit Blutspuren, die noch untersucht wurden. Natürlich waren Fingerabdrücke von Orlando auf der Waffe. Es war seine Waffe. Sie hätte in den Safe gehört, aber über solche banalen Dinge dachte ein Orlando Graf nicht nach. Sogar von Natalie Newton mussten Abdrücke darauf sein, Sabrina hatte sie selbst mit der Waffe in der Hand gesehen. Der Verdächtige würde zurzeit vernommen werden, bestritt jedoch, seinen Sohn erschossen zu haben. Das einzige Foto zeigte den Oberbürgermeister von Norderstedt. Der dementierte. Musste dementieren. Im Gelände der zukünftigen Landesgartenschau habe es kein Verbrechen dieser Art gegeben. So formuliert stimmte das.

Der tote Marius war also nicht schon in Föhrsdorf in den Ford gelegt worden. Aber war er wirklich im Atelier erschossen worden? Der Täter konnte den Toten auch erst im Stadtpark in den Ford gelegt haben, ein Gegner der Landesgartenschau 2011, der es darauf angelegt hatte, diese in Verruf zu bringen. Oder den Oberbürgermeister, ein schauriger Beitrag, um seine Wiederwahl zu verhindern, obwohl er sich zu einer erneuten Kandidatur noch nicht geäußert hatte.

Die Spuren konnten gelegt worden sein, vielleicht auch, um Orlando als Künstler zu schaden. Um einen möglichen Kandidaten auf den Kulturpreis auszuschalten. Er war an dem besagten Morgen zum Einkaufen gefahren, das Atelier hatte er offen gelassen.

Wäre Orlando der Täter, hätte er doch die Tatwaffe vergraben oder in irgendeinen See geworfen, die blutige Kleidung verbrannt. Und nicht gerade ein Auto zum Verbergen eines Toten gewählt, das vor seiner Tür stand, das er später sogar für eine Aktion nutzen wollte.

Auf dem Anrufbeantworter war ein Gespräch, Sabrina drückte widerstrebend auf den blinkenden Knopf. Frau Engel. Sie erklärte energisch, dass Orlando zu Unrecht verdächtigt wurde und bat sie darum, entsprechend zu ermitteln.

Woher hatte eigentlich Marjana von Orlandos Verhaftung gewusst? Von Orlando selbst? Sie nannte ihren Aufenthaltsort nicht, eine Telefonnummer wurde auf dem Display nicht angezeigt. Marjana verhielt sich verdächtig. Orlando aber auch. Was hatte auch er ihr gegenüber alles verschwiegen?

45

Es war schon dunkel, als Ron Carlos seinen Mercedes in der Garage abstellte und über den Innenhof in sein Büro ging. Es lag im Erdgeschoss in einem seiner Apartmenthäuser, in dem er auch seine Zweitwohnung hatte, die er in letzter Zeit überwiegend nutzte. Sein schönes Zuhause in Henstedt-Rhen war ihm fremd geworden, das nutzte Natalie allein. Ron erschrak, als er aufschließen wollte. Die Tür war offen. Er hatte keine Mitarbeiter, Ron-Carlos-Immobilien war er, sonst niemand. Vorsichtig öffnete er die Tür. An seinem Schreibtisch saß eine dunkelhaarige Frau.

„Natalie. Was tust du hier?“

„Ich warte auf dich.“

„An meinem Schreibtisch?“

„Ich recherchiere. ‚Großzügige Spende für das Potenbergwerk, Hamburger Sponsor unterstützt die Kultur.‘“ Natalie las es laut vor. „Wie wäre es mit so einem netten Sümmchen für mich?“

„Das nette Sümmchen hast du schon wiederholt bekommen. Was willst du also?“

„Ron, ich bin deine Frau ...“

„Das merke ich nur, wenn du etwas willst. Ein großes Haus hast du, ein teures Auto, Schmuck, deine Freiheit. Was ist es dieses Mal?“

„Ich will dich.“ Natalie blies einen Kuss zu Ron hinüber.

„Was kostet das?“

„Ich bin tatsächlich pleite, und niemand kauft meine Bilder.“

„Dann mach Ausstellungen.“

„Mach ich ja, aber der Verein übernimmt die Kosten für eine eigene Ausstellung nicht, nicht mal für mich, trotz deiner Spende.“

„Dann werde ich mit dem Vorsitzenden von *panta rhei* reden.“

„Ich habe noch etliche andere Pläne, die kostspielig sind.“

„Die wären?“

„In meine Heimat fahren, Familie und Freunde besuchen.“

„Die magst du doch alle gar nicht. Du willst sie zu Geschäften überreden, die für dich Gewinn versprechen.“

Natalie lächelte.

Später saßen sie im Wohnzimmer. Natalie streckte ihre langen Beine auf der Couch aus und hielt Ron ihr leeres Champagnerglas hin. Ein Schmusesong flitterte durch den Raum.

„Da hast du Eindruck gemacht im Rathaus, das müssen wir doch feiern.“

Ron schenkte nach. „Eindruck hat eher die Höhe der Spende gemacht.“

„Dieses Hotel am Rande des hübschen Gartenschaugeländes, ich kann es mir schon richtig vorstellen. Wie hast du denen im Rathaus das schmackhaft gemacht? Was hast du gesagt?“

„Das Hotel würde Gäste anziehen, die auch das Angebot des Kulturwerkes zu schätzen wüssten, sie würden zum Ausklang das Restaurant aufsuchen, über Nacht bleiben, das Wellness-Angebot genießen und so weiter und so weiter ...“

„Du bist ein Verhandlungsgenie. Wie viel hast du denn überwiesen?“

„Noch gar nichts, erst brauch ich ja mal die Zusage für das Hotel. Die Mitteilung an die Presse war verfrüht. So schnell geht das nicht. Der OB muss alle Beteiligten, die Architekten, Landschaftsplaner und Geschäftsführer erst an einen Tisch bringen und sie überzeugen.“

„Warum dann die übereilte Meldung?“

„Ich glaube, der OB wollte den schlechten Meldungen zum LGS-Gelände etwas Positives entgegensetzen.“

„Welche schlechten Meldungen?“

„Natalie, stell dich nicht so dumm. Es geht um den Toten, der dort gefunden wurde.“

„Der OB hat dementiert. Da wurde kein Toter gefunden. Hab ich grad gelesen.“ Natalie tippte auf den Artikel und schenkte sich selbst nach, zum dritten Mal.

„Doch, den gab es. Warum würde Orlando sonst in Haft sein?“ gab Ron zu bedenken.

„Was weiß ich. Es wird seine Gründe haben, da kann ich ihm auch nicht helfen. Jedenfalls hat dein Freund Gabriel gute Vorarbeit geleistet für das Hotelprojekt.“

„Er ist eher dein Freund, um das klarzustellen. Und deine Vorarbeit bei ihm war sicher überzeugender.“

„Ach, Schatz, sei nicht so kleinlich, du liegst ja auch nicht immer im eigenen Bett.“

„Wie du mir so ich dir“, sagte Ron. Hatte er das nicht neulich erst gesagt? „Deine Reize lässt du nur bei anderen Männern spielen.“

Natalie stand auf und streifte ihr rotes Sommerkleid ab. Wiegte sich in den Hüften und tänzelte auf Ron zu, einschmeichelnd unterstützt von Paul Anka. *Only you and you alone can thrill me like you do ...*

Als er sie greifen wollte, entzog sie sich ihm. Er fasste fester zu und verschloss ihr den Mund mit einem fordernden Kuss.

„Was hast du beantragt?“ wollte sie noch wissen, als sie wieder Luft bekam.

„Na, was wohl? Gewerbliche Zimmervermietung.“

„Sehr gut.“

Er trug sie ins Schlafzimmer.

„Du bist wie die Frau des Fischers“, meinte Ron später, „die konnte auch nicht genug bekommen. Hieß sie nicht Ilsebill?“

„Ich bin aber Natalie.“

46

Sabrina musste erst nach Norderstedt, sofort. Antworten finden. Dieses Mal mied sie die Autobahn, sie würde noch voller sein als die Straßen durch die Stadt. Das letzte sonnige Wochenende nutzten sicher viele für einen Ausflug, außerdem begannen die Herbstferien in Niedersachsen. Sie fuhr die Alsterkrugchaussee und die Langenhorner Chaussee hoch, am stark befahrenen Verkehrsknoten Ochsenzoll vorbei. Die Bauarbeiten hatten begonnen, später würde es schwieriger werden, hier durchzukommen. Bis zum Beginn der Landesgartenschau sollte der Umbau mit einer Nord-Süd-Unterführung abgeschlossen sein. Ein wackerer Buchhändler war dagegen vor Gericht gezogen, fürchtete zu Recht Einbußen für das abgeschnittene Einkaufszentrum am Schmuggelstieg. Vergeblich.

Das Atelier war abgesperrt. Warum war bei Alex das Tor verschlossen? Richtig, sie hatte es schon wieder vergessen: Tag der Deutschen Einheit. Zehn Minuten später klingelte sie bei Marjana, die trotz der Scheidung noch Graf hieß. Sie erschrak, als wirklich der Summer ertönte. Die Wohnungstür blieb verschlossen, und sie klingelte nochmals, stellte sich so, dass sie durch den Spion zu sehen war. Drinnen wurde am Schlüssel hantiert, dann öffnete sich die Tür einen Spalt breit.

„Ich würde gern mit Marjana reden. Darf ich reinkommen?“

Die Tür öffnete sich ganz, vor ihr stand eine kleine Frau in schwarzem Kleid. Die Augen gerötet. Sie musste lange geweint haben. Die Frau bat sie herein und ging vorweg ins Wohnzimmer.

„Marjana ist nicht mehr hier“, erklärte sie dann und wirkte hilflos.

„Wo kann ich sie erreichen?“

„Weiß nicht.“

„Haben Sie eine Adresse von ihr?“

„Adresse? Nein.“

Sabrina sah sich unauffällig um. Überall lagen Sachen, neben den Kartons auf dem Tisch standen Kaffeetassen, Gläser und Schüsseln, dazwischen lagen Bücher und Wäschestücke. Auf dem Fußboden stapelten sich Umzugskartons.

„Nehmen wir alles mit nach Hause. Marius' Sachen und Marius auch.“

„Sie sind die Mutter von Marjana?“

Sie nickte. Eine Träne rollte über ihr Gesicht. „Die Wohnung ist schon wieder vermietet“, erklärte sie.

Sabrina nahm spontan diese zarte, trauernde Frau ohne große Worte in den Arm. Sie wusste vielleicht doch, wo sich ihre Tochter befand, durfte aber nichts sagen.

„Ich werde gleich abgeholt“, sagte die Frau wie zur Entschuldigung und zog eine Jacke an.

Sabrina bedankte sich und wollte gehen, sie würde nichts weiter erfahren, da klingelte es schon. Die Frau nahm einen Schlüssel vom Brett und ging in die Küche, um ihre Tasche zu holen. Sabrina nahm sich unbemerkt den zweiten Schlüssel. Gemeinsam gingen sie nach unten. Die Mutter verabschiedete sich und ging in die andere Richtung. Weiter hinten startete ein rotes Auto. Den Fahrer hatte Sabrina nicht gesehen. Sie wartete eine Weile und ging dann zurück nach oben.

Der Schlüssel passte tatsächlich. Jetzt war sie ganz die gewissenhafte Detektivin und sah die Schränke durch. Kleidung und Kosmetik von Marjana waren nicht mehr da. Entweder war alles schon verpackt, oder sie hatte Gelegenheit gehabt, sie mitzunehmen.

In einer Mappe fand Sabrina einen Vertrag für die Überführung von Marius und den Transport der Möbel. Darunter lag eine Karte von Marjana. Nicht in Deutsch geschrieben, aber sie konnte den Sinn erfassen: *Es geht mir gut, sorg dich nicht, ich arbeite in einem Hotel.* Keine Grüße. Seiner Mutter schrieb man eigentlich persönlichere Dinge. Hatte jemand sie gezwungen, diese Karte zu schreiben? Der Stempel war unleserlich, irgendein Briefzentrum. Sie hängte den Schlüssel wieder ans Brett. Gleichzeitig hörte sie leise Schritte im Treppenhaus. Eilte ans Fenster. Das rote Auto stand wieder da.

Es gab keine Fluchtmöglichkeit aus dem zweiten Stock, nicht nach unten und nicht auf den Nebenbalkon. Das ging nur in Filmen, bei denen auch Autos unbeschadet über Dächer fliegen konnten. Sie verschwand in die Küche und drückte sich an die Wand. Sah durch die trübe Glasscheibe, wie die Person ins Wohnzimmer ging. Schlüpfte aus der Küche, zwei Schritte zur Ausgangstür, dann war sie draußen. Sie lief ein Stockwerk weiter nach oben und wartete, bis sie Türschließen und Schritte nach unten hörte. Als sie vorsichtig aus der Haustür schaute, war der Wagen fort.

Sabrina fuhr zurück, wieder die Ulzburger entlang, seitlich rote, frisch gepflasterte Fuß- und Radwege, umrundete den hochgepriesenen Kreisverkehr. Als sie im Stau vor dem Krohnstieg stand, hatte sie sich wieder beruhigt. Wer war das gewesen, der so unverhofft in die Wohnung gekommen war? Die Mutter eher nicht, die Schritte waren ihr leichtfüßig und flink erschienen. Hatte die Mutter etwas vergessen? Oder hatte sie unterwegs von der fremden Frau erzählt, die Fragen gestellt hatte zu Marius und Marjana? Gesehen haben konnte die Person sie aus dem Auto nicht.

Die Stationsschwester hatte ihr Schlaf verordnet. Als Sabrina zu Hause ankam, war sie so müde, dass sie nun freiwillig eine gehorsame Patientin war.

47

Was war das für ein Schnurren am Ohr? Weiches Fell streifte ihr Gesicht. Eine Tür wurde leise geschlossen. Wie lange hatte sie geschlafen? Welcher Tag war eigentlich? Ein Sonnabend? Montag, 5. Oktober, sagte ihr die Wetterstation, 14.20 Uhr und 15,3 Grad. Der große Felix hatte den Namensvetter anscheinend gerade mit Wasser und neuem Futter versorgt.

Noch halb im Traum versunken, stand Sabrina auf und tapste unter die Dusche. Da klingelte das Telefon. Eines von Murphys Gesetzen. Sie eilte zum Apparat und hinterließ eine Schaumspur. Bestimmt war es die Stationsschwester, ein Rückfall, eine Kreislaufkrise ...

Es war Charly.

„Oh, ich ... Wie geht es dir? Ich bin nicht fertig geworden. Vielleicht gehst du solange in deine Wohnung und nimmst mit, was du zum Arbeiten brauchst."

„Was soll denn nicht fertig sein? Sieht doch gut aus."

„Aber die Folie und die Regale ..."

„Stehen genau richtig, die Akten sind besser geordnet als vorher. Wann kommst du denn? Das müssen wir doch feiern, und du hast sicher viel zu berichten."

Sabrina rief erst im Krankenhaus an. Sie konnte sogar mit Jan kurz reden. Sagte, wann sie bei ihm sein würde. Dann machte sie sich auf den Weg ins Büro, mit der Erinnerung an den letzten Blick auf die bekleckerte Folie, den mit Pappen vollgekramten Flur, die herumliegenden Regalteile und abgeschraubten Lampen, und befürchtete, dass Charly entweder zu viel Sonne oder zu viel Rioja abbekommen hatte. Oder man hatte ihm im spanischen Krankenhaus ein falsches Medikament verabreicht.

Als sie das Büro betrat, nahm sie stillschweigend alles zurück. Die Regale waren exakt aufgebaut, alle Akten eingeräumt. Sie ging ins Nebenzimmer. Der Schreibtisch stand genau richtig. In der Mitte lag als Mitbringsel ein Fläschchen Parfüm.

„Das hast du alles selbst gemacht? Danke."

„Wenn ich ehrlich sein soll: Geputzt hat unsere Perle."

„Hübsches Braun übrigens.“

„Ich dachte, das wäre weiß.“

„Ich meine dein Gesicht, die Arme, ob du am FKK-Strand warst, kann ich ja nicht sehen.“

Charly war Mut und Zuversicht. Es war, als würde sie ihre Umgebung, ihr Leben, durch ihn neu wahrnehmen, lebensfroher, hoffnungsvoller.

Sie erzählte, was passiert war. Charly hatte von einer Razzia gelesen, bei der ein Beamter lebensgefährlich verletzt worden war. „Jan war das? Und der Täter?“

„Konnte entkommen. Der hat sich mit den Geheimgängen in diesem Apartmenthotel besser ausgekannt als die Polizisten. Das Geschoss ist durch die linke Schulter gedrungen, dicht an der Halsschlagader vorbei.“ Sabrina schaffte die Erklärung ohne zu stocken.

„Du gehst jetzt ins Krankenhaus, und ich guck schon mal die Post durch, lösche die Mails und werfe alle Zeitungen in den Container.“

48

Zufrieden mit Jans Fortschritten hatte Sabrina die Klinik nach einer guten Stunde wieder verlassen. Zum ersten Mal verspürte sie richtigen Hunger und machte einen kleinen Umweg.

Zwanzig Minuten später stand sie mit zwei heißen Paketen vor Charlys Schreibtisch und suchte zwischen den Zeitungen einen Platz zum Abstellen.

„Lecker, Hähnchen süßsauer.“

Sie liebte das Gericht und auch, wie die zarte Chinesin ihre Bestellung wiederholte: „ßßüßßauer, ßßweimal?“

„Jan geht es schon besser“, sagte sie, „ich soll grüßen.“

Ihr Kompagnon hatte die Post geordnet und aus dem Berg unnützer Werbung vorausschauend die für Autos beiseitegelegt.

„Man hat mir in einem amtlichen Schreiben mitgeteilt, dass mein Mercedes bis jetzt nicht aufgefunden wurde“, erklärte er, als er mit zwei Gläsern und einer Flasche Wasser aus der Küche zurückkam.

„Zerlegt ist er auch kaum zu erkennen, den Flammen entgangen und wieder zusammengesetzt erfreut er einen neuen Halter. Er wird dich vermissen."

So traurig fand Charly das nicht. „Kann es sein, dass diese Marjana dich da nur nach Föhrsdorf gelockt hat, dass etwas nicht nach Plan gelaufen ist?"

„Darüber habe ich nachgedacht, ich glaube nicht. Marjana ist eher unbedarft, außer, jemand hat sie unter Druck gesetzt oder tut es noch. So wirkte ihr Anruf auf mich."

„Ach, Frau Engel hat übrigens gerade angerufen, ich konnte ihre Fragen nicht beantworten."

„Das erklär ich dir gleich, denken und essen geht bei Männern bekanntlich nicht, das sind zwei Tätigkeiten gleichzeitig."

„Ist ja auch zu schade um den Genuss." Sie aßen schweigend weiter, mit Charly konnte sie gut gemeinsam schweigen. Dann sagte er reuevoll: „Ich hätte mich aus dem Urlaub öfter melden müssen."

„Du hättest damit nichts ändern können, Charly. Erholung ist wichtiger."

„Die war schon am Flughafen wieder hin. Irgendwann passiert bei dem Kampf ums nächste Taxi mal ein Mord. Ich fürchtete schon, ich müsste zu Fuß nach Hause gehen."

„Und das mit dem lädierten Bein."

„Geht ja schon wieder, kannst du wörtlich nehmen. Wäre ich gestorben, hätte die Sterbeversicherung meinen Transport bezahlt." Charly verzog das Gesicht zu seinem üblichen Grinsen.

„Du brauchst ein Auto."

Charly schob seinen leeren Teller zur Seite. „Jetzt darf ich denken. Ich denke also, dass ich mir von deinem Freund einen der Youngtimer hole, von denen du erzählt hast. Mal was anderes, einen Maserati zu fahren."

„Also, mehr Überraschungen halte ich heute nicht aus." Sabrina konnte schon wieder herzlich lachen.

Dann brachte sie die Teller in die Küche und erzählte ihrem Kompagnon dann von all den Engelschen Aufträgen, zuletzt von Timo. Ihr selbst wurde durch das Erzählen vieles noch klarer: Timo war Experte für Kraftfahrzeuge, Timo war der Freund von Marius, und Timo brauchte Geld. Drei Hinweise, dass er Kontakt zu den Männern in Föhrsdorf haben könnte. War er dadurch so gefährdet wie Marius? Oder versteckte er sich vor der Polizei? Worauf hatte er sich möglicherweise eingelassen?

Charly riet ihr, den Jungen an der Ostsee selbst zu suchen.

„Mal sehen, wie Jan sich fühlt. Vorher muss ich diesem Ron Carlos ein paar Fragen stellen."

„Kann ich machen."

„Noch zusätzlich, danach, das wäre klug. Ich will erst sehen, wie er sich mir gegenüber verhält, wie er sich bei meinen Fragen windet. Mitteilsam wird er nicht sein."

Sabrina holte zwei Tassen Kaffee aus der Küche, da fiel ihr ein: „Ich soll für die Kripo erreichbar bleiben, da kommt noch eine Vorladung von der Mordkommission."

„Dann hast du eben die Sommergrippe. Durch ein spätes Geständnis kannst du noch ein paar sonnige Herbsttage in Freiheit an der See genießen."

„Ich habe der Polizei genug Hinweise gegeben. Warum nimmt mich keiner ernst?"

„Da geht es dir wie dieser Martha. Aber wenn wir durch sind, gehst du mit mir ein Auto aussuchen, ja?"

„Wenn sie mich gehen lassen."

49

Hoffentlich war er wieder im Lande. Sabrina fuhr einfach los. Bei einem Anruf würde er sie nur abwimmeln. Es wurde Zeit, diesem Ron Carlos endlich Fragen zu stellen.

Die Adresse entpuppte sich als ein Hotel mit kleinen Apartments, zentral gelegen. Ein im Dreieck gebauter Komplex, weiß gestrichen, mit einem Innenhof. Zur Straße hin befand sich im Erdgeschoss das Büro. Egal, ob nun für Immobilien, Steuerberatung oder Gastronomiebetriebe. Gegenüber lag ein Supermarkt.

Der Eingang hatte eine Drehtür, wie bei Hotels üblich. Im Flur befand sich geradeaus eine Art verwaister Tresen. Konnte sein, dass er für Partys als Bar genutzt wurde. Sie drückte auf die Klingel neben der Bürotür. Kurz darauf hörte sie Schritte. Carlos selbst öffnete und zögerte. Sabrina zeigte ihre Visitenkarte. Es blieb ihm nichts anderes übrig, als sie eintreten zu lassen, wollte er nicht sein zur Schau getragenes lässiges Image verlieren.

Er bat sie nach nebenan in die Privatwohnung. Sabrina nahm Platz auf dem Ledersofa, unter einem abstrakten Gemälde, das ein Vermögen gekostet haben musste, und stellte sofort ihre erste Frage: „Wo sind die Männer aus Föhrsdorf abgeblieben, mit all dem, was weggeschafft wurde?“

„Also, das weiß ich wirklich nicht, ich würde ihnen auch gern Rechnungen schicken.“

„Nächste Frage: Sie kennen Marjana, Orlandos Frau und im Autohaus der Engels beschäftigt. Seit dem Brand ist sie unauffindbar. Wo ist sie?“

„Ich pflege junge Damen nicht für mich zu behalten, auch wenn sie noch so hübsch anzusehen sind. Gucken Sie auf die Klingelleiste draußen. Steht ihr Name dort?“

„Sie muss ja nicht in diesem Haus sein.“

„Ich verwalte nicht alle meine Objekte selbst, vielleicht sollten Sie meiner Frau die Frage stellen.“

„Das versuche ich seit geraumer Zeit, sie ist schlecht erreichbar, und wenn man sie erreicht, schiebt sie wichtige Termine vor.“

Bevor er darauf reagieren konnte, stellte Sabrina die nächste Frage. „Sie sind mit Frau Engel befreundet. Sie ist nach den Diebstählen der letzten Zeit nicht unbedingt guter Dinge. Es lässt sich ohne Zweifel nachweisen, dass Ihre Mieter in Föhrsdorf hinter den Mercedes-Diebstählen im Autohaus Engel stecken, aber auch anderswo. Inwieweit haben Sie davon Kenntnis? Welche Art von Geschäften betreiben Sie?“

„Das artet jetzt doch zu einem Verhör aus, werte Frau Sax. Solche Fragen muss ich nicht beantworten.“

„Ich habe auch andere. Frau Engel glaubt noch immer, dass ihr Sohn Michael seinen Mercedes nicht allein fuhr, als der Unfall passierte. Sind Sie auch der Meinung?“

„Das ist doch alles längst geklärt. Das sollten Sie besser in den Vernehmungsprotokollen nachlesen, statt mich zu belästigen.“

„Ich frage Sie aber nach Ihrer persönlichen Meinung.“

„Sie stimmt mit den offiziellen Ergebnissen des Gerichts überein.“

„Ist dieses Apartmenthaus ein Bordell, oder was machen die Mädchen hier?“

Er behielt tatsächlich die Fassung. „Mein Bürositz in einem Bordell? Ich bewundere Ihre Phantasie. Was jede der Frauen hier macht, ist ihre Sache, und ich denke, Sie möchten jetzt gehen.“

„Ich komme wieder, wenn ich weitere Fragen habe, oder die Kripo macht das vor mir. Vielen Dank für Ihre ehrlichen Antworten.“ Sabrina war aufgestanden. „Ich finde allein nach draußen.“

Aalglatt. Es gab keine Bezeichnung für diesen Carlos, die passender war. Er log perfekt, nur seinen rechten Fuß hatte er nicht unter Kontrolle, er hatte unentwegt nervös gewippt.

Sabrina beschloss, ihm Charly auf den Hals zu hetzen, aber auf andere Weise.

50

Wenn sie denn gerade dabei war, wollte sie jetzt ebenso spontan Natalie Newton aufsuchen. Henstedt-Rhen war gut über die Schleswig-Holstein-Straße zu erreichen. Sie fuhr an der Paracelsus-Klinik vorbei und bog dann rechts ab.

Von Ron Carlos hätte sie Natalies Adresse nicht bekommen, die musste eine Detektivin nicht wissen, es war ja auch sein Haus und damit seine eigene Adresse. Im Telefonbuch hatte sie vergeblich danach gesucht und dann Gabriel Engel gefragt. Der war auskunftsfreudiger gewesen.

Wegen der hohen Bäume auf der anderen Straßenseite lag das Anwesen ziemlich dunkel da, versteckt hinter einem hohen Zaun. Doch die Pforte war offen. Blumen gab es kaum, der Rasen war so, wie ihn Sabrina liebte, seit Wochen ungemäht und bunt bewachsen. Auf der Terrasse baumelte eine Hollywoodschaukel beschäftigungslos im Wind. Sabrina klingelte. Rührte sich im Haus etwas, oder verursachte der Wind diese Geräusche? Die Jalousien waren an allen Fenstern heruntergelassen. Hier war alles gesichert, sie würde es nicht schaffen, ins Innere zu kommen. Ob in der Garage ein Auto stand, konnte sie ebenfalls nicht herausbekommen. Sie war verriegelt. Was konnte sie sonst noch tun?

Sie ging zum Nachbarhaus und klingelte. Auch dort war niemand. Die Gegend wirkte wie eine Geisterstadt, wie eine Kulisse für einen High-Society-Film.

Sabrina beschloss, es später noch einmal zu versuchen.

51

Gabriel Engel hatte es sich im Sessel gemütlich gemacht. Natalie massierte ihm den Rücken.

„Ich arbeite zu viel, deshalb die Kopfschmerzen.“

„Du trinkst zu viel“, stellte sie richtig, „du treibst dich herum. Ich brauche auch Zuwendung.“

„Ich hab gar keine Mittel mehr, nicht zum Herumtreiben und nicht für dich. Gestern wurden vier Neufahrzeuge angeliefert, die wir dieses Mal wirklich verkaufen sollten. Aber die werden sicher auch geklaut, im günstigen Fall zerkratzt.“

„Hast du einen Verdacht?“

„Nein, wie sollte ich.“

„Gibt es keine Überwachungskamera?“

„Warum willst du das alles wissen? Irgendwann glaubt mir die Versicherung nicht mehr, dass ich die Hand da nicht im Spiel habe“, jammerte Gabriel.

„Und? Hast du?“

„Aber Natalie.“

„Ron sagt aber ...“

„Jetzt fang du nicht auch noch an, mir diese Geschichten vorzuwerfen. Ich muss ein Autohaus davor schützen, dass es bankrottgeht."

„Bezahlt doch alles die Versicherung."

„Eben nicht."

„Orlando findet die Motorhauben mit den Herzchen sehr passend für die Jubiläumsausstellung."

„Eine Autoausstellung ohne Autos, wenn das so weitergeht. Vera ist total genervt."

„Deswegen?"

„Ja, auch. Sie glaubt, dass Timo etwas zugestoßen ist, sie übertreibt mal wieder."

„Wollte er nicht zum Surfen?"

„Woher weißt du das?"

„Hat er mir erzählt, glaube ich. Deine Frau ist wie eine Glucke, der Junge braucht mehr Freiraum."

„Sie sorgt sich auch um Orlando. Er ist kein Mörder." Das sagte Gabriel sehr energisch.

„Wer dann? Die Spuren sprechen gegen ihn."

Sie setzte sich auf seinen Schoß und zog ihn zu sich.

„Ich möchte mit dir Urlaub machen, auf Ibiza oder so."

„Mal sehen."

„Sag doch ja. "

„Natalie, ich hab dir doch erklärt ..."

„Heute war übrigens die Detektivin hier. Ich hab nicht geöffnet. Sie hat sich umgesehen, als ob sie hier einsteigen wollte."

„Vielleicht, weil sie ein Bild von dir klauen will, den Kauf kann sie sich nicht leisten."

„Ich denke eher, sie will dumme Fragen stellen. Ron hatte mich schon vorgewarnt."

Etwas später legte Gabriel die Hose ab und ging ins Bett. Er war müde und hatte mal wieder zu viel Alkoholisches getrunken.

52

Sabrina hörte schon im Hausflur ihr Telefon rappeln. Sie schloss auf, eilte ins Wohnzimmer und nahm ab. Es war Herr Blum.

„Ich glaub, ich hab eins aufn Dassel gekriegt." Seine Stimme klang so, dass sie die Schmerzen an ihrem eigenen Kopf verspürte. „Da war ein Geräusch hinter mir, und mehr weiß ich nicht. Wie spät ist es denn?"

„Kurz nach Mitternacht."

„Dann hab ich hier ne gute Stunde bewusstlos am Zaun gelegen."

„Soll ich den Unfallwagen rufen?"

„Nee, geht schon wieder."

„Ich komme selbst." Sie legte auf, bevor er widersprechen konnte.

Herr Blum, Polizeihauptmeister im Ruhestand, wartete am Tor, die Hand am Hinterkopf. „Verflixt noch mal, dass mir das auch passieren konnte."

„Gegen böse Buben in der Überzahl hätte auch James Bond keine Chance. Was haben sie gewollt?"

„Gucken Sie mal da nach rechts, alles weg."

„Oh, die Herzchen-Autos, nur eines ist noch geblieben."

„Nicht nur die sind weg, auch die gestern angelieferten Neufahrzeuge sind geklaut, verdammter ..."

„Im Verkaufsraum brennt Licht. Ist das nicht sonst ausgeschaltet? Gucken wir mal nach!" Sabrina hatte schon die SIG Sauer in der Hand.

Die Tür zum Autohaus war nicht abgeschlossen, und im Nebenraum brannte ebenfalls Licht, der Safe stand offen. Sie sahen vorsichtig die Räume durch, Sabrina mit vorgehaltener Waffe.

„Keiner mehr da, war ja klar", stellte Herr Blum fest, als sie suchend hinter einer Karosse wieder aufeinandertrafen.

„Der Dieb hatte also die Originalschlüssel."

„Von mir nicht, ich hab nur den Schlüssel fürs Tor."

Sabrina rief Vera Engel an, sie wirkte hellwach und wollte sich gleich auf den Weg machen.

„Eile ist nicht nötig. Ich bleibe, bis Sie da sind und ruf schon mal die Wache an."

„Tja, weg ist weg", sagte der Polizist. „Das kann die Kripo sich morgen ansehen. Passen Sie nur auf den Safe auf, damit er nicht auch noch flüchtet."

Herr Blum war nach Hause gefahren, und Sabrina wachte, bis es hell wurde und Frau Engel kam. Ihre Schlüssel hatte sie bei sich.

„Und Ihr Mann?"

„Mal sehen, aus welcher Richtung er heute ins Autohaus kommt."

Aber da stand er schon im Verkaufsraum. Seine Schlüssel? Doch, auch er konnte sie vorweisen. Und welche Schlüssel wurden dann nachts benutzt?

Sie berieten. Die Schlösser mussten ausgetauscht werden. Die Wache konnte man mit Herrn Voss verdoppeln und ansonsten auf die Arbeit der Kripo hoffen.

53

„Du solltest selbst nach Heiligenhafen fahren."

Sabrina sah Jan skeptisch an. Er wirkte noch sehr schwach, durfte aber schon kleine Touren über den Flur machen. Sie hatte erzählt, dass Herr Voss Timos Auto in Heiligenhafen gefunden hatte, ihn selbst aber nicht.

„Ich weiß, dass du gern selbst nach ihm suchen möchtest, und ich habe doch hier all die hübschen Schwestern, die meinen Kreislauf in Schwung halten." Sabrina lachte. Die Bemerkung tat ihr nicht mal weh.

Sie hätte Jan als Berater gut gebrauchen können, erzählte ihm aber nur, was er ohnehin aus den Zeitungen erfahren würde. Auch er glaubte nicht an Orlandos Schuld. Sie beendeten ihren Spaziergang auf dem Flur.

„Wenn du entlassen wirst, bin ich sicher wieder da. Aber du hast zu Hause ja auch Betreuung", sagte Sabrina zum Abschied möglichst unbetont.

„Wen sollte ich da haben?“

„Da meldete sich eine Frau, als ich anrief.“

Jan schien zu überlegen. „Ach, meine Raumpflegerin. Putzfrau sagt man ja nicht mehr. Blumen gießen, Briefkasten leeren, und was sonst so zu erledigen ist.“

Sabrina schämte sich, aber nur ein bisschen. Jan streichelte ihr über die Wange und lächelte. Dann verzog er das Gesicht. Er war noch längst nicht wieder so mobil, wie er sich gab.

54

Sie fuhr über Bad Segeberg, Neustadt, Grömitz, die B 432, die L 309 und dann die B 501. Es war weniger anstrengend und ging fast genauso schnell wie über die A1. Das Wetter war trübe, und ab und zu klackten Regentropfen an die Scheiben. Im Radio ein Ratespiel. Was ist Haithabu? Ein Indianerhäuptling, eine Wikingersiedlung oder ein japanisches Gericht? Ein munterer Moderator. Die Dame am Telefon entschied sich für das japanische Gericht. Danach röhrte Elvis *In the Ghetto,* dann gab es Veranstaltungstipps für den Norden. Die letzten Flohmärkte unter freiem Himmel. Dann ein Bericht über den Umbau des Wikinger Museums in Haithabu. Na bitte, warum nicht eher.

Dann war schon der Geruch der Ostsee zu spüren, die Ente genoss den Wind. Konnte man bei so starken Böen surfen? Gerade dann, würden Fans behaupten. Sabrina wechselte zu Klassik. Wassermusik von Händel, die Suite Nr. 2 in D-Dur, das passte doch jetzt gut. Gegen zehn Uhr war sie in Heiligenhafen. Sie kannte die Stadt von einem Kurzurlaub im Ferienpark Steinwarder, und das erwies sich als hilfreich.

Der Polizist in der Wache am Thulboden in der Innenstadt schaute sie erstaunt an. Nein, ertrunken sei in der letzten Zeit niemand. Es gab auch keinen Todesfall, außer den der alten Alwine in der Seestraße. Herzversagen. Sabrina atmete auf, stockte mittendrin.

„Manchmal werden Tote erst später angeschwemmt oder eben gar nicht, wenn sie irgendwo hängenbleiben.“

Timos Alfa Romeo fand sie am beschriebenen Platz, in einem abgelegenen Wohnviertel. Kein Wunder, dass Herr Voss so lange gebraucht hatte, um ihn zu finden. Der Wagen war verschlossen, und es lag nichts auf den Sitzen, was hätte Aufschluss geben können. Die Detektivin klingelte die Häuser in der Straße ab, aber niemand konnte zu seinem Besitzer etwas sagen. Danach nahm sie sich in der Steinwarder-Passage ein dickes Heft mit Vermieteradressen und setzte sich damit in ein Café. Vereinzelt zogen Urlauber vorbei, mit braunen Brötchentüten oder Kuchenpaketen in der Hand. Oder komplette Familien mit Eistüten und Bollerwagen.

Bis zum späten Nachmittag hatte sie alle Vermietungsbüros und privaten Vermieter aufgesucht und befragt. Keiner der Gäste hieß Timo Engel. Vielleicht hatte er sich auch mit anderem Namen angemeldet. Teufel bot sich an. Er konnte auch in der Innenstadt oder außerhalb ein Zimmer gefunden haben, das nicht im Heft aufgeführt war. Im Ferienpark an allen Türen zu klingeln, verwarf sie. Was für ein Aufwand, dazu kaum erfolgversprechend. Gegen Abend buchte sie ein Apartment im Ferienpark. Immerhin mit Meerblick und Balkon, Haus D, sechster Stock, ohne Verpflegung. Sie erledigte einige Telefonate und fiel dann müde ins Bett, auf eine ungewohnt harte Matratze.

55

Welle um Welle
rollt im Salto landeinwärts
umschmeichelt den Stein

Am nächsten Morgen wählte sie die bequemen Schuhe aus, es würde mehr werden als ein Strandspaziergang. Im Küchenschrank fand sie ein paar alte Teebeutel und Süßstoff, dieses Gebräu musste für ein Frühstück vorerst ausreichen.

Julchen hatte über Nacht den Platz nicht verlassen. Sabrina musste weiter nach dem Besitzer suchen, befragte noch andere Surfer, zeigte Timos Foto herum, hielt es später auch Kassiererinnen, Ladenbesitzern und Imbissbudenverkäufern hin, ging in Gaststätten und Jugendtreffs. Ohne Erfolg. Frau Engel rief oft an, was Sabrina nervte, aber sie verstand auch ihre Unruhe.

Der knurrende Magen erinnerte sie am frühen Nachmittag laut und eindringlich daran, dass sie noch nichts gegessen hatte. Sie parkte Lord Lemon vor dem Supermarkt in der Innenstadt und ging einkaufen. Kaffee, Wasser, Nudeln, Fertigsoße, Butter, Brot, Eier, Aufschnitt. Sie reihte sich an der Kasse ein, bezahlte, steckte alles in eine Tüte und ging zurück zum Auto. Sah auf dem Weg dorthin die Nummernschilder der parkenden Fahrzeuge an. Sogar Bayern und Schweden machten hier Urlaub. Und ein Segeberger. Mit seinem grauen Opel Corsa. Was? Konnte das sein? Das war doch der Opel Corsa von Marius. Autofahren konnte ein Toter nicht. Wer war also hier mit seinem Auto? Sie stieg in ihren Citroën und wartete, eine bange Viertelstunde. Dann kam er. Ein Glatzköpfiger, das Gesicht fast zugewachsen. Borislav. Er hatte auch eingekauft, lud alles in den Kofferraum, startete und fuhr links ab zum Ferienpark. Sabrina folgte ihm bis zu den Parkplätzen hinter dem großen Komplex. Ein Müllfahrzeug manövrierte in der Straße und versperrte die Zufahrt. Sie musste warten. Fand den Corsa geparkt in Zeile B. Wohin war er verschwunden? In welches Haus, in welches Stockwerk? Es blieb ihr nichts anderes übrig, als zu warten. Konnte sein, dass er vorerst nicht mehr am Corsa auftauchte oder das Haus nach vorn verließ. Sie hatte ja Gott sei dank auch Kekse und Wasser gekauft, über Nacht würde das reichen.

Feriengäste kamen und gingen, luden Koffer ein oder aus, brachten Müll zu den Containern, führten ihre Hunde spazieren. Auf den Balkonen war niemand zu sehen. War noch Mückenstechzeit? Vogelschwärme sammelten sich am Himmel und flogen in Scharen zu irgendeinem Sammelplatz. Sie wechselte zum Flur mit den Fahrstühlen, die breiten Pfeiler boten eine gute Deckung. Sabrina war unruhig. Er würde es nicht bis zum Morgen in seiner Wohnung aushalten. Das spürte sie, und sie behielt recht.

Noch keine Stunde war vergangen, da stieg er aus dem mittleren Fahrstuhl, mit etlichen Tüten und Taschen bestückt, ging zum Corsa, lud alles ein und schaute sich nicht mal um. Als er davonfuhr, saß

Sabrina bereits in ihrem Wagen, gab Gas und folgte. Borislav hielt auf einem Parkplatz am Beginn der Passage, stieg aus und ging quer über den Rasen zum Vermietungsbüro. Sie sah durch das große Fenster, dass er die Schlüssel abgab. Ihm weiter zu folgen, hatte keinen Sinn. Wahrscheinlich fuhr er zurück nach Norderstedt. Er hatte seinen Auftrag erledigt, und sie mochte nicht daran denken, wie er geendet hatte. Sie war zu spät gekommen. Darüber nachzugrübeln, half ihr jetzt auch nicht weiter, und sie ging ins Vermietungsbüro. Die Mitarbeiterin sah ihr genervt entgegen, die Detektivin war hier schon bestens bekannt.

„Ich hätte gern den Schlüssel, den der Mann gerade abgegeben hat." Sabrina sagte es höflich bestimmt, auf eine Weigerung gefasst.

„Warum?"

„Ich möchte wechseln, die ist ja jetzt frei."

„Das ist nicht möglich, da muss erst kontrolliert und geputzt werden."

So wurde das nichts.

„Dann vermute ich eben, dass mir die Wohnung Aufschlüsse gibt über den Verbleib des Jungen, den ich suche. Ich kann auch die Polizei rufen, gelangweilte Feriengäste lassen sich gern unterhalten. Es eilt, er braucht dringend seine Medikamente." War das jetzt dramatisch genug?

Die Angestellte war nervös geworden. Hinter Sabrina stand eine lauernde Schlange. Hilfesuchend sah die Mitarbeiterin zum Leiter des Büros, der kaum merklich nickte. Der Schlüssel wurde über den Tresen geschoben.

Haus F, 4. Stock. Sabrina schloss auf.

Nein, der Junge saß hier nicht angebunden neben einem Bettpfosten, es hätte aber sein können. Nur ein Bett war benutzt worden, und das gesamte Geschirr. Es stand zu einem Turm aufgestapelt mit interessanten farbigen Essensresten dazwischen im Spülbecken, unter dem Schild: Bitte hinterlassen Sie die Küche in ordentlichem Zustand. Gestank von Tabakrauch und Bier hatte sich in allen Räumen ausgebreitet. Sie bedauerte die Nachmieter, die hier einzogen, um gesunde Ostseeluft zu genießen. Sonst verriet die Wohnung ihr aber nichts.

Sie gab den Schlüssel mit einem überaus freundlichen Dankeschön zurück und ging zum Strand hinunter, um nachzudenken. Auf der Wiese hoppelten Kaninchen, bunte Drachen stiegen auf, der Wind blies heftig, und sie fror in ihrer dünnen Jacke. Manchmal meinte sie, den Blondschopf von Timo in der Ferne zu sehen, einmal sogar weit entfernt im Wasser. Was nicht sein konnte. Wunschdenken, aber auch Ängste.

Sie setzte sich auf einen großen Stein und schaute auf die Wogen, die heranbrausten und am Ende ihres Weges im Sand versickerten. Sie zog ihre Jacke fester zu. Erschrak, als sich etwas um ihre Schulter legte, weich und wärmend.

„Eine Detektivin im Dienst sollte sich nicht erkälten."

Timo. Sie rutschte zur Seite, er passte noch neben sie auf den Stein. Lange saßen sie schweigend nebeneinander. Das Meer lag jetzt fast schwarz da. Von Fehmarn her blinkten Lichter auf.

„Ich suche dich schon drei Tage lang", begann Sabrina das Gespräch.

„Da haben Sie gesucht, wo ich nicht war."

„Kann doch nicht wissen, wo du bist."

„Wenn Sie wüssten, wo ich bin, würden Sie ja auch nicht suchen." Er grinste schon wieder.

„Wirst du mich verdammt noch mal ernst nehmen und nicht siezen. Ich duze dich schließlich auch."

„Ja, Frau Detektivin, danke."

„Wie bist du also hierhergekommen?"

„Mit Julchen."

„Warum bist du weggelaufen?"

„Bin ich doch gar nicht. Ich bin gefahren."

„Timooo!"

„Ich wollte wirklich nur zum Surfen, aber dann hab ich diesen Mann aus Föhrsdorf gesehen, diesen dicken Borislav. Dass der hier in Heiligenhafen war, konnte kein Zufall sein, der hatte mich im Visier. Ich bin also ab in meine Bude und hab mich nicht mehr rausgetraut."

„Er ist weg."

„Ich hab's durchs Fenster gesehen."

„Ist Marjana auch hier, oder war sie hier?“

Er sah sie erstaunt an und verneinte. Sabrina glaubte ihm.

„Gehen wir? Ich habe ein Apartment im Ferienpark, Haus D.“

„Ich auch.“

„Aber ich habe garantiert mehr zu essen im Kühlschrank.“

„Bei mir gibt es Bier und trockenes Brot.“

„Du holst das Bier, und ich koche Nudeln.“

Sabrina rief Frau Engel an.

Sie wüsste noch nichts Näheres, sagte Sabrina, immerhin sei Timo gefunden. Sie würde erst morgen mit ihm reden, heute seien alle Beteiligten einfach nur erst mal froh.

56

„Ich hab doch nur ... ich hab Orlando geholfen“, sagte der Junge am nächsten Morgen.

Sie saßen beim Frühstück, und Sabrina schenkte Kaffee ein.

„Die Autos ins Parkgelände zu fahren? Das ist nicht strafbar. Was noch?“

„Also, Marius hat mich mal mitgenommen, in dieses Dorf. Die Männer da wollten wissen, wie man Fahrgestellnummern, diese FIN-Nummern, einschlägt. Ich hab's ihnen gezeigt. Die Nummer hatten sie mir auf einen Zettel geschrieben.“

„Ja?“

„Es war eine falsche, die von einem Unfallauto. Dann sollte ich noch den Tacho zurückstellen. Bringt bei zehn Minuten Arbeit tausend Euro mehr fürs Auto. Hab ich aber nicht, ehrlich nicht. Dafür gibt es genug Angebote im Internet.“

„Das wäre auch noch kein Grund, dich bis hierher zu verfolgen. Raus mit der Sprache! Hat es mit dem Toten zu tun?“

„Wer ist tot?“

„Wir fangen mal mit dem Samstagmorgen an. Ich hab den Ford abgestellt und bin mit der Ente weggefahren.“

„Ja, ich hatte noch in der Werkstatt zu tun, hab das Urlaubsschild aufgehängt und bin dann mit Julchen losgebraust. Am Sonntagmorgen haben wir ganz früh die Oldtimer in den Stadtpark gebracht."

Timo schniefte, er hatte sein Brötchen noch nicht mal bestrichen. Sabrina gab ihm ein Taschentuch und wartete.

„Später, als wir fertig waren, habe ich alle Autos noch mal kontrolliert. Manchmal bleiben Sachen drin."

„Und dann hast du in den Kofferraum vom Ford gesehen."

„Mmh. Hab Marius erkannt. Irgendwie komisch lag er da, ihm war nicht mehr zu helfen." Timo starrte in seinen Kaffee, als ob darin etwas versunken wäre.

„Du hättest die Polizei anrufen müssen."

„Ich war in Panik. Der nächste Tote konnte ich sein. Was habe ich anderes getan als Marius? Ich wusste genauso viel wie er und könnte die Bande ebenso verpetzen. Und würde die Polizei mich nicht verdächtigen?"

„Und diese Angst, dass es dir wie Marius ergehen könnte, hat sich für dich erst recht bestätigt, als du den Glatzkopf am Strand gesehen hast?"

„Ja. Was hätte er sonst hier zu suchen gehabt? Ausgerechnet in Heiligenhafen? So viel Zufall gibt es doch nicht. "

„Wer hat gewusst, dass du zum Surfen hierher wolltest?"

„Viele, eben auch derjenige, der Borislav auf mich gehetzt hat. Mister Unbekannt."

„Wie lange stand der Ford im Stadtpark, bevor du alle Autos kontrolliert hattest?"

„Eine halbe Stunde etwa."

„Also könnte Marius auch im Stadtpark in den Kofferraum gelegt worden sein."

„Glaub ich nicht. Ich muss Marius tot zum Stadtpark gefahren haben. Dabei war ich doch so sauer auf ihn, weil er nicht da war, um zu helfen, aber er war ja da. Am Freitag habe ich ihn zuletzt gesehen. Da wirkte er echt aufgedreht."

„Warum?"

Timo zögerte. Dann erzählte er die Geschichte vom illegalen Wettrennen und von Marius mit der gestohlenen BMW Limousine.

„Er ist nicht mehr zurückgekommen. Wo war er geblieben? Dann hörten wir das Martinshorn, und alle sind schleunigst verschwunden. Wir haben ihm nicht geholfen, wir hätten nachsehen müssen, wo er geblieben ist, stattdessen sind wir abgehauen. Wie ist er bloß in diesen Kofferraum gekommen?“

„Der Peterwagen ist bestimmt die ganze Gewerbestraße entlanggefahren, sie hätten zum Beispiel einen Unfall bemerkt. Nein, da musst du dir keine Vorwürfe machen. Marius war am Sonntagmorgen noch bei seinem Vater. Also nach dem Wettrennen und unverletzt.“

Der Junge atmete auf, endlich begann er, sein Brötchen zu essen.

„Trotzdem ist nicht geklärt, wo Marius getötet wurde. Die Spuren bei Orlando können auch gelegt worden sein.“

Timo lachte kurz auf. „Orlando haut ja nicht mal ne Fliege tot.“

„Mischt Orlando da auch mit beim Autoklau?“ wollte Sabrina wissen.

„Glaub ich nicht. Obwohl da viel Zeug rumliegt in seinem Büro. Stempel, Farben, Reiseunterlagen, kopierte Autopapiere. Okay, ich hab rumgeschnüffelt. Ist auch Natalies Büro, ehrlich, die kann aus Sch... Gold machen.“

Sabrina lachte. Timo erholte sich zusehends und nahm sich ein zweites Brötchen. Anfangs hatte sie den Verdacht gehabt, dass er entführt worden war, dass die Engels erpresst werden. Dass vielleicht sogar Herr Engel selbst seine Frau erpressen würde, um von dem Geld seine Schulden zu bezahlen. In ihrem Beruf musste sie auch scheinbar Abwegiges durchdenken. Es hatte sich aber kein Entführer gemeldet.

„Deine Mutter war sehr in Sorge“, sagte sie schließlich.

„Ich konnte sie nicht anrufen, sie hätte mir was angemerkt. Sie dreht so schnell durch, das liegt an Michaels Unfall.“

„War Michael allein im Auto bei seinem Unfall, was meinst du?“ fragte Sabrina. Er zögerte mit der Antwort, pellte erst das Ei ab.

„Ich will nur deine Meinung hören, ich werde sie für mich behalten.“

„Es gibt zwei Möglichkeiten, wenn er wirklich nicht allein gefahren ist. Mein Vater war der Fahrer oder Ron. Aber wer hat jetzt gelogen?“

Das wüsste Sabrina auch gern.

Dann wollte der Junge nur noch nach Hause. Wieder arbeiten. Sie gingen zu Julchen, und Sabrina inspizierte das Auto genauestens von außen, innen und unten, prüfte Anlasser und Bremsen.

„Du guckst zu oft Krimis, da ist nichts“, sagte Timo. Am Ferienpark luden sie ihre Sachen ein, steckten die Schlüssel in den Briefkasten, weil nicht geöffnet war, und fuhren im Konvoi nach Norderstedt.

War Timo außer Gefahr? überlegte Sabrina, als sie ihm folgte. So sicher war sie da nicht. Er verschwieg ihr immer noch etwas. Hatte er den Mörder doch gesehen? War der Bericht über das Wettrennen nur dazu gedacht, sie auf die falsche Spur zu bringen?

57

Jan war entlassen worden. Als gebessert. Was Anlass zum Scherzen gab. „Ich war doch nicht im Knast.“

Sabrina hatte ihn abgeholt, und sie waren nach Norderstedt gefahren. Zu Hause hatte sie ihn in den bequemen Sessel genötigt, Post und Zeitungen in Reichweite gelegt.

Nun werkelte sie in der Küche. Dachte daran, was ihre Mutter stets behauptet hatte: Kochen ist etwas Kreatives, es beruhigt und macht zufrieden, man kann dabei nachdenken oder auch nicht. Der Kater schlich um sie herum, als wäre er kurz vor dem Verhungern. Er angelte nach der Dose, bevor Sabrina sie ganz geöffnet hatte, mit der Nase bedenklich nahe an der scharfen Kante des Deckels. Jedem sein Lieblingsgericht: für Jan Bombay-Hähnchen mit Basmatireis und für Felix Thunfisch.

Jan rief inzwischen seine Dienststelle an. Wenn ein Kollege schwer verletzt worden war, hatte die Suche nach dem Täter Vorrang. Sie hätten alle selbst Opfer sein können. Doch das Team steckte fest. Alle Frauen, die in diesem Hotel wohnten, schwiegen. Der Eigentümer des

Hauses, der Chef der Ron-Carlos-Immobilien, war ebenfalls vernommen worden. Er sei zum Zeitpunkt der Razzia im Ausland gewesen. Er konnte ein Flugticket vorweisen. Er sei nicht verantwortlich für Männer, die um sich schossen, wenn die Polizei eines seiner Hotels kontrollierte, so der Immobilienmakler. Im ganzen Haus würden nachweislich nur Frauen wohnen, wie solle er wissen, wer der Mann war? Ein Eifersuchtsdrama eben.

„Nichts Neues in der Dienststelle“, sagte Jan, als Sabrina das Essen servierte, „am liebsten würde ich mich gesundschreiben lassen und beim Ermitteln dabei sein.“

„Du wirst dich noch gedulden müssen“, protestierte Sabrina.

Jan lenkte schnell ein. „Das duftet ja verlockend. Erst mal ist es schön, wieder zu Hause zu sein, besonders mit dir.“

Nach dem Essen räumte Sabrina ab und brachte Kaffee aus der Küche mit.

„Haben die Kollegen etwas über Orlando gesagt?“ wollte sie wissen.

„Er wurde gestern aus der Haft entlassen.“

„Also kein Tatverdacht mehr?“

„Es konnte ihm nicht nachgewiesen werden, dass er auf seinen Sohn geschossen hat. Zur Last gelegt wird ihm zunächst nur, dass er die Waffe nicht vorschriftsmäßig in einem Safe aufbewahrte. Das Blut auf dem Hemd stammt von Marius.“

„In der Zeitung stand gar nichts mehr davon.“

„Du weißt ja, dass die Ermittler nur an die Öffentlichkeit geben, was ihnen weiterhelfen könnte. Manchmal sogar gezielt falsche Informationen. Das Image des Beschuldigten, auch wenn seine Unschuld bewiesen ist, ist sowieso beschädigt. Etwas bleibt hängen, wird ja immer gesagt.“

Dann holte Sabrina die Fotos von Inga, um sie Jan zu zeigen.

„Das ist zum Beispiel der großzügige Spender Ron Carlos bei *panta rhei* mit dem hochgehaltenen Scheck, neben ihm Vera Engel.“ Sabrina tippte auf die Aufnahme. „Und hier steht er vor dem Potenbergwerk.“

Jan betrachtete die Fotos mit gerunzelter Stirn, dann schaute er ungläubig zu Sabrina. „Der heißt nicht Ron Carlos.“

„Doch, ganz sicher, alle kennen ihn unter diesem Namen.“

„So heißt seine Immobilienfirma. Dieser Mann auf den Fotos ist Ronald Carlos Majorkowski, Ron steht abgekürzt für Ronald, Carlos ist sein zweiter Vorname.“

„Aber warum weiß das niemand in Norderstedt, auch Vera Engel nicht? Und ich auch nicht.“

„Es zu wissen, heißt nicht, es auch zu sagen.“

Sabrina nickte.

„Da spielt er sich also in Norderstedt als großer Sponsor auf“, stellte Jan fest, „er besitzt schon in Hamburg genug Restaurants und Hotels, die zur Rotlichtszene gehören, eindeutig Bordelle. Gern hält er sich im Hintergrund bei seinen windigen Geschäften, findet aber immer willige Betreiber und tut dann so, als ob er von nichts wüsste.“

„Den Eindruck hatte ich auch bei meiner Befragung, gewieft.“

„Er duldet zumindest, was in seinen Häusern abläuft, weiß von Prostitution und Zuhälterei und unterstützt die Einschleusung von Mädchen.“

„Und seine Frau, Natalie Newton?“ fragte Sabrina.

„Eine vielbeschäftigte Künstlerin anscheinend, wir haben sie nie angetroffen, zu angesetzten Terminen ist sie auch nicht erschienen.“

Das konnte Sabrina sich gut vorstellen.

„Er war mit seinem Geldtäschchen auch beim Oberbürgermeister und will in Norderstedt ein Apartment-Hotel errichten lassen, mit Wellness-Angeboten, auf dem Gelände der Landesgartenschau.“ Das wusste Sabrina von Inga.

„Wellness, Apartments und Ronald Carlos Majorkowski. Dann kann es nicht anders sein: dieses Hotel wird ...“

„... ein Puff.“ Sie sagten es beide gleichzeitig.

58

„In der Szene nennt man ihn den Major von Sankt Pauli“, erklärte Jan. „Norderstedt und die Landesgartenschau sind natürlich attraktiv für

Majorkowski, schon wegen der Randlage zu Hamburg."

„So ein Bauprojekt muss diskutiert und von der Stadtvertretung beschlossen werden. Ich glaube nicht, dass es durchzusetzen ist", gab Sabrina zu bedenken.

„Gegen legale Prostitution ist ja nichts einzuwenden, wenn die Frauen ihr Geld bekommen und nicht gezwungen werden. Aus den Gewerbegebieten könnte ebenfalls Kundschaft kommen, Angestellte, Vertreter ..." Jan sah es schon vor sich.

„Sind da die bekannten Viertel in Hamburg nicht attraktiver und anonymer?"

„Sankt Pauli hat sich verändert, es ist eher zur Saufmeile für junge Leute geworden. Die Rotlichtszene ist nicht mehr so berühmt-berüchtigt wie in den sechziger und siebziger Jahren. Die Leute rennen hin, wenn ein neues Musical im Operettenhaus Premiere hat, der Beatles-Platz eingeweiht wird, zum Poetry Slam."

„Berichte über die Grundsteinlegung werden bald die Zeitungen füllen", sagte Sabrina und wunderte sich, dass Jan schmunzelte. Das brachte doch nur weitere Arbeit für ihn und seine Kollegen.

„So ein Vorhaben ist schon mal vor Jahren Tagesordnungspunkt in einer Sitzung der Stadtvertretung gewesen. Sehr unterhaltsam. Ich war dabei."

„Es ging um ein Bordell in Norderstedt?"

„Ja, es sollte im Gewerbegebiet entstehen. Ich glaube, im Hintergrund war damals schon Ron Carlos der Drahtzieher. Das muss im Dezember 2005 gewesen sein. Das Projekt konnte abgewendet werden."

„Also passiert das jetzt doch wieder."

„Er hat ja aus Erfahrung kein Bordell beantragt."

„Was denn?"

„Gewerbliche Zimmervermietung, dafür bekommt er problemlos die Genehmigung."

„Morgen ist Charly bei ihm, getarnt als erfolgreicher Geschäftsmann mit außergewöhnlichen Wünschen."

„Na, da bin ich ja mal gespannt."

„Erzähl doch mal von dieser Sitzung", bat Sabrina – und Jan erzählte.

Im Plenarsaal des Rathauses Norderstedt ging es hoch her. Gerade war der Tagesordnungspunkt vier aufgerufen worden.

Ein Vertreter der stärksten Partei stand auf und verkündete lautstark seine Meinung, ohne dass ihm das Wort erteilt worden wäre.

„Wir brauchen in unserer Stadt kein Bordell. Wir wollen uns im Bereich der Wirtschaft einen Namen machen, mit Umweltschutz und Kulturangeboten, aber nicht als Stadt mit dem größten Puff von Schleswig-Holstein."

„Es besteht aber Bedarf", kam der erste Einwand aus dem Publikum, „und wenn der gedeckt wird, leben unsere Töchter wesentlich gefahrloser."

„Hört, hört, gibt es ein Gutachten dazu?" tönte es aus dem Hintergrund.

„Genehmigen wir den Bau nicht, stehen die Damen mit ihren schrottreifen Wohnmobilen an den Bundesstraßen. Kein schöner Anblick bei der Anfahrt in die Stadt."

„Die Damen schon." Der Einwand kam wieder aus dem Publikum.

„Das sind alles reine Vermutungen", wehrte sich der Redner, „lassen Sie mich doch in meinen Ausführungen fortfahren. Wir haben doch Bordelle in der Stadt ..."

„Buh, woher weiß der Herr Stadtvertreter das denn so genau?"

„Meine Damen und Herren", mahnte die Stimme der Stadtpräsidentin, „kehren Sie zurück zu einem sachlichen Ton."

Die Kugelschreiber der Journalisten schienen übers Papier zu fliegen, Kameras blitzten auf. Das war doch endlich mal ein anregendes Thema für die Leser.

Eine liberale Politikerin hob nochmals an, um die Genehmigung durchzusetzen, danach wurde der Antrag abgeschmettert. Das Stadtoberhaupt atmete auf. Die Ehre der Stadt war gerettet.

59

Sein Kopf hing schlaff nach unten, das Kinn auf der Brust. Vom Hals bis zu den Füßen war der Körper mit einer Wäscheleine am Stamm einer Eiche festgezurrt worden, der Straße abgewandt und für Vorbeifahrende unsichtbar. Sein nackter Oberkörper war blau angelaufen, die Temperaturen hatten sich über Nacht dem Gefrierpunkt genähert. Anfänglich musste er noch versucht haben, sich zu befreien. Die Arme wiesen Kratzer auf. Sicher hatte er auch durch Hilferufe auf sich aufmerksam machen wollen und war dann nach einiger Zeit verstummt. Wer sollte ihn auch hören? Wer war schon um Mitternacht in der Nähe eines dunklen, unzugänglichen Parkgeländes?

Im Morgengrauen entdeckte ihn ein Jogger, der den Puls des Mannes prüfte, nichts fühlte und per Handy die Polizei informierte. Dann löste der Jogger die Leine, und es war ihm gleichgültig, ob er Spuren verwischte und eigene hinterließ, legte den Mann vorsichtig auf einen Laubhaufen, zog die Joggingjacke aus und bedeckte den blauen Körper so gut es ging.

Als die Polizisten kamen, zitterte der Helfer nicht nur vor Kälte. Er nannte stockend seinen Namen und die Adresse und wollte nur noch nach Hause, unter die heiße Dusche. Was jetzt passierte, konnte er sich auch so denken: Kripo, Arzt, Sanitäter und Spurensucher würden ihre Arbeit machen.

Wie lange hatte der Mann am Baumstamm auf Rettung gehofft, bis er ohnmächtig wurde? Der Jogger grübelte unentwegt auf seinem Weg nach Hause. Wenn der Mann überlebte, konnte und wollte er sich an dieses Erlebnis entsinnen? Überlebte er nicht, würden die Kripobeamten vielleicht nie herausbekommen, wer der Täter war. Ein Täter ohne Skrupel. Die Eiche war einer der Bäume, die gefällt werden sollten, um die Zufahrtsstraße zum Gelände der Landesgartenschau zu verbreitern. Diese Aktion konnte doch nicht der makabere Protest eines Umweltschützers sein. Es gab niemals Gründe, einen Menschen zu quälen. Ein Verrückter.

60

Von draußen drang ein Fluchen durch die geschlossene Bürotür, dann polterte es. Sabrina sprang auf und eilte in den Flur. Charly balancierte auf einem Tablett italienischen Nudelsalat, es duftete nach frischem Basilikum. Die Glasschüssel mit der Mascarponecreme daneben kam gerade ins Rutschen, und Sabrina fing sie auf.

„Oh, ein Glück. Danke."

„Geht mir ja nur um den leckeren Nachtisch. Den macht sicher nicht mal Lafer annähernd so gut."

Nur zu gern ließ Sabrina sich von ihrer Schreibarbeit ablenken durch Köstliches aus der Küche des Kompagnons. Das war schon Tradition, denn als Zutat gab es bilaterale Gespräche. So hatte es auch ihr Lehreinheitsführer in der Polizeischule genannt. Sie bedeuteten ihr viel, denn Charly sah ihre Ermittlungen aus seiner Perspektive, konnte ihre Zweifel zerstreuen oder bekräftigen. Am meisten war sie heute gespannt auf seinen Bericht von der Audienz bei Ron Carlos. Oder richtiger bei Ronald Carlos Majorkowski, dem Major von Sankt Pauli. Sabrina hatte Charly vorher noch von Jans Erkenntnissen berichtet.

Sie holte Teller und Bestecke aus der Küche, und schon beim Auffüllen begann Charly zu erzählen.

„Du hättest mich sehen sollen: gebügelte Hose, weißes Hemd, Krawatte. Konnte ich mich besser tarnen als Kunde, der fette Beute verspricht?"

Sabrina lachte.

„Mitarbeiter habe ich nicht gesehen, sie sind ihm zu riskant, denke ich."

„Warst du nur im Büro?"

„Auch in den Privaträumen, sehr edel, wie du ja gesehen hast. Ebenso luxuriös ausgestattete Objekte hat er mir angeboten, nicht nur in Hamburg. Die Kosten im Monat so hoch wie hier unsere Jahresmiete. Er hat auch dürftige Büros zu bieten, aber allesamt sind überteuert. Wucher. Dann habe ich nach Angeboten für Konferenzräume gefragt, Catering für Seminare und so, nach dem Service drumherum."

„Und?"

„Er hat jede geforderte Anzahl von Apartments zur Verfügung, für Jubiläen, Firmenfeten, Vorstandssitzungen, bis nach Sylt. Dazu kann er locker die Mädchen liefern, auch in doppelter Besetzung. Er hat wirklich liefern gesagt. Wie Pizzaservice, nur teurer.“

„Hat er die Angebote näher beschrieben?“

„Ich habe nachgefragt. Es gibt Rundum-Sorglos-Pakete für einen Tag, für ein Wochenende oder für sogenannte Seminare von Montag bis Freitag. Das volle Programm mit Saunabesuch, Massagen und viel Champagner. Das Weihnachtsprogramm sei besonders beliebt.“

„Kann ich mir denken, kein Vergleich mit dem Gänsebraten bei Schwiegermutter. Und zu Ostern dominieren die Häschen.“

„Solche Häschen gibt es tatsächlich. Ich konnte mir sogar die Frauen auf Fotos ansehen, aber ohne Wuschelkostüm. Was denn mein Wunschtyp sei, ob blond oder schwarz, schlank oder mollig, hat er wissen wollen. Ich hab Marjana beschrieben, und prompt hielt er mir ihr Foto hin.“

„Aha! In irgendeinem seiner Hotels steckt sie also, bestimmt nicht freiwillig, sondern als Prostituierte.“

„Ich hab gefragt, ob ich diese Dame auch allein in Anspruch nehmen könnte und auch für Sonderwünsche. Er hat das bestätigt. Aber vorstellen wollte er sie mir dann doch nicht.“

„Wer die Auftraggeber sind, die solchen Service wirklich buchen, würde ich gern wissen.“

„Das erfährst du nie, er arbeitet diskret. Außer ein Beteiligter verpetzt seine Firmenleitung aus Rache wegen einer Entlassung oder weil ihm ein Bonus gestrichen wurde. Dann werden daraus Schlagzeilen auf der ersten Seite der Tageszeitungen und Interviews zur Hauptsendezeit.“

„Was hoffentlich zu einem sofortigen Rücktritt von allen Ämtern führt.“

„Denkst du. Erst wird abgestritten, dementiert, mit Anzeigen wegen Verleumdung gedroht. Über nachlassende Aufträge muss er sich bestimmt keine Sorgen machen, da lagen einige Verträge auf dem Schreibtisch.“

„Danke, Charly. So unter Männern kommt doch mehr zutage. Jans Kollegen sind ihm schon lange auf der Spur, aber Menschenhandel und Zwangsprostitution waren ihm bis jetzt nicht nachzuweisen."

Sabrina brachte die leere Schüssel und die Teller in die Küche und kam mit zwei Dessertschüsseln für den Nachtisch zurück.

„Von der Jubiläumsfeier im Autohaus sollte ich mich fernhalten, da ist unser Major Ron sicher auch eingeladen", gab Charly zu bedenken.

„Und Natalie."

„Ich würde in der Zeit auch lieber die Räume noch mal durchsuchen, Ron Majorkowskis Büro, Natalie Newtons Villa und Orlando Grafs Atelier. Wenn sie bei der Jubiläumsfeier sind, komme ich wenigstens ungestört an Schubladen und Computerdaten."

„Und ich?"

„Du passt auf, dass sich keiner vom Acker macht."

„Warum in Natalies Villa?"

„Da könnten die beiden Herren Beweismaterial horten."

„Das ist ziemlich illegal."

„Das ist ziemlich scheißegal. Ich kann auch Wanzen verteilen und den Mercedes mit einem GPS-Sender bestücken." Charly fuchtelte mit dem Löffel in der Luft herum. „Man muss besser ausgestattet sein als der Gegner. Siehst du doch, wie andere das machen. Wie sonst sind die Diebe ins Autohaus und an den Safe gekommen?"

„Mit Schlüsseln, es war nichts beschädigt."

„Wessen Schlüssel?"

„Gute Frage, Charly. Nur Frau und Herr Engel haben einen und konnten ihn morgens vorweisen."

„Von einem der beiden Engel sind die Schlüssel also in fremde Hände geraten. Man braucht sie ja, um Kopien anzufertigen."

„Das geht wirklich so schnell?" fragte Sabrina.

„Noch schneller, mit dem Quick-Key-System in drei Minuten. Oder es gibt einen Experten im Freundeskreis. Danach steckt der Dieb das Original wieder dahin zurück, wo es hingehört. Wie steht es mit Herrn Engel?"

„Er hat die Schlüssel immer in der Hosentasche. Wer weiß denn, mit wem der so alles liiert ist. Da steckt er ja auch nicht immer in seiner Hose. Und den Code für den Safe hat er irgendwann ahnungslos gesagt, es ist sein Geburtsdatum, oder er hat ihn irgendwo notiert."

„Frau Engel?"

„Ist mit Carlos dick befreundet", erklärte Sabrina. „Der hätte also auch Zugang, und sei es nur zu ihrer Handtasche. Trickreich wie er ist, könnte er auch den Code erfahren, und sei es nur, dass er beim Aufschließen neben dem Safe stand, er ist ja öfter im Autohaus."

„Oder hat Vera ihm die Schlüssel freiwillig gegeben?"

Sabrina dachte über Charlys Frage noch einmal nach. Arbeitete die Autohausfrau mit den Dieben zusammen, um die Pleite des Autohauses abzuwenden? Das wäre auch ein Motiv für Gabriel Engel. Und die Fahrzeuge waren immer noch nicht gestohlen gemeldet, also auch noch nicht in der Fahndung.

„Marjana? Konnte sie sich rechtzeitig Kopien machen lassen?" fragte Charly.

„Möglich war ihr das mit den Schlüsseln vom Autohaus und vom Safe. Von Autoschlüsseln kann man doch keinen Nachschlüssel machen lassen, da ist doch so ein Chip drin ..."

„... ein Transponder", wusste der Kompagnon. „Wegfahren kann der Dieb mit dem Auto, nur lässt es sich nicht erneut starten. Muss ja auch nicht sein, wenn es aufgeladen und später zerlegt wird."

„Dies war, wie es aussieht, noch ein gemeinsamer Coup der Bande. Aber zumindest Borislav hat sich Marius zum Vorbild genommen und geht allein auf Diebestour. Hab ich ja erlebt."

„Und wie bei Marius besteht die Gefahr, dass auch er plaudert, wenn er erwischt wird. Will der Auftraggeber das verhindern, ist das Borislavs letzte Stunde."

„Ich muss diese Werkstatt in der Gewerbestraße finden und durchsuchen, das könnte mich weiterbringen."

„Das machst du nur mit mir gemeinsam, sonst gibt es keine zweite Portion vom Nachtisch", drohte Charly. „Meine Auslandsaufträge haben Zeit, ist kein Beinbruch."

„Bloß nicht schon wieder. Und wie stellen wir das an? Da ist immer einer.“

„Und wir sind zwei oder vier. Die Polizisten kommen doch nicht weiter, wenn sie nur an der Straße stehen wie Buchhalter und notieren, der wievielte Mercedes gerade angekommen ist.“

„Hilfe durch Blum und Voss? Das wäre gut. Frau Engel macht Druck, in mittlerweile vier Fällen. Droht Timo weiterhin Gefahr? Wer findet den Mörder von Marius, um Orlando zu entlasten? Wer steckt hinter den Diebstählen von Autos und Papieren? Und noch immer ist der Unfallfahrer von Michaels Auto nicht gefunden. Bei all den Aufträgen hab ich Michaels Fall fast aus den Augen verloren.“

Das Telefon tönte von Charlys Schreibtisch herüber.

„Ach, wer stört uns da bei der Detektivarbeit?“ Sabrina stand auf und ging zum Telefon.

„Sag doch einfach, meine Mami ist nicht da“, flötete Charly mit kindlicher Stimme. Sabrina nahm lachend ab, hörte dann aber genau zu, bedankte sich und legte auf.

„Der Beamte von der Mordkommission teilt mit, dass ich nicht mehr verdächtig bin und eine Vernehmung deshalb entfällt. Außer, es würden sich noch Fragen ergeben.“

„Wenn die Kripo dich was fragen muss, wärst du ja schlauer als sie.“

„Ich bekomme das noch schriftlich.“

„Dass du schlauer bist?“

Sabrina hob eine Akte drohend über Charlys Kopf. Sie war gewichtig und Charly auf der Flucht.

61

Sonnabend. Reformationstag oder Halloween oder beides. Sabrina und Kater Felix waren bei Jan, und alle drei freuten sich auf einen Tag nur zum Entspannen, als Sabrinas Handy klingelte.

„Ihr kommt doch?“

Sabrina konnte mit der Frage von Inga nichts anfangen. „Wohin?“

„Zur Vernissage von *panta rhei,* darüber hatten wir bei unserem Treffen gesprochen."

„Oh, Natalie Newtons Ausstellung, ganz vergessen."

„Noch dreizehn Minuten Zeit, Alex erwartet euch draußen."

Um 11.35 Uhr erreichte Lord Lemon mit Sabrina und Jan das Feuerwehrmuseum in Norderstedt-Mitte. Ein ehemaliger Bauernhof. Die Stadtväter waren stolz auf diesen hübsch restaurierten Gebäudekomplex, denn Historisches gab es kaum in Norderstedt. Auf einer Art Wiese gab es noch genügend Parkplätze. Links waren der Eingang zum Stadtmuseum zu erkennen und Alex, der sie freudig begrüßte. Klönend gingen sie vorbei an einem verwaisten Tisch mit leeren Sektgläsern und Pappbechern mit Salzstangen darin. Ein breiter Gang führte in einen großen Raum, angefüllt mit Bildern und Exponaten. Man stand herum und hielt sich am Glas fest. Inga fotografierte. Hedwig stand bereit, um im Namen des Vereins *panta rhei* die Ausstellung zu eröffnen. Orlando hielt gerade eine Laudatio auf Natalie und sparte nicht mit Superlativen. Als er endete, schob sich Hedwig nach vorn, um die Ausstellung zu eröffnen. Jemand zog sie zurück. Lisa trug selbstverfasste Haiku vor. Ein Trommelwirbel folgte und übertönte Hedwigs erste Worte, um die Ausstellung zu eröffnen. Danach flitterten orientalische Klänge durch den Raum. Von hinten tanzte ein Mann heran, anmutig und kraftvoll, der Oberkörper frei, um die Hüften ein Tuch bis zum Boden. Eine Frau näherte sich ihm vor den Aktfotos, mit graziösem Hüftschwung. Ein Sektglas schepperte zu Boden, machte dem Klimpern der Perlen und Münzen auf dem durchsichtigen Hüfttuch Konkurrenz. Das Paar bewegte sich wie eine Einheit und verschmolz. Jan und Alex schauten sich an und schmunzelten. Dann verstummten die Klänge. In den Applaus hinein eröffnete Hedwig die Ausstellung.

Inga kam, und sie betrachteten zu viert die präsentierten Werke bei einem Rundgang, wie alle anderen Gäste auch.

„Hier haben wir bei einem Seminar von Natalie unsere Füße in Farbe getaucht und sind über weißes Papier gelaufen, daneben die Kreation mit den Händen", erklärte Inga und wies auf zwei große Papierflächen mit Hand- und Fußabdrücken.

„Und das?“ Jan zeigte auf eine Malerei mit wirrem Muster.

„Ausgezogen, angemalt und rumgerollt. Sieht doch aus wie abstrakter Expressionismus der fünfziger Jahre, oder?“

„Ihr habt euch ganz ausgezogen?“ Sabrina fragte es sachlich, sie wollte es nur genauer wissen. Inga bestätigte das.

In einer separaten Ecke flogen Gegenstände herum. Vom Toaster bis zum Lieferwagen. Jedenfalls auf den Fotos.

„Wie bekommt sie das hin?“

„Mit Sprengstoff.“ Das war Natalie selbst, die Sabrinas Frage beantwortete. „Unter den Gegenstand legen, anzünden und gucken, was passiert. Dann schnell viele Fotos machen.“

Orlando war indirekt beteiligt, er hatte Fotos gemacht: Natalie als Akt, Natalie vor einem schwarzen Mercedes-Benz 190 SL mit roten Ledersitzen, bekannt als Nitribitt-Auto, Natalie mit erhobenem Schießeisen in der Hand, das andere unter dem Strumpfband. Wie Angelina Jolie als Lara Croft.

Separat hingen aufgereiht sechs Porträts, die wie Steckbriefe aussahen. Männer, mal langhaarig, mal bärtig, mal verrunzelt, manchmal alles davon. Unrasiert, glatzköpfig, mit Zahnlücke oder Segelohren. Zurechtgemacht oder echt?

„Oh, wo haben Sie die Herren denn kennengelernt?“ fragte Jan die Künstlerin.

Natalie sah ihn an, stockte, verhaspelte sich: „Äh, auf dem Kiez. Ich habe sie engagiert für Werbefotos.“

„Ich glaube, die habe ich gesehen“, half Alex weiter. „Werbung für ein Sicherheitssystem. Damit kann man den Weg eines Fahrzeugs verfolgen oder seinen Standort erkennen.“

Die Künstlerin bestätigte das.

Einer der Männer sah aus wie Glatzkopf Borislav. Sabrina konnte es nicht lassen. Wie würde Natalie reagieren? Sie tippte auf seinen Steckbrief und sagte wie nebenbei: „Den kenn ich aus Föhrsdorf.“

Natalie zögerte kurz. „Föhrsdorf? Kenn ich gar nicht.“

„Hätte ja sein können. Da hatte Ihr Mann eine Immobilie, die abgebrannt ist.“

Natalie fummelte nervös an ihrer Kette herum, ein auffallendes Schmuckstück aus Weißgold, besetzt mit rundgeschliffenen Diamanten. Sie bemerkte Sabrinas Blick. „Ein Geschenk von Ron, ein Unikat", erklärte sie, drehte sich weg und wandte sich anderen Besuchern zu.

Alex kam mit vier Gläsern Orangensaft zurück.

„Der Verein wollte diese Einzelausstellung zunächst nicht unterstützen, bis Natalie auf die Spende ihres Mannes verwiesen hat", erzählte Inga.

„Sie wirkte auf mich wie nicht von dieser Welt, so abwesend", stellte Sabrina fest und sah Jan an, „du hast Eindruck auf sie gemacht."

„Sie war eher nervös und hat dauernd zum Ausgang gesehen, als ob sie auf jemanden wartet", fand Jan.

„Auf Ron vielleicht."

„Kein Vertreter der Stadt ist zu sehen", bemerkte Alex.

„Die haben eine Sondersitzung. Am Morgen wurde ein Mann gefunden, an einen Baum gebunden. Er schwebt in Lebensgefahr."

Davon hatten Sabrina und Jan noch nichts gehört, und Inga erklärte weiter: „Er wurde in der Nähe des LGS-Geländes gefunden, man vermutet als Täter einen Umweltfanatiker, wegen der Bäume, die noch immer gefällt werden müssen. Sie beraten über eine Nachrichtensperre. Die LGS soll nicht überschattet werden von einer negativen Berichterstattung."

62

Es hatte nur einen halben Tag und eine Nacht gedauert, bis Blum und Voss die Fälscherwerkstatt entdeckt hatten. Durch den Opel Corsa, der vor dem Tor stand.

Zu viert fuhren sie hin. Ein gefährlicher Einsatz, aber notwendig, um mit den Ermittlungen voranzukommen. Wo war Marjana? Wer hatte Marius getötet? Diese Männer wussten es. Aber würden sie auch reden?

Ein Hinterhof, eine große Halle. Sabrina und Charly mit der Hand an der Waffe. Die Diebe waren so beschäftigt, dass sie ihr Kommen zunächst nicht bemerkten. Einige Karossen waren zerlegt, einige noch komplett. Borislav sah als Erster auf und schien zu erstarren. Da stand leibhaftig Jeanne d'Arc, die doch in den Flammen umgekommen war. Er rief den Männern eine Warnung in fremder Sprache zu. So schnell hatte Sabrina noch niemanden rennen sehen. Schnell wie Usain Bolt, hundert Meter in 9,58 Sekunden. Blum und Voss verfolgten sie. Nur der Glatzkopf schaffte es nicht, seine Pfunde aus dem Sichtfeld zu befördern und blieb einfach stehen. Sabrina war es recht, so allein gelassen würde er vielleicht gesprächiger sein.

„Sie haben einen behinderten Mann auf die Straße gestoßen, um mit seinem Mercedes davonzubrausen, ein anderer wurde angefahren. Diebstahl, schwere Körperverletzung, Fahrerflucht. Das bringt Sie ein paar Jahre hinter Gitter."

Er zog die Schultern hoch. „Ich versteh nicht."

„Oh doch. Der Brand in Föhrsdorf kommt noch hinzu. Wo ist Marjana?"

„Weiß nich."

Sabrina richtete ihre SIG Sauer auf ihn.

„Abgeholt."

„Von wem und wohin?"

„Von weiß nich, Hotel."

Er schaute hinter sich. Verstört, weil ihm niemand half. „Marjanas Handy möchte ich haben, Sie haben es benutzt."

Er fummelte in den Taschen herum. Sabrina ging auf ihn zu, er wich einen Schritt zurück.

„Halt, stehenbleiben!" sagte Charly vernehmlich. Sabrina zog Borislav das Handy aus der aufgesetzten Jackentasche. Er rührte sich nicht.

Inzwischen hatten Blum und Voss die anderen Männer aus dem Hinterhof zurückgeholt. Sabrina behielt sie mit im Auge und gab Charly ein Zeichen. Er konnte weitermachen.

„Zu Marius, meine Herren. Wer einen Mord begeht, verbringt sein weiteres Leben hinter Gittern. Wenn keiner von euch Marius getötet hat, raus mit der Sprache: Wer war es?“

Niemand antwortete. Der Glatzkopf schaute noch erschrockener und zog nur wieder die Schultern hoch. Eine Art Reflexbewegung. Dann sagte er immerhin: „Keiner von uns.“

„Wer dann? Wer ist Ihr Auftraggeber? Und wer hat Ihnen so schnell diese Werkstatt als Ersatz vermietet?“

„Okay, dann erzählen Sie das der Polizei.“ Sabrina zog ihr Handy aus der Tasche, wählte aber nicht.

„Von Carlos gemietet.“ Die Antwort kam von dem Mann hinter Borislav.

„Für den Sie auch stehlen.“

„Sind alle gekauft. Automarkt.“

„Ihr lügt doch alle. Damit schützt ihr einen Mörder.“

Sabrina zog Schutzhandschuhe an und durchsuchte die Werkstatt und das kleine Büro, während Blum und Voss den Ausgang sicherten und Charly die Männer in Schach hielt. Sie steckte nichts ein, fotografierte nur: die gestapelten Fahrzeugteile, die Papiere im Büro, das Werkzeug, die gewiss gefälschten Kennzeichen. Im Handschuhfach des schwarzen Mercedes fand sie einen Personalausweis, den hatten die Männer noch nicht entdeckt. Sie machte auch davon ein Foto und legte ihn zurück.

Die gesamte Bande schien wie erstarrt und ließ sich widerstandslos in den kleinen Werkraum treiben, Herr Voss schloss ab. Feuer konnten sie so nicht wieder legen. Dann rief Sabrina die Polizei an, die weitere Arbeit überließen sie der Kripo.

Es dauerte seine Zeit, aber dann kamen die Polizisten gleich im Dutzend, aber immerhin ohne sich vorher per Martinshorn und Blaulicht anzukündigen. Das Detektiv-Quartett hatte seine Arbeit getan und konnte gehen. Immerhin mit der Telefonnummer des zuständigen Dezernats in der Tasche.

Festgenommen wurden drei Täter, erklärte ein Beamter des Dezernats Sabrina später auf Nachfrage. Es waren aber vier Gestalten dort gewesen.

„Ein Glatzkopf mit Bart?“

„Nein, so einer war nicht dabei.“

„Ein Opel Corsa auf dem Hof?“

„Nein, auch nicht.“

Wie konnte dieser Borislav bei dem Aufgebot entkommen? Wo war er abgeblieben? Keine Spur von einer Spur.

63

Inga sah auf ihren Terminkalender: Donnerstag, 5. November, 11 Uhr, Potenbergwerk. So stand es da. Es war die Stunde des Oberbürgermeisters.

Doch schon lange vorher hatte Orlando angerufen, seinen Plan erläutert und um journalistische Unterstützung gebeten. Also stand sie nun rechtzeitig vor dem alten Gemäuer und sah auf Orlandos Skulpturen, die er über Nacht dort aufgestellt haben musste. Eigentlich, so dachte sie, sind diese Figuren aufgetürmter Schrott, vor Jahren mal als Auto gekauft. Welchen Sinn hatte das? Sie überlegte nicht sehr lange, sondern lichtete die drei Kunstwerke aus ausgedientem Autoblech von allen Seiten ab. Mit dem maroden Gebäude im Hintergrund wirkten sie tatsächlich passend.

Eine Figur war überwiegend grün, oben strebten schmale Blechstreifen zweigartig auseinander, die zweite war blau und geschwungen, mit wellenartigen Ausläufern, die dritte schmückten kleine gelbe Metallblüten, die wie ein Strauß wirkten. Grün, Blau und Gelb, die Farben der Landesgartenschau, für Wald-, See- und Feldpark.

Orlando sah wohlwollend auf seine Schöpfungen. „Ich musste zwei Sicherheitsschellen am Zaun aufbrechen, um bis vor das Werk zu kommen. Das war es mir wert“, erklärte er Inga.

„Fragt sich nur, wie lange die Skulpturen davor stehenbleiben dürfen. Ob der Bagger sie nicht gleich wie einen Leckerbissen ergreift und verschlingt oder plattmacht“, warnte Inga.

„Das ist Teil meines Plans, das ist viel wirksamer, als wenn sie bleiben dürften. Hauptsache, ich habe viele Fotos von der Aktion. Deutlicher kann ich nicht demonstrieren, dass die Kunst auch in Norderstedt so frei nicht ist, wie die Stadtväter behaupten. Das ist mir ja schon beim Oldtimer-Projekt klargemacht worden."

Inga sah auf die Uhr. In Kürze sollte der OB vor dem Werk seinen großen Auftritt haben. Journalisten aus dem Umkreis waren eingeladen. Nichts durfte dieser Darbietung im Wege stehen. Kein Wunder also, dass der Geschäftsführer geschockt wirkte, als er näher kam und die drei Ungetüme vor dem Werk entdeckte. Dann sah er auf Orlando Grafs Transporter und musste in dem Moment wissen, dass nur dieser Künstler solche Gebilde dort platziert haben konnte. Inga war ziemlich gespannt, wie er dieses Problem lösen würde.

Aus der Ferne hörte sie das im Gelände vertraute Geräusch. Bodo nahte. Für Inga hießen alle Baggerfahrer Bodo. Und so einer brachte an diesem Morgen im düsteren November sein Gefährt vor dem Potenbergwerk in Stellung. Galt es doch, den Umbau des Werkes einzuläuten – durch einen Abriss –, das verfallene Sozialgebäude daneben musste weichen für den Glaskubus der Musikschule. Der Oberbürgermeister höchstpersönlich würde den Bagger lenken und die Steuerhebel betätigen.

Bodo konnte nichts erschrecken, er schien sich lediglich zu wundern, woher dieser bunte aufgetürmte Müll vor dem Werk kam. Er hatte doch gerade erst gestern Ordnung gemacht. War diese Kulisse geplant?

Vor dem grünen Gebilde stand der Geschäftsführer und gestikulierte wild mit den Armen. Bodo musterte den Künstler in den verwaschenen Jeans und dem karierten Hemd, die Haare zum Pferdeschwarz zusammengebunden. Der schien ja richtig in Kampfstimmung zu sein.

„Meine Skulpturen stören doch keinen", erklärte Orlando Graf gerade, „ist das nicht eine großartige Kulisse für meine Art von Kunst? Oder würde jemand behaupten wollen, dass diese Ruine vor Marmor und Glas strotzt?"

„Das Zeug muss weg, bevor der OB kommt." Der Geschäftsführer gab Bodo einen Wink, und den musste dieser nicht ein zweites Mal haben. Er fuhr an, die Schaufel grub sich krachend unter die Skulpturen und hob sie hoch in die Luft. Dann lenkte Bodo den Bagger mit seiner Beute hinter das hohe Gebäude, entsorgte den Fang dröhnend und gerade noch rechtzeitig, bevor die Presseleute eintrafen. Inga drückte unentwegt auf den Auslöser.

Da stieg auch schon der OB aus dem Auto und sah sich suchend um. Wunderbar. Bodo und Bagger waren zur Stelle. Es konnte losgehen. Kurze Zeit später setzte der Obermeister aller Bürger die Hebel in Bewegung, die schwere Schaufel näherte sich der Wand des Nebengebäudes und schlug dröhnend ein.

Ein großer Tag für alle, für Bodo, den Bagger, die Presse und die applaudierenden Gäste. Für den Beginn des Umbaus, die Landesgartenschau und Norderstedt. Und natürlich für den Oberbürgermeister, auch geeignet, seine Wiederwahl im Mai nächsten Jahres zu forcieren. Er würde sich dazu schon rechtzeitig äußern. Alle Anwesenden waren beeindruckt. Vor allem Hedwig. Sie wirkte entschlossen. So, als ob sie alles daran setzen würde, die Erste zu sein, die ihre Bilder im fertigen *Kulturwerk am See* präsentierte.

Inga konnte einpacken, sie hatte genug Fotos gemacht. Sie strebte heimwärts, um den Artikel zu schreiben. Das *KuNoLeseblatt* war wieder eine Idee voraus.

5. November 2009: Noch 76 Wochen oder 532 Tage oder 12.768 Stunden ...

64

„Frau Engel hat mir einen Mercedes der C-Klasse angeboten, sehr günstig“, erzählte Charly als Erstes, als Sabrina ins Büro kam.

„Davon steht tatsächlich noch einer auf den Hof? Erstaunlich bei der Diebstahlsrate dieses Autohauses“, kommentierte sie.

„Es ist ein besonderer Wagen, hat sie gesagt, der letzte von einer Fünferserie, mit Herzchen auf Motorhaube und Kotflügeln, eingraviert von Marjana Graf, nominiert von *Liqui Moly* als Miss Autohaus des Jahres.“

„Autohaus Engel, ihr Händler mit Herz“, flachste Sabrina.

„Dazu brauche ich aber noch ein paar Sicherheiten."

„Für einen Kredit?"

„Nein, gegen Diebstahl, sonst ist der Mercedes gleich wieder weg. Fährst du mich hin?"

Zehn Minuten später startete Sabrina die Ente. Charly blätterte unterwegs in einem Katalog.

„Eine Lenkradsperre brauche ich, so einen Doppelhaken, und vier Krallen für die Räder. Eine Wegfahrsperre? Die hat doch jedes Auto schon drin."

„Meine Ente nicht."

„Wer klaut schon eine Ente." Charly blätterte weiter. „Eine Alarmanlage werde ich einbauen und eine elektrische Sperre für die Benzinzufuhr", fügte er hinzu.

„Wenn du nicht vergisst, wo sich der Hebel zum Zurückstellen befindet. Der Dieb weiß es auf jeden Fall."

„Hier ist noch was Besseres. Stromunterbrechungsschalter und Kontaktauslöser über Ultraschall."

„Was davon denn nun?" wollte Sabrina wissen.

„Alles. Ein ganz Gewitzter hat sich mal eine Selbstschussanlage eingebaut, die mit dem Radio gekoppelt ist, das wäre zu überlegen."

„Und dann vergisst du das und schaltest das Radio ein. Der Dieb nicht, er lässt sich beim Klauen bestimmt nicht von Sinfonien berieseln."

„Es gibt auch Fußfallen, die könnte ich auf der Fahrerseite auslegen. Und ein Blaulicht installieren, das angeht, wenn das Handschuhfach geöffnet wird. Dann gibt es noch Bewegungs- und Neigungsmelder." Charly hielt den Katalog hoch. „Guck mal, hier gibt es ein bügelfreies Verdeck aus Flanell im Sonderangebot. Was für überforderte Hausfrauen."

Sabrina guckte nicht, sie musste auf die rote Ampel achten. Dann waren sie vor dem Autohaus angekommen. Sie stellte die Ente an der Straße ab und ging mit Charly über den fast leeren Hof ins Autohaus.

Drinnen ging es lebhaft zu. Orlando hatte versucht, den halben Verein zur Mithilfe für das Jubiläum ins Autohaus zu beordern. Bei vier Mitgliedern war es ihm gelungen. Frau Engel hatte sich als Thema *Alles fließt* gewünscht, passend zu Autos und Verkehr, und schließlich verfügten einige Mittwochsmalerinnen über entsprechende eigene Werke. Orlando selbst hatte draußen und drinnen Skulpturen aufgestellt, farblich abgestimmt auf die noch verbliebenen Karossen, schwarz und silberfarbig. Vor dem Rednerpult standen links und rechts Kreationen aus Auspuffrohr und gewelltem Blech: *bouquet de échappement*.

Alle großen Wandflächen füllten Natalies Werke, getreu dem Motto waren die Farben über die Rahmen gelaufen, in leuchtendem Zinnoberrot und tiefem Himmelsblau.

Vera Engel betrachtete das Wirken der Gruppe mit gerunzelter Stirn und fragte: „Wo ist denn Natalie?"

Das wusste Orlando auch nicht. „Sie wollte kommen und ihre Aktmalerei aufhängen. Das wird nun nichts."

Frau Engel atmete erleichtert auf.

Sabrina sah den Künstlern zu, während Charly den Vertrag machte.

„Das Auto muss noch neu gespritzt werden", erklärte Frau Engel dann, „so kann er damit nicht losfahren."

Also wieder zurück zum Citroën.

„Wo hast du denn die Ente geparkt?" fragte Charly.

Sabrina wies auf einen leeren Platz. „Wir sind hier im diebstahlsträchtigen Bereich."

„Siehst du, du hast eben keine Krallen, Sperren und Schussanlagen eingebaut, nicht mal eine Wegfahrsperre."

Sabrina zeigte die Straße hinunter. Ihr Auto war schon vorweg gefahren und am Bordstein hängengeblieben.

Eine Handbremse hatte die Ente schon, man musste sie nur nutzen.

65

Der Geschäftsführer der Landesgartenschau setzte sich aufs Fahrrad und fuhr seine Runde durch das Gelände. Er liebte es, an der frischen Luft zu sein und sich vorzustellen, wie alles wachsen und gedeihen würde, wenn der Frühling kam. Außerdem vergewisserte er sich gern, dass alles seine Ordnung hatte. Nur ja nicht noch mehr von Orlando Grafs Aktionen, die Kunst sein sollten. Plötzlich stockte er, trat kräftig in die Bremse und wäre fast auf dem rutschigen Weg aus dem Gleichgewicht geraten.

„Nein, nicht schon wieder."

Es gab keinen Zweifel, dort stand ein Fahrzeug, ein Schrottfahrzeug, wieder so ein angebliches Kunstwerk. Wie war er dieses Mal aufs Gelände gekommen? Nicht mal Spuren waren auf dem gefrorenen Boden zu erkennen. Vielleicht konnte das Auto fliegen, diese Natalie Newton machte doch solche Experimente. Sofort fuhr er zurück in die Geschäftsstelle. Die Karte vom Abschleppdienst lag noch in der Schublade seines Schreibtisches. Er rief diesen Jussuf an und erteilte ihm den Auftrag, das Fahrzeug abzuholen. Unverzüglich. Der OB musste das gar nicht wissen. Er würde nur mutmaßen, dass ein Tor nicht ordnungsgemäß verschlossen wurde.

Eine halbe Stunde später fuhr Jussuf vor. Der Geschäftsführer nahm auf dem Beifahrersitz Platz, um ihn zu begleiten. Das war leichter, als ihm den Weg zu erklären. Der Hinweis: „Das Auto steht da, wo die Kirche der LGS ihren Platz haben wird", hätte dem Abschlepper nichts genützt. Jussuf fuhr neben den Opel Corsa und ging achtsam vor, wegen seiner Erfahrung vom letzten Abschleppauftrag, und erklärte: „Ich möchte erst mal gucken, ob noch etwas im Auto liegt." Nie wieder wollte er mit einer Leiche durch die Stadt fahren bis zum Platz des Afrika-Exporteurs.

Der Kofferraum ließ sich nicht öffnen, und Jussuf holte sein Werkzeug, während der Geschäftsführer ungeduldig und mit Abstand wartete. Nach zwei Versuchen sprang der Deckel auf, und Jussuf bot sich ein Bild, das er schon kannte. Nur, dass der Platz dieses Mal enger wirkte, der Körper, der dort lag, kräftiger war und kaum hineinpasste.

„Sauberer Einschuss", kommentierte er. Die Glatze zierte ein tiefes Loch, das Gesicht war durch den Bart kaum zu erkennen.

Der Geschäftsführer hatte nichts verstanden und war näher gekommen. Nach dem Blick in den Kofferraum hielt er die Hand vor die Augen, als könne er damit den Toten fortzaubern.

„Oh, Gott, nein!“ seufzte er, und gleichzeitig fiel ihm ein, dass der Ausruf später passender wäre, wenn die Kirche hier erst stand. Fehlte nur noch, dass der rührige Pastor, der immer an vielen Orten gleichzeitig zu agieren schien, gleich vor ihm stand, um den Toten auf der Stelle zu beerdigen. Ein frommer Wunsch.

„Rühren wir nichts an und fahren zurück“, sagte er endlich, nachdem Jussuf ihn lange fragend angesehen hatte. „Schicken Sie uns eine Rechnung fürs Nichtabschleppen.“

Martha ging gerade Gassi mit Piefke, der unruhig am Zaun entlanglief, wie die Miniaturausgabe eines Raubtiers bei Hagenbeck. Ahnte er mehr als sein Frauchen? Das Auto interessierte sie nicht, wieder so eine Schrottkiste. Wenn da wieder ein Toter drin lag, würde sie das nicht wundern. Sollten sie doch die Detektivin fragen, vielleicht vermisste sie jemanden aus ihrer Gangsterkartei.

„Der Mensch ist schlecht“, sagte Jussuf, bevor er den Motor startete.

„Das Schlechte ist menschlich“, kommentierte der Geschäftsführer.

66

Natalie war fort. Einfach verschwunden. Dabei hatte sie zugesagt, jeden Tag für die Besucher ihrer Ausstellung im Museum da zu sein. Hatte Timo nicht von Unterlagen für einen Flug erzählt? Sicher war sie spontan in ihre Heimat geflogen, um Verwandte zu besuchen. So genau nahm sie ihre Zusagen nicht. Die Ausstellung fand Anklang und wurde besucht, das schien ihr zu genügen.

„Ron weiß angeblich auch nicht, wo sie ist“, erklärte Orlando, als Sabrina ihn in seiner Werkstatt aufsuchte.

Sie entsann sich, wie abwesend Natalie bei der Vernissage plötzlich gewirkt hatte. Lag es an ihrer Frage, die sie vielleicht falsch gestellt hatte? Oder war da ein Gesicht unter den Gästen gewesen, das sie nicht erwartet hatte?

Sabrina wusste wenig von Natalie, sie hatte es nie geschafft, mit ihr zu reden. Die Künstlerin hatte stets wichtige Termine vorgeschoben oder war telefonisch erst gar nicht zu erreichen gewesen. Den Fall

Michael anzuschneiden, erschien ihr im Rahmen der Vernissage ungünstig, zwischen all den Besuchern. Ach, warum sorgte sie sich eigentlich? Natalie machte Urlaub in ihrer Heimat oder war zum Skilaufen.

Orlando kochte einen guten Kaffee, den sie auch dieses Mal dankbar annahm. Seine Küche war warm und heimelig.

„Mir ist etwas eingefallen“, sagte Orlando zögernd und sah Sabrina prüfend an, vielleicht interessierte es sie ja. „Im Sommer sitze ich manchmal im Dunkeln draußen auf der Bank, dabei habe ich drüben vor der Werkstatt einen Schatten gesehen, dann ein Licht. Es war der Abend, bevor wir die Oldtimer in den Stadtpark fahren wollten, das weiß ich genau. Ich war aufgedreht und gespannt, ob die Aktion gelingen würde. Timo hatte doch diese Überwachungskamera eingebaut. Darauf muss doch ...“

„... etwas zu erkennen sein. Und keiner hat das mal geprüft?“

„Moment“, sagte Orlando, stand auf, ging nach draußen und kam mit dem Jungen zurück.

Er bekam Kaffee, und Sabrina stellte ihre Frage noch einmal.

„Das Gerät zeichnet nicht auf, es ist nur ein Bewegungsmelder“, erklärte der Junge auf Sabrinas Frage, „außerdem war es gestohlen, als ich zurückkam. Der Chef hat nicht geglaubt, dass ich es überhaupt eingebaut hatte.“

„Wer klaut so was? Kaufen wäre da einfacher.“

„Das war einer, der glaubte, dass es aufzeichnet, dass etwas zu erkennen sein würde, vor der Werkstatt oder bei Orlando, etwas, was niemand wissen durfte.“

„Davon hast du mir gar nichts erzählt.“ Sabrina ahnte, dass Timo es bewusst verheimlicht hatte.

Sie schwiegen eine Weile, jeder mit seinen eigenen Gedanken beschäftigt.

„Was hast du also beim Montieren gesehen?“ So direkt gestellt, fand Sabrina ihre Frage am wirksamsten. Timo schaute verlegen zu Boden.

„Hab nur was gehört an diesem Samstagmorgen, einen Schuss aus dem Atelier. Oder zwei. Ich dachte, Natalie schießt wieder in ihre Bilder, macht sie doch manchmal."

„Und dann?" Das fragte jetzt Orlando.

„Ein Auto ist weggefahren, es stand vor dem Atelier."

„Was für ein Auto?"

„Ein Sportwagen."

Und dann erzählte Timo, was er halb gesehen und sich dann später zusammengereimt hatte.

Orlando sah erschrocken auf den Jungen, als wolle er seinen Verdacht anzweifeln. Doch dann sagte er leise: „Marius hat schon versucht, mir das klarzumachen. Es wäre besser gewesen, ich hätte ihm geglaubt."

Dann ging Timo, er hatte endlich alles gesagt. Sabrina und Orlando saßen still da.

„Dieser Mann da am Baum im Stadtpark ..." Orlando suchte nach einer passenden Formulierung, „also ... ob das alles damit zusammenhängt?"

Sabrina horchte auf.

„Ich war das jedenfalls nicht, obwohl die Kripo mich dazu verhört hat. Einmal verdächtig, immer verdächtig. Ich bin nicht so ein Narr von Umweltschützer."

„Weiß die Kripo denn schon den Namen des Opfers, das am Baum festgebunden war?" fragte die Detektivin nach.

„Der Mann konnte noch nicht befragt werden. Nur wer er ist, steht fest. Die Frau hat sich bei der Polizei gemeldet. Philipp Steiner heißt er, man hat mir auch sein Foto gezeigt."

Sabrina wusste sofort, wo sie den Namen vor einigen Tagen gelesen hatte. Auf einem Ausweis. Er hatte im Mercedes in der Diebeswerkstatt gelegen, sie hatte ihn abgelichtet und auf den Sitz zurückgelegt. Borislav musste noch Gelegenheit gehabt haben, den Ausweis zu entfernen.

Sie holte das Handy hervor, betätigte ein paar Tasten und zeigte Orlando das Foto.

Er nickte nur.

Philipp Steiner war kein Opfer eines Umweltschützers, was immerhin den Geschäftsführer beruhigen würde. Philipp Steiner war nur zur falschen Zeit am falschen Ort aus seinem Mercedes gestiegen. Warum, das wusste nur er. Er hatte sich einem Dieb gegenüber gesehen, bis er nichts mehr sah, ohnmächtig durch einen Schlag auf den Kopf. Sabrina würde das Foto gleich persönlich in der Polizeidienststelle in der Europaallee zeigen und erklären, wo sie es aufgenommen hatte.

Der Mercedes war unversehrt geblieben, Philipp Steiner nicht. Wer von den Schurken von der Bande hatte ihm das angetan? Die Kriminalbeamten hatten alle, die in der Werkstatt angetroffen wurden, festgenommen. Die aber kannten den Auftraggeber nicht, den kannte nur Borislav, der Glatzkopf. Der aber war entkommen und frei und damit in Gefahr. Derjenige, der Marius getötet hatte, würde vor einem zweiten Mord nicht zurückschrecken, um nicht verraten zu werden.

Nachdenklich verabschiedete sich Sabrina.

67

Jan hatte einen Spaziergang im Rantzauer Forst gemacht. Der schnellere Gang hatte ihn angestrengt, er wollte es nur ungern zugeben. Wieder zu Hause, setzte er sich erschöpft in einen Sessel. Manchmal war er mutlos, doch dann war da wieder der Wille, den zu überführen, der ihm das angetan hatte. Dabei konnte er noch froh sein, dass er jetzt nicht unter der Erde lag, im *Revier Blutbuche* auf dem Ohlsdorfer Friedhof, neben den anderen im Dienst getöteten Polizisten Hamburgs.

Immer noch hatte er die Verletzungen der Mädchen vor Augen und war dann sicher, dass er an dem Fall weiterarbeiten musste, bis er gelöst war. Konnten denn diese Frauen jemals wieder ein normales Leben führen? Er war zornig, und Zorn machte furchtlos.

„Du warst schon in der Dienststelle?“ hatte Sabrina besorgt gefragt.

„Ich besuche die Kollegen doch nur“, war seine ausweichende Antwort gewesen, „wie gern würde ich ihnen bei den Ermittlungen helfen.“

Sabrina überlegte, ob sie ihm von Timos Verdacht erzählen sollte. Würde es ihn nicht zu sehr aufregen? Doch dann setzte sie sich zu ihm und erzählte. Stellte danach fest, dass ihr Bericht sie auch erleichtert hatte. Jan hatte jetzt Anhaltspunkte, vielleicht half es weiter.

Nachdem er mit einem seiner Kollegen gesprochen hatte, erfuhr er abschließend, dass in der Dienststelle ein Anruf für ihn angekommen war. Die Frau habe ihren Namen nicht sagen und nur mit Herrn Petersen sprechen wollen. Er war einverstanden gewesen, dass die Kollegen ihr seine Handynummer gaben, wenn sie wieder anrief. Und das hatte sie schon am nächsten Tag getan. Nun wartete Jan gespannt und schreckte hoch, als das Handy sich meldete. Er musste eingeschlafen sein. Zunächst hörte er nur Straßenlärm und presste das Telefon fest ans Ohr. Doch dann erkannte er die Stimme der jungen Frau aus Sofia. „Morgen startet ein Flugzeug von hier mit fünf Mädchen nach Hamburg, Ankunft 12.33 Uhr.“ Dann war die Verbindung unterbrochen.

Nun musste er wirklich in die Dienststelle. Er zögerte kurz. Sollte er Sabrina Bescheid geben? Besser nicht, ihr zuliebe.

68

Unverhofft kam ein Anruf von Jussuf.

„Läuft gerade eine Aktion *Enten für Afrika*?“ wollte Sabrina wissen.

„Ich nehme dein Auto gern, aber ich hab etwas anderes. Ich habe einen Schlüssel gefunden, der wird dich interessieren.“

„Wo?“

„Das möchte ich am Telefon nicht sagen.“

„Wo bist du gerade?“

„Auf dem Platz von Kiesow.“

„Ich bin in der Nähe, ich komme, zehn Minuten, okay?“

Jussuf war einverstanden. Sie trafen sich auf dem Parkplatz des Geländes.

„Es ist eigentlich kein Schlüssel“, sagte Jussuf, als sie sich begrüßt hatten, „guck ihn dir an.“

Er reichte ihr eine kleine Plastiktüte, und sie zog das glänzende Stück heraus. Es war eine Kette, die Sabrina sofort erkannte.

„Wo hast du sie gefunden?“

„Im Kofferraum von einem Opel Corsa. Er stand auf dem Parkgelände, ich sollte ihn eigentlich abschleppen. Die Kette lag neben einem Toten.“

„Schon wieder ein Toter in einem Auto auf dem Gelände?“

„Ermordet.“

„Ein Opel Corsa, sagst du? Wie sah der Tote aus?“

„Glatze und Bart, sehr dick.“ Jussuf hielt beide Hände so weit wie möglich von seinem Körper weg.

Sabrina war erschrocken, weil ihre Vermutung sich bewahrheitet hatte, sagte dazu aber nichts.

„Du weißt, wem die Kette gehört?“ fragte Jussuf nach.

Die Detektivin wollte das nicht bestätigen und sagte stattdessen: „Ich weiß nur, was ich alles übersehen habe, dass ich blind war, dass die Wahrheit, bei Marius angefangen, kaum vorstellbar ist. Du hast mir sehr geholfen, Jussuf, danke.“

Sabrina fror, nicht nur, weil es kälter geworden war. Sie gingen in den *Heißen Reifen*. Männer mit großen, schwieligen Händen wärmten sich hier auf und aßen dicke Bockwürste mit Weißbrot. Sabrina und Jussuf tranken einen wärmenden Punsch, garantiert alkoholfrei. Wer weiß, wie viele Autos auf diesem Platz standen, weil ihre Fahrer weniger darauf achteten, was und wie viel sie tranken.

69

Das kalte Buffet für das Jubiläum im *Autohaus am Flughafen* wurde von einem Catering-Service geliefert und von vier jungen Leuten aufgebaut, die emsig hin und her liefen. Auf langen Tischen reihten sich

Platten mit kunstvoll dekorierten Häppchen und Schüsseln mit Salaten zwischen Obstarrangements auf, an den Seiten stapelten sich Teller, Schälchen und Servietten neben Bestecken. Ein junger Mann in schwarzer Hose und weißem Hemd füllte den Kühlschrank mit Sekt-, Wasser- und Weinflaschen. Auf einem Extratisch prangte ein Spanferkel, ein Bund Petersilie in der Schnauze.

Gabriel Engel unterhielt sich in der Nähe der Rezeption mit Alex. Orlando rückte mal hier, mal da eine Skulptur oder ein Bild um Millimeter zurecht. Er hatte Natalie entschuldigt. Leider sei eine ihrer Ausstellungen zur selben Zeit. Doch das war gelogen. Alle wussten es. Vera Engel begutachtete Timo in seinem dunklen Anzug. Sie selbst trug ein schwarzes Kostüm mit silberfarbener Bluse, passend zu den Fahrzeugen und Skulpturen, und sie wirkte ebenso starr.

„Eine Jazzband wäre zu teuer geworden“, erklärte Frau Engel Orlando, und er bedauerte das. Dann strömten die ersten Gäste herein, Kunden, Nachbarn und Geschäftspartner. Ron kam mit ihnen an, begleitet von einem Norderstedter Experten für Verkehr – laut Programm auserwählt, eine Rede zu halten. Ein Mädchen ging mit einem beladenen Tablett herum, um die Gäste mit Sekt und Orangensaft zu versorgen. Dann scharten sie sich alle um das Pult und hörten dem Experten mehr oder weniger zu. Sein Thema: *Alles fließt.* Von Verkehr jeder Art war die Rede, im Leben, in der Politik, auf den Straßen; von Lust auf Bewegung und Frust bei Stau. Sie war eindeutig zweideutig. Dann kam er auf Krisenzeiten allgemein und die Kunst im Raum zu sprechen: „Die Moderne ist auf einem Parallelogramm antagonistischer psychopolitischer Energien aufgebaut. Darin ringen frivolisierende, leichtsinnig machende und den Konsum fördernde Kräfte unablässig mit den seriösen, sichernden und down to earth orientierten Tendenzen ...“

Keiner der Anwesenden ließ sich anmerken, dass er den Sinn nicht begriff. Der Redner auch nicht; den Text las er ab, und der war, wusste Sabrina, von dem Philosophen Peter Sloterdijk abgekupfert und dem Hamburger Abendblatt entnommen, das sich wiederum bei der Neuen Zürcher Zeitung bedient hatte.

Dann war Sabrina nach draußen gegangen, um Charly anzurufen.

„Ron ist gerade wieder weggefahren, bleib da lieber fern aus seinem Büro."

„Ich weiß schon so genug. Bei Orlando lagen kopierte Reiseunterlagen. Flugbuchungen von Sofia nach Hamburg. Fünf Frauen, sie müssten gleich in Fuhlsbüttel ankommen. Oder auch sechs, falls Natalie sie begleitet."

„Verflixt. Ich muss Jan erreichen."

Aber Jan war nicht zu erreichen. Nicht zu Hause, nicht in der Dienststelle, das Handy war abgeschaltet. Es war überhaupt niemand in der Dienststelle. Denkbar, dass sie von dem wussten, was Sabrina ihnen mitteilen wollte, dass sie bereits im Einsatz waren. War Jan etwa dabei? Sie versuchte es noch einige Male mit der Handynummer. „Der gewünschte Teilnehmer ist zurzeit nicht erreichbar." Sabrina war kurz davor, das Handy mitsamt der freundlichen Automatendame zu zertreten. Die Angst um Jan schnürte ihr die Luft ab, ihr war schwindelig, wie damals bei der Nachricht über seine lebensbedrohliche Schussverletzung. Eine zweite Chance hatte er nicht, das spürte sie.

Durch die Glasfassade konnte sie erkennen, dass der Redner das Pult gerade verließ. Der Beifall war bis nach draußen zu hören. Die Gäste stürzten sich auf das kalte Buffet, als hätte der Redner eine unmittelbar bevorstehende Lebensmittelknappheit vorausgesagt.

Wieder meldete sich Sabrinas Handy. Endlich Jan. Nein, es war Marjana.

„Heute kommen Mädchen an", erklärte sie kurz, „nicht im vorgesehenen Hotel, die Polizei muss davon erfahren haben. Ziel ist jetzt das Apartmenthaus, in dem Büro und Wohnung von Ron Carlos sind." Dann war die Verbindung unterbrochen.

Marjana musste im Apartmenthaus untergebracht sein, in dem Majorkowski sein Büro hatte. Nur so konnte es ihr gelungen sein, an Unterlagen zu kommen.

Wusste jetzt nur Marjana von dem neuen Ziel? Oder wen hatte sie noch informiert? Als Sabrina gerade Charlys Nummer wählte, sah sie Frau Engel aus dem Autohaus eilen, das Handy am Ohr. Kurz darauf stieg sie in ihren Mercedes und verschwand. Orlando folgte ihr in seinem Transporter. Herr Engel stand ratlos herum, und Timo musste die

Aufgaben als Gastgeber allein erfüllen. Er machte das perfekt und charmant. Sabrina beeilte sich, um Vera Engel einzuholen und beging auf dem Weg in die Innenstadt mindestens ein Dutzend Ordnungswidrigkeiten: Tempoüberschreitung innerorts, mehrfach Vorfahrt erzwungen, Überholverbot missachtet, rote Ampel überfahren mit Verkehrsgefährdung – machte laut Bußgeldkatalog an die dreihundert Euro und etliche Punkte in der Flensburger Verkehrssünderdatei.

Streikten die Piloten eigentlich oder nun doch nicht? Das würde auch noch den Zeitplan der Einsatzkräfte durcheinanderbringen. Die Aktion war mehr als streng geheim, nahm Sabrina an. Und wie es bei geheimen Aktionen so war, wussten andere mehr als die Polizei. Wie bloß hatte Marjana davon erfahren?

70

Eine Maschine der Hungarian Airlines landete mit zehn Minuten Verspätung auf dem Flughafen Fuhlsbüttel. Mit ihr waren sechs Frauen aus Sofia angekommen. Zwanzig Minuten später betraten sie gemeinsam die Halle mit den Gepäckbändern und wurden dann draußen mitsamt ihren Koffern von zwei Männern in ein Großraumtaxi geschoben. Sie fielen niemandem auf, andere Fluggäste waren darauf bedacht, das nächste Taxi für sich zu ergattern. Nach einer halben Stunde Fahrt in Richtung Innenstadt bog das Taxi unbehelligt ab, nur ab und zu von einer roten Ampel aufgehalten. Dann hielt es vor einem weißen Apartmenthaus.

Kripobeamte und Bereitschaftspolizisten hatten sich auf alle in Frage kommenden Apartmenthotels der Ron-Carlos-Immobilien verteilt und harrten aus. Die Bulgarinnen bereits am Flughafen abzufangen, war als nicht sinnvoll erachtet worden. In den Terminals durfte auch ein Schusswechsel nicht riskiert werden, der Einsatz von Waffen war dort schlichtweg verboten, wo sich viele Menschen aufhielten. Und die Kripo bekam handfestere Beweise, wenn sie erst bei der Einquartierung der Frauen eingriff.

Jan war am Einsatz beteiligt, obwohl die Kollegen ihm abgeraten hatten. Er saß in einem Zivilfahrzeug vor einem Hotelkomplex der Ron-Carlos-Immobilien an der Elbe. Hier schien den Beamten die Ankunft der Frauen am wahrscheinlichsten. Doch nichts tat sich. Die Polizisten, die den Auftrag hatten, das Taxi zu verfolgen, meldeten sich aufgeregt. An einer roten Ampel hatten sie das Fahrzeug aus den Augen verloren, weil sich ein Möbelwagen dazwischengeschoben hatte. Blaulicht und Martinshorn einzusetzen, wäre zu verräterisch gewesen.

„Das muss dann so gehen", befand der Einsatzleiter, „wir haben ja Beamte vor allen möglichen Hotels platziert."

Doch alle eingesetzten Polizisten warteten vergeblich.

„Wo wollen die denn hin?" fragte jemand. Jan wusste es. Das war der Weg zum Apartmenthotel in der Innenstadt. Aber das konnte er auch mit Blaulicht und Martinshorn in höchstens zwanzig Minuten erreichen. Die Posten, die mit ihrem Fahrzeug am nächsten waren, beeilten sich, zum Hotel zu kommen, dessen Adresse Jan durchgegeben hatte. Das ging wegen des dichten Verkehrs und der Baustellen nicht schnell genug. Vom Ertappen auf frischer Tat konnte keine Rede mehr sein.

71

Schon auf der Treppe des Apartmenthotels hörte Sabrina eine grelle Stimme. War das Natalie? Sie wartete ab, zog die SIG Sauer und schob dann vorsichtig die Drehtür weiter. Ron hatte Natalie fest im Griff und zog sie, geschützt durch ihren Körper, zum Hinterausgang. In der rechten Hand hielt er eine Waffe, die auf Vera Engel und Orlando Graf gerichtet war.

„Geht da weg, alle weg, die Polizei kann jeden Moment das Haus stürmen, das ist allein meine Sache", forderte er fast bittend. Schweiß hatte sich auf seiner Stirn gebildet.

Die fünf Frauen hatten sich verschüchtert in einer Ecke neben dem tristen Tresen zusammengedrängt. Ron wurde abgelenkt, als Sabrina aus dem Dunkel der Drehtür erschien, die SIG Sauer zunächst versteckt hinter ihrem Rücken. Blitzschnell hatte Natalie dies genutzt und den rechten Arm nach hinten gestoßen. Die Waffe flog Ron aus der Hand und schepperte auf den Boden. Natalie trat mit dem Fuß darauf, bückte sich und hob sie auf. Sabrina lauerte angespannt, sie wollte keineswegs als Erste schießen. Natalie gab Ron mit der Waffe den Wink, sich zu den anderen zu stellen. Sabrina blieb abseits stehen.

„Ich knall euch alle ab, wenn ihr mir dazwischenfunkt. Das sind meine Mädchen, die hab ich mir selbst verdient, mit euren teuren Autos."

Dann ging sie einen Schritt auf Vera Engel zu. Beide Frauen starrten sich an. Sabrina versuchte, hinter Natalie zu gelangen, doch die befahl ihr, an ihrem Platz zu bleiben.

„Ich war in der Unfallnacht weder mit Ron noch mit Gabriel zusammen, so wild bin ich auf beide nicht. Aber Ron konnte es nur recht sein, dass ich das behauptete. Ja, ich wollte mit Michael noch eine Tour machen. Wohin, ist nicht wichtig. Warum ich ihm nicht half? Ich konnte mir die Konsequenzen ausrechnen. Sie gefielen mir nicht. Eine Natalie lässt sich nicht abschieben und auch nicht bestrafen."

Sie fasste die Waffe jetzt mit beiden Händen, ging rückwärts bis zum Tresen, und es schien, als wolle sie unverzüglich den Abzug betätigen. Zu spät hatte sie die Gefahr erkannt. Hinter dem Tresen war Marjana aufgetaucht. Niemand hatte sie davor bemerkt. Marjana, die aus Erfahrung wusste, dass man mit Champagnerflaschen die größte Wirkung auf schwachen Köpfen erzielte. Sie traf schnell und exakt. Natalie rutschte an der Holzverkleidung abwärts und blieb stöhnend liegen. Ihre Waffe segelte bis zur Bürotür. Sie versuchte, sich aufzurichten, sank aber wieder in sich zusammen. Inzwischen stand Marjana vor ihr, mit einer zweiten Flasche in der Hand, zur Sicherheit.

„Du bist eine Mörderin, du hast Marius getötet. Ich bin hier geblieben, als billige Nutte, weil mir von diesem Borislav versprochen wurde, dass Marius dann nichts geschieht. Dabei war er schon am nächsten Tag tot."

„Verräter müssen sterben", brachte Natalie hervor. „Eine Natalie lässt sich nicht verraten."

In diesem Moment drängten Jan und seine Kollegen durch die Drehtür. Alle sahen ihnen entgegen. Ein Schuss dröhnte durch die Halle. Ron hatte den Trubel genutzt, um an die Waffe zu gelangen, die vor seiner Bürotür lag und hatte sich selbst gerichtet.

Natalie rappelte sich hoch, eilte wankend zu Ron und fiel nach einigen Schritten auf den blutüberströmten Mann.

„Es hätte alles so schön werden können, Ron“, sagte sie leise, „das Hotel zur Landesgartenschau – mit meinen Mädchen, meiner Kunst, mit unserem Leben.“ Dann wendete sie sich ab, stand auf und hielt den Beamten die Arme hin. In die Stille hinein klackte das Geräusch der einrastenden Handschellen.

Jan fühlte den Puls von Ron, versuchte, die Blutung mit einem weißen Tuch zu stoppen, sagte dann zum Kollegen gewandt: „Ruf den Notarzt an.“

Das also war die wahre Natalie Newton. Als N.N. auf dem Handy von Marius gespeichert, der ihr schon sehr früh auf die Schliche gekommen sein musste. Und den willigen Ron hatte sie stets gut einzusetzen gewusst. Sabrina wäre es lieber gewesen, wenn sie das eher erkannt hätte. Sie lächelte Jan zu, reden konnten sie später.

Die Mädchen wurden in den Mannschaftswagen geschoben, Vera und Orlando hatten sich aus ihrer Erstarrung gelöst. Sabrina brachte sie in ihrer Ente zurück ins Autohaus. Dass sie selbst fuhren, war im Moment nicht angebracht.

Vorher rief sie noch Charly an. „Du musst nicht mehr suchen, es ist alles vorbei. Wir fahren jetzt zum Autohaus.“

72

Das kalte Buffet war trotz des Ansturms am Morgen erst zur Hälfte vertilgt worden. Salatblätter welkten zwischen Brötchenhälften, Eierscheiben hatten ihre Basis verlassen, Salate wurden vom Servicepersonal in immer kürzeren Abständen verrührt, damit sie sich nicht in ihre einzelnen Bestandteile auflösten. Der Petersilienstrauß hing schlaff in der Schnauze des Spanferkelgerippes. Zwei Torten waren vom Angriff der fleischessenden Gäste verschont geblieben. Die Thermoskannen mit Kaffee warteten neu gefüllt auf Durstende. Damit konnte man noch eine einsatzfreudige Polizeitruppe satt machen, wenn auch manche gar nicht so recht zum Einsatz gekommen waren. Auch in Bereitschaft sein war kräftezehrend. Wer war eigentlich auf diese Idee gekommen? Rettung vor dem Verderben, das war doch die ureigenste Aufgabe von Ordnungshütern.

Timo hatte das noch halbgefüllte Buffet bei ihrem Eintreffen nochmals eröffnet, und die Einladung wurde dankbar angenommen. Ab und zu drangen Bemerkungen durch, die den Einsatz kommentierten. Die Polizisten verarbeiteten Restessen und Erlebnisse gleichzeitig.

Frau Engel ging auf ihren Mann zu. Er wischte sich mit der Hand über das Gesicht und sah sie an.

„Vera, ich ... es war auch für mich eine schwere Zeit. Schwer, unter diesem Verdacht zu stehen. Und Natalie ... nie hätte ich das gedacht."

Sabrina hörte es und gesellte sich dazu, bevor Gabriels Versöhnungsversuch wieder in Streit ausartete. Die Autohausfrau schaffte ein Lächeln. „Endlich Gewissheit", sagte sie an Sabrina gewandt, „immer noch Trauer, aber Frieden."

Orlando stand gebeugt neben einer seiner aufrechten Figuren. Natalie hatte auch sein Vertrauen missbraucht, dabei hatte er geglaubt, eine Kunstfreundin gewonnen zu haben. Stattdessen hatte sie sein Büro für ihre kriminellen Geschäfte genutzt. Schlimmer noch, in seinem Atelier war sein Sohn durch ihre Hand gestorben, ohne dass sie Gewissensbisse hatte. Was sie ihm, Marjana und ihrer Familie angetan hatte, war für sie alle auf immer unfassbar. Marjana kam, und sie umarmten sich stumm und tröstend. Behutsam strich er etwas später mit der Hand über seine *Fata Morgana*, als ob die von ihm geschaffene Figur auch Trost bringen könnte. Über dem seitlichen Blechteil hing eine rote Girlande.

Charly war gerade angekommen und erleichtert, als er die Beteiligten wohlauf sah. Er hatte auf dem Rückweg von Norderstedt auf der

Langenhorner Chaussee im alltäglichen Stau gesteckt. Sabrina hatte sich zu ihm an den Tisch gesetzt.

„Wer nicht genug bekommen kann, muss die Konsequenzen tragen“, schloss sie ihren Bericht ab. Das galt für Marius, für Borislav, für Ron und Natalie, aber auch für Felix, der sich an der Thunfischdose die Nase verletzt hatte.

„Das gilt auch für uns“, bemerkte Charly mit einem Schmunzeln. Sie hatten sich beide über den Rest der Mascarponecreme hergemacht.

„Nicht annähernd so lecker wie deine Kreation“, fand Sabrina, „du solltest Chefkoch werden.“

„Ich liebe es, Detektiv zu sein, das ist aufregender als der Job eines Chefkochs, wenn ihm nicht gerade das Essen anbrennt.“

Dann begutachteten beide draußen Charlys frisch lackierten Mercedes. Marjana kam hinzu und hatte daran sogar ihre Freude: „Es ist ja nur noch ein einziger Mercedes übrig geblieben, für den ich das Lackieren bezahlen muss.“ So reichte das Geld noch für den Flug in die Heimat. Sie wollte zurück, für immer, um ihrer Mutter und Marius nahe zu sein.

„Und die Mädchen? Es muss schwer sein, Hoffnungen so schnell zu begraben.“ Irgendwer neben Sabrina hatte das gerade gesagt.

„Jan könnte den Mädchen Fotos zeigen, die er von ihren Vorgängerinnen gemacht hat, dann wären sie schnell kuriert“, sagte sie sehr bestimmt.

Niemand widersprach.

73

Der größte Teil der Spende war bereits ausgegeben, der Rest angelegt für geplante Projekte zur Landesgartenschau und für die Jugendförderung. Auch Natalie Newton hatte für ihre Ausstellung einen Anteil bekommen.

Nun sah sich der Vorsitzende von *panta rhei* konfrontiert mit dem Antrag von Mitgliedern, die Spende zurückzuzahlen. Und es handelte sich um die einflussreichsten Mitglieder. Er hatte also zu einer Krisensitzung gebeten. So groß war das Interesse bei Versammlungen noch nie gewesen. Es wurde eng.

Nach den einführenden Worten bat der Vorsitzende mit Unterstützung des Vorstandsmitglieds Gabriel Engel um Wortmeldungen. Der Schriftführer schrieb die Namen mit, er hätte auch gleich die Mitgliederliste abschreiben können.

„Wir nehmen kein Geld von einem Zuhälter“, brachte es Hedwig auf den Punkt. Sie bekam Beifall, unter dem sie errötete.

„Die Spende war doch nicht für einen Puff gedacht, sondern für die Förderung außergewöhnlicher Projekte, ich entsinne mich genau.“ So ein Mitglied aus der vorletzten Reihe.

„Dann können wir die Kohle getrost behalten“, befand ein anderes Mitglied.

Die Diskussion im *Blauen Salon* des Vereins wurde fast tumultartig. Der Vorsitzende bat um Mäßigung.

„Wie wir festgestellt haben, steht der größte Teil des Betrages nicht mehr zur Verfügung. Im Falle einer Rückzahlung müssten wir die Vereinsbeiträge drastisch erhöhen.“

„Dann müssen wir abstimmen. Wer ist dafür, dass wir den Betrag zurückgeben?“

Bevor sich alle Hände erheben konnten, weil es doch genierlich war, dagegen zu stimmen, stellte Inga den Antrag auf geheime Wahl. Zwei Mitglieder zählten später die Stimmen aus. Dann verkündete der Vorsitzende: „Der Vorschlag, das Geld zu behalten und damit zum Wohle unserer künstlerischen Arbeit zu nutzen, wurde einstimmig angenommen.“

Geld stinkt nicht, Geld muss fließen, panta rhei. Alles fließt. Hatte das jemand eben laut gesagt?

„Ron Carlos – äh, also Ronald Carlos Majorkowski war doch ein Förderer, ein Spender“, wandte jemand ein, „der Zuhälter war doch Natalie.“

„Zuhälterin, bitte“, verbesserte Hedwig. Man war schließlich emanzipiert.

74

Jan war schon die ganze Woche erst am späten Abend nach Hause gekommen. Sabrina hatte angeboten, zunächst in Norderstedt zu bleiben, und Jan hatte dankbar zugestimmt. Charly war schon wieder auf dem Weg ins Ausland und hatte ihr Erholung verordnet.

Jan sah müde aus, aber auch zufrieden. Nach einigem Überlegen hatte Natalie Newton sich entschlossen zu reden. Als ob sie dadurch all das Geschehene selbst erst begreifen und wiedergutmachen konnte.

„Strengt es dich an, wenn ich Fragen dazu beantwortet haben möchte?"

Jan schüttelt den Kopf. „Frag nur, du hast ein Recht darauf, denn den größten Teil zur Aufklärung hast du geleistet."

Davon wollte Sabrina nichts wissen.

„Marius?" fragte sie als Erstes.

„Er wollte petzen, wie sie es nennt. Sie hat seine Leiche in den Ford gelegt, weil er günstig vor dem Atelier stand. Orlando wäre vom Einkaufen schnell zurück gewesen. Dann hat sie im Stadtpark und auf dem Hof von Jussuf versucht, Marius aus dem Ford zu holen, um die Spuren zu ihrer Person zu verwischen. Die Beweismittel noch zu beseitigen, hat sie nicht mehr geschafft. Sie wiesen dann ja auch auf Orlando als Täter hin, und das passte ihr gut. Die Mutter von Marjana kannte sie schon vorher. Natalie unterstützte sie, um ihr schlechtes Gewissen zu beruhigen oder, was wahrscheinlicher ist, um die Geschehnisse durch die Mutter besser kontrollieren zu können. Um Marjana tat es ihr nicht leid. Sie kassierte gern ihre Einnahmen."

„Wie geht es Majorkowski – wird er überleben?"

„Er ist noch nicht vernehmungsfähig. Wenn er es schafft, wird er sich mit Hilfe guter Rechtsanwälte herausreden. Er war Natalie hörig, und die hat verstanden, es auszunutzen."

„Borislav?"

„Seinen Mord hat sie heute gestanden. Er war zu eigenständig geworden, dazu immer brutaler. Er hätte sie verraten, sobald er ertappt worden wäre, genau wie Marius. Sie fand es passend, Borislav auch auf das LGS-Gelände zu schaffen. Dazu hat sie Schellen vom Zaun aufgebrochen. Sie war sicher, dass Orlano wieder verdächtigt werden würde."

„Und Gabriel Engel?"

„Er hat wirklich gelitten. Seine Ehrenämter will er behalten. Den Schlüssel hat Natalie aus seiner Hosentasche genommen, als er bei ihr übernachtete. Sie kannte einen Typen aus der Szene, der schnell Duplikate machen konnte."

„Frau Engel ist ruhiger geworden", fügte Sabrina ein. „Ich denke, sie wird sich mit ihrem Mann zusammenraufen. Timo würde es freuen."

„Um Entschuldigung hat sie mich nicht gebeten."

Sabrina sah Jan erstaunt an „Du meinst jetzt Natalie? Warum sollte sie das?"

„Du hast doch auch bemerkt, wie irritiert sie bei der Vernissage plötzlich war, wie abwesend sie wirkte."

„Ja, ich habe eine Frage nach Föhrsdorf gestellt, das war nicht geschickt."

„Nein, Sabrina, das war es nicht. Sie hat mich als den Kripomann erkannt, auf den sie bei der Razzia geschossen hat."

Sabrina versuchte, sich das vorzustellen, und es gelang ihr kaum. „Und deshalb hat sie dauernd zur Tür gesehen, weil sie dachte, du hättest auch sie erkannt und die Polizei gerufen?"

„Ja. Wir hatten aber immer einen Mann als Täter vor Augen, für eine Frau waren wir blind."

Sabrina umarmte Jan. Was hatte er alles erleiden müssen. Dann stand sie auf und holte aus der Küche eine Flasche französischen Landwein und zwei Gläser. Sie tranken schweigend. Felix rollte sich in seinem Korb ein. Es war schön, bei Jan in Norderstedt zu sein. Da war er sich mit Sabrina einig.

Epilog

Schneebedeckter Park
hinter dem Sperrzaun ein Schild
Baden verboten

Zwei Monate lang hielt sich das Gelände der Landesgartenschau in Norderstedt friedlich unter einer Schneedecke verborgen: die Heideflächen, die Spuren der Bagger, die schon bepflanzten Beete. Die Bäume trugen weiße Kleider, den See bedeckte eine dünne Eisschicht. Nur in der Geschäftsstelle ging der emsige Betrieb weiter.

In der Stadt fehlte das Streusalz für die vereisten Straßen, demzufolge später der Gips für das Fixieren von Knochenbrüchen.

Die Erde im Park war tiefgefroren und wartete auf Tauwetter. Niemand stahl einen Mercedes, niemand legte einen Toten auf dem Stadtparkgelände ab.

Noch vor dem Weihnachtsfest 2009 wurden die drei LGS-Maskottchen Birk, Fleur und Lilly vorgestellt. Seitdem schwirrten die drei Elfen durch die Stadt.

Am 1. Februar 2010 um 10.30 Uhr setzte der Oberbürgermeister im Herold-Center, dem Einkaufszentrum im Süden der Stadt, eine Uhr in Gang, die ab Start die Zeit bis zur Eröffnung der Landesgartenschau anzeigen würde. Noch 444 Tage. *Der Countdown läuft,* so die Schlagzeile im *KuNoLeseblatt.*

Sekunde um Sekunde verrann, dann die Minuten, die Stunden, die Tage.

Beim Blick auf die Uhr, bei dem Tempo, in dem sie weitereilte, konnte schon die bange Befürchtung aufkommen, ob alle Arbeiten wirklich bis zur Eröffnung zu schaffen seien. Selbst wenn der Betrachter nicht gerade Geschäftsführer der Landesgartenschau oder Oberbürgermeister der Stadt Norderstedt war.

Doch schon bald darauf wurde wieder gegraben, gebuddelt, gehämmert, gebaggert, gepflanzt, gepflastert, geharkt, wurden die Themengärten und Überraschungsinseln angelegt.

Ein Jahr vorher wurde das Gelände vollends abgesperrt. Ruhe für Gärtner und Pflanzen. Alles wuchs – und mit den Bäumen, Büschen, Blumen auch die Vorfreude auf die Eröffnung am 21. April 2011.

21. April 2010: Noch 52,1 Wochen oder 365 Tage oder 8.760 Stunden oder 525.600 ... 525.599 ... 525.598 Minuten ...